我的西沙窝

WO DE
XISHAWO

刘利元　著

东北林业大学出版社
Northeast Forestry University Press
·哈尔滨·

图书在版编目（CIP）数据

我的西沙窝 / 刘利元著. —— 哈尔滨：东北林业

大学出版社, 2016.12

　ISBN 978-7-5674-1000-8

　Ⅰ. ①我… Ⅱ. ①刘… Ⅲ. ①散文集－中国－当代

Ⅳ. ①I267

中国版本图书馆CIP数据核字（2017）第015593号

责任编辑：赵侠　国徽

封面设计：嘉设计

出版发行：东北林业大学出版社（哈尔滨市香坊区哈平六道街6号　邮编：150040）

印　　装：三河市天润建兴印务有限公司

开　　本：660 mm × 960 mm　1/16

印　　张：16.25

字　　数：225千字

版　　次：2017年9月第1版

印　　次：2017年9月第1次印刷

定　　价：49.80元

不只是西沙窝人的西沙窝

读完刘利元的新著《我的西沙窝》书稿，我着实感动了好几天。

这些年，为文友回望故乡的散文新著写了不少序言，像为利元兄的"西沙窝"写序而动情的只有两三篇。原因就是一份真情：一种读书稿的时候仿佛也到了西沙窝——那片令作者走得再远也不能忘怀的、烙印十分清晰的盐碱地的感觉。

利元是在内蒙古自治区巴彦淖尔市杭锦后旗一个叫"西沙窝"的地方出生、长大、求学，而后到盟（巴彦淖尔市，原称巴彦淖尔盟）工作，再调往广东省江门市文化部门任职的。他的故乡西沙窝，位于黄河后套平原与乌兰布和沙漠边缘，是由祖籍为甘肃民勤的先辈逃荒到此建起来的村庄，在地图上根本找不着。然而童年、少年时代在西沙窝里经历的往事，却一直深深铭刻于作者的内心，像老酒一样愈加醇香。前辈、乡亲用锄头在盐碱滩上开出一块块耕地，种庄稼，保活命，过生活；他则在远方用键盘敲出一篇篇散文，把前辈与乡亲的模样、性格、劳作、生活、话语、精神等记录下来。前者靠"民勤"，创造能活命的物质财富；后者以笔耕的勤奋，提炼表达乡情、亲情、感情的精神财富，把他的西沙窝介绍给了我们。乌兰布和沙漠和相连的腾格里沙漠我都到过，读起利元的散文来，也能感受到其中夹着盐碱风沙的浓浓的苦涩味。对西沙窝，也从陌生到熟悉了。

利元写西沙窝，记忆详尽、清晰，感情真挚、浓烈，文笔于平淡中带着厚重。写沙漠上顽强生长的红柳、白刺、梭梭、枳芨、水桐（胡杨），虽然不起眼，根却扎得奇深，挖掘出它们严酷中求生存的坚忍。写在故乡艰难度过一辈子的爷爷、姥姥、二爷爷、父亲、大爹、大姑、二姑、三姨、二舅、老姜、苦豆子、康大、杨老汉、单眼鹰、三噘嘴、老倔头……一个个形象栩栩如生，既有令人唏嘘的故事，又有令人感慨的特殊品格。"那乡那土""那年那月""那人那事"，展现着西沙窝的平凡岁月，提升了故乡人不屈不挠与命运抗争的精神。无论是写西沙窝的植物还是人物，都有一种精神层面上的内容，给人以启迪。

《水桐树下的抉择》写爷爷十七岁那年逃荒，一个人从甘肃民勤走2000多里路到西沙窝的途中，躺在水桐树下做出"继续往前走"的艰难选择。水桐即沙漠中的胡杨树，有"活着三千年不死，死了三千年不倒，倒了三千年不腐"的刚烈精神。爷爷就是凭着这种刚烈与坚忍，揣着仅剩的三个干馒头，走进西沙窝，成为从民勤来西沙窝的第一人。"进则生，退则死"，体现了西北汉子的刚烈性格。

《爷爷的土屋》写村子里的人对爷爷的评价，"刘家人直骨，没有私心"，"为了省布，父亲他们小时候穿的衣服是没有兜子的，爷爷的家教极严，父亲说他自己十七岁当了大队会计后，爷爷让奶奶在他的上衣上缝了两个兜子，一个兜子里装公家的钱，一个兜子里装自己的钱，公家的钱和自己的钱一定要分得清清楚楚"。"父亲当了半辈子会计、半辈子村主任，后来'解散大集体'，父亲下岗了，手中还有集体的2000元，有人跟他说'反正人家也不让你干了，这个钱只有咱们自己知道，不给他往外交了'。但父亲还是'天不亮就起床，在晨曦里一路小跑，把钱上缴了'。"看来父亲是谨记爷爷的教导，传承着不贪集体一分钱的精神的。当时的2000元算得上很大一笔，公家的钱就应该在公家的口袋里，装错了就是人有问题。钱多了，反而缺了精神，把公私界限也搞没了。"爷爷的土屋"是利元父亲他们这一代人的精神高地和道德标杆。

《二爷爷》中的二爷爷"是个勤劳到了极点的人""他的吃苦耐劳在西沙窝一带是出了名的""就像一台加足了油、铆足了劲疯狂开荒的机器，不知疲倦，没有休止"。《老姜》里的大队支部书记老姜，则"是一个活时没人说好，死后有人说好，死的时间越长说好的人越多，而今死去十几年了同村的人竟异口同声都说他好的人"。老姜活着时没人说他好，甚至被骂成"老姜不死，受苦不止"，是因为他催着赶着村民垦荒、治沙，而且治村极严，大家受不了那种累而诅咒他。老姜去世前"留下遗嘱，把他的存款全部作为党费上缴，把他的财产和埋葬他时亲友搭的礼金全部捐给村小学作为办学经费"。"老姜这个当大队书记时几乎得罪了村子里所有人的人，退休后和邻居们素无来往的人，全村的人居然都来参加他的葬礼，而且史无前例地为老姜召开了追悼会，以前恨他的人、骂他的人都为他戴孝，都跪在他的棺前伤心落泪！"谁好，谁不好，老百姓心中有杆秤。想想现在有些作孽的基层干部，欺压百姓，损公肥私，所作所为才应遭骂、遭唾弃。

人活着，要活得有点志气，有点尊严，有点精神，无论活在城里、农村，还是活在富足里或是穷困里。《苦豆子》里的苦豆子，"一个人昼夜不息靠一把锄头为我们村开垦出了几百亩连片良田，这片田地是我们村土质最好的耕种地"；"苦豆子非常爱帮别人干活，谁家的农活忙不过来，去喊他一声他就立刻全身心地投入到帮忙劳动中"却"从不拿别人一针一线"。这位"什么身份也没有，而且连自己是谁也不知道，只有一个被人称为'苦豆子'的名字"的智障老人，活得极有骨气，"从来不张口向人要饭，能捡到吃的就吃一顿，捡不到吃的就饿着"。好些智力健全的人，都做得不如他呢。

西沙窝贫穷、简陋、落后，但深埋着向上、向善的精神。利元的散文，淋漓尽致地叙述了故乡人拥有的精神财富。在西沙窝成长起来的人，没有多少文化，也没有多少物质财富，但不缺精神，有一种红柳的性格，一种为生活、为命运而不懈奋斗的骨气和做人的气节。这种精神财富，正是中华民族能够生生不息延绵数千年的特质。读读利元写的这段话："爷爷他们这一代西沙窝人呀，质朴得就像后套平原到处可见的红柳丛，一根根枝条光溜溜的，没有一点枝节，没有半点弯弯道道。爷爷他们这一代西沙窝人呀，卑微得就像后套碱滩上到处可见的碱蒿子，生没有人在意，死也没有人在意，枯黄了，烧着了，只剩一把和碱土一样的白灰面。爷爷他们这一代西沙窝人呀，生命又顽强得像乌兰布和沙漠里固沙止漠、牢牢地定死一个个沙丘的白刺堆……"你会觉得，利元的爷爷这一代西沙窝人有许多值得我们学习和弘扬的品德。我之所以感动，也出于对这种做人的精神的认同。

我们往往习惯于评价、衡量人的物质财富和享受，把它作为幸福的主要体现。其实精神层面的财富和享受，更应当成为幸福的体现。这样看，利元的"西沙窝"不只属于西沙窝人，也属于我们。在他的文章中学到的，也不只是远去而蛮荒的故事，而是又一处"精神高地和道德标杆"。

是为序。

张宇航

（张宇航，中国作家协会会员、中国散文学会会员、

广东省作家协会散文创作委员会主任）

目录

I

第一辑：那乡那土

1. 西沙窝

西沙窝是我的出生地，也是我们家几代人居住的地方，可是我一点儿也不喜欢它。"金窝窝，银窝窝，不如我的沙窝窝"。听到这句话我就烦，就这么一个春天飞沙迷眼、夏天蚊虫叮咬、秋天日头曝晒、冬天寒风凛冽的破沙窝，真不知道有什么好的。我真不明白爷爷他们弟兄几个当年中了什么邪，竟跋涉千山万水，历经千辛万苦，步行几千里路从民勤来到这么一个我认为千不该、万不该来的地方，而且还毕生留恋，活着时在这里劳动耕作一辈子不算，死了还要坚持埋在这里。

爷 爷

西沙窝一带的人绝大多数是从甘肃省民勤县迁来的，按聚居点不同可分为南刘、北刘、东王、西张几大家，另外还有一些从山东、陕西等地迁来的小姓散户，南刘说的就是爷爷和他的弟兄们。大家基本上都是从一个地方来的，人不亲土亲，所以都以亲戚相称，再加上村里互相通婚，南面刘家和北面刘家结了干亲，东面王家娶了西面张家的姑娘，所以拉起家常大家都是亲戚，就是典型的"河套亲"。

"爷爷是十七上从民勤来的"

对爷爷的出生年月我没有记清楚，我爸爸也不知道，他是1992年去世的，去世时83岁，究竟是按虚岁算的还是按周岁算的我也不清楚，在他快去世的时候我们推算他应该是清朝末年人或者民国初年人。全家人都不知道爷爷的准确出生年，但是全家人都知道爷爷是十七岁上从甘肃省民勤县来到内蒙古河套平原与乌兰布和沙漠接壤处的头梢的西沙窝。我记得很清楚，爷爷在训斥爸爸他们不够勤劳时常说的一句话就是"我是十七上从民勤来的"。我的父辈在训斥我和我的兄弟姐妹们学习不够努力时说的也都是同一句话："你爷爷是十七上从民勤来的！"

我不明白爷爷为什么要十七上从民勤来河套，因为他这么一个举动害得我家两代人被同一句话训斥了几十年，现在又牵连到了第三代人，堂兄在训斥他没有完成作业正在玩耍的孩子时也是用这句话："你太爷爷是十七上从民勤来的！"

"爷爷是十七上从民勤来的"这句话，显然成了我们家的紧箍咒，谁不努力劳动，谁不努力学习，谁不努力工作，谁就要被紧箍一次，其威力远远大于吓唬小孩的"狼来了"！

不明白就想办法弄明白。爷爷少言寡语，很少给我讲过他过去的事情。而且在他去世时我才上初中二年级，我也不明白多少事情。大姑、大爹、四爹、爸爸以及其他亲友或多或少地给我讲了一些，让我知道了大概的情况。他们给我讲的也应该是听别人讲的，因为他们都是在西沙窝出生的，他们这些人既没有经历过爷爷十七上来河套的年月，也没有去过民勤县，不知道当时的情形是什么样子。

爷爷十七上从民勤来河套的时间推算起来应该是1927年或者1928年，也就是毛泽东领导秋收起义的年代。据大人们讲，那个时候民勤闹了饥荒，民勤人饿得受不了，就四处逃荒活命，爷爷就在那个时候背着干粮从民勤老家出发，翻越贺兰山，穿越腾格里沙漠、乌兰布和沙漠，跨越黄河，一路徒步向北，一个人步行了2000多里路来到西沙窝。

我一直想亲身体验一次徒步从甘肃民勤到内蒙古杭锦后旗太阳庙乡西沙窝的感觉，因为我对"你爷爷是十七上从民勤来的"很不服气，凭什么就用这么一句话教训我们家几代人呢？我毕业后被分配到盟林业局工作（盟是地区，同地级市），一次周末回家，错过了村子里到旗里的班车。因为我需要坐车到旗里，然后从旗里坐车才能到盟里，爸爸要开着四轮车（农用小型拖拉机）送我，但我知道四轮车油耗很大，估计还走不到旗里就没油了，又没有加油站可以加油，熄火在半路上还得人推车。恰好那时同村和我同龄的六子在乡里教书，他要赶回学校，于是我俩相约步行，一路上谈天说地还能欣赏田野风光。路程不远，从村子里到乡里也就是十几公里，我俩太阳没落山时从村里出发，走到乡里已是晚上10点多。乡里到旗里的班车也没有了，我原打算一路再从乡里走到旗里，好好做一次徒步的体验，可这个时候我已经两腿酸麻，想想到旗里还有几十公里的路程，只好作罢。在乡中学六子宿舍里睡了一晚，第二日清晨坐第一趟班车进了城。再有一次是在2002年秋，我调到新组建的乌拉特国家级自然保护区管理局工作，单位组织中层以上干部到贺兰山国家级自然保护区考察，早上开车从临河出发，到乌海乌达矿区后走了三个多小时的盘山公路，傍晚了才到贺兰山国家级自然保护区管理局。一路上都是一眼望不到边的戈壁沙滩和不长一棵树也不长一棵草的光秃山脉。想起爷爷当年徒步走过这条路，不禁后怕。别说遇到野狼秃鹫了，就这无边无沿的戈壁沙滩和荒山秃岭，饿就把人饿死了，渴就把人渴死了，就是饿不死渴不死，吓也把人吓死了，孤独也把人孤独死了。而我们走的这些路程仅仅是当年爷爷徒步走过的一部分，前面我们还没走过的贺兰山脉和腾格里沙漠在当年可都是无人区呀！年幼的爷爷可能这个时候正舔着干裂的嘴唇，赤着双脚在我们的车还没走过的腾格里沙漠里一步一步地向前艰难移动，两只眼睛里饱含着对前途的期待和憧憬，远远地瞭望着贺兰山头。

水桐树下的抉择

　　爷爷不爱说话，但是经常对我们讲一个水桐树的故事。他说他到了黄河北岸的时候身上所带的干粮所剩无几，那里有一棵很大的水桐树，他躺在水桐树下思谋该怎么办。干馒头只剩三个了，回家是不够吃的，可是去人们说的有很多地可以开垦耕种的后套平原不知道还要走多久。最后他决定继续往前走，一直走到了他落脚的西沙窝，成为我们村的第一批村民。也有可能爷爷是第一个，因为在爷爷到来之前我们村是无人烟的，就是在爷爷那批人手上才建立了这个村，所以我们村名叫新建村。但是爷爷他们那批人已经全部作古，没有人证，不好乱下第一的结论。我起初对水桐树的故事没有在意，但是爷爷讲，爸爸也讲，听人讲得多了，就深深地记在了脑海里。长大后听老师讲"进则生，退则死"，渐渐明白了爷爷的水桐树故事所包含的道理。爷爷如果在水桐树下退缩，则极有可能饿死渴死在他返回路上的戈壁沙滩中，因为人在饱含希望的时候精神倍增、士气高涨，所以在前进中能够战胜各种艰难险阻；而人在失望的时候精神萎靡、士气低落，所以在后退中会变得异常脆弱，不堪一击。试想红军走完二万五千里长征，来到会宁地区时发现无路可去，没办法还要原路返回，他们还能够沿着来时的路再一次穿过草地、翻过雪山吗？

　　1999年冬天，我陪国家林业局的一位处长调查乌兰布和沙漠防护林带老化退化情况，来到黄河北岸的磴口县二十里柳子。那个地方南面是一望无际的鄂尔多斯高原，西面是雄浑辽阔的乌兰布和沙漠，北面是广袤无疆的河川平地，黄河岸边自然生长着许多高大的胡杨和柳树，构成一道坚固的黄河防护林带。在落日的余晖里，黄河水面铺成了一条长长的金色飘带，乌兰布和沙漠变成了一座座闪耀着光芒的金字塔，胡杨和胡杨的落叶金光闪亮。水桐树的学名叫胡杨，素以刚烈著称——"活着三千年不死，死了三千年不倒，倒了三千年不腐"。我顶着西北风走进那一片胡杨林，仔细地端详着眼前的一株株胡杨树，试图辨认出哪一株胡杨是铭刻在我们家族记忆里的水桐树。有一片黄叶飘落，打在我的肩头，枫叶形的，黄得发白，叶肉厚实，脉络清晰，叶柄健硕，或许这就是给我爷爷启示并激励我爷爷继续前行的那片水桐树叶吧！

王爷地躲兵

爷爷偶尔提起的另一个地方是王爷地。

王爷地在磴口县境内，因为新中国成立前隶属于阿拉善王爷府，不归傅作义主政的绥远省管辖，王爷地的人不用服国民党的兵役，所以河套各县的农民经常跑到这里"躲兵"，爷爷也在王爷地躲了几年兵。

国民党统治时期经常抓兵，深夜到农舍里搜捕男性，一绳捆住送到军队里严密看守，然后硬逼着这些农民上战场。我们村的农民为了躲兵，大多采用的是自残身体的办法，用铡刀把右手的食指铡掉，这样没法开枪，自然也就无法当兵。所以我们村子里像我爷爷那个年龄的人，好多都只有九个指头，爷爷是少有的一个十指健全的人。

在那个年代，大姑已经是大孩子了。她对我讲，"那是一个冬天的夜晚，寒风呼啸，忽然听到外面传来马蹄声，知道是抓兵的来了，你爷爷和你奶奶吓得赶紧就往外跑，你二姑刚出生，你爷爷抱着你二姑，你奶奶拉着我，我们四个人没命似的逃跑。在跨过一条河时，慌乱中把你二姑掉在了冰窟里，你爷爷赶忙把娃娃从冰水里捞出来之后继续跑，跑啊跑啊，不停地跑，最后跑到了王爷地。我们在王爷地搭了个茅草棚就住了下来，住了好几年，之后你奶奶生了你大爹，直到国民党不抓兵了，我们才回到西沙窝"。

王爷地盛产甘草，现在有一个"王爷地甘草"的品牌很出名。在盟林业局工作时，我到磴口县下乡检查，走到一条田间小路时车子忽然陷在了一个土坑里，司机骂道："这些人真是的，路上的一棵甘草也要挖。"我猛然产生联想，又不敢确定，问司机这是什么地方，司机说是王爷地。我下车把四周细致地查看了一遍，也是一览无余的平坦沙地，和西沙窝差不多，没有任何险阻，更没有任何高大的乔木或者掩体可以藏身，在冬天里冷风同样飕飕地刮个不停。塞外蒙古高原的冬天寒冷无比，平均温度是零下20多度，不料就是这么一个地方，因为可以"躲兵"，一个茅庵庵竟成了爷爷的洞天福地。

爷爷当过贫协主席

爷爷在新中国成立时当过我们村的贫协主席，任职时间不长，大概是因为做了几件"得罪人"的事。第一件是为二爷爷争取公道。那时定成分，地主、富农、中农、贫农是大致有一个划分比例的，西沙窝一带都是从各地逃荒要饭来的流民，所以挑出一个地主和富农比较困难。那时老李支种的地比较多，而且养了一支骆驼队，经常从农区驮了粮食到后山牧区里贩卖，被划为地主后镇压（枪毙）。还有富农没有人选，工作队就选定了二爷爷。爷爷拍案而起，和工作队大闹起来，大声反驳说富农的标准是家里有雇工，我二哥只是自己开地种地，怎么能定富农呢。在爷爷强硬的坚持下，二爷爷被定为上中农，西沙窝的富农指标落选了，工作队没有按比例完成任务，自然爷爷的贫协主席也就干到头了。第二件是为全村人说公道话，在"大跃进"时大队组织了一些拆了锅台建炼钢炉，砸了铁锅炼钢铁等不符合实际的生产行动，爷爷说"铁疙瘩不能当饭吃"，反对炼钢铁，因此而得罪了当时年轻气盛的大队书记，还得罪了当时的小队长。最关键的是他根本不怕得罪掌权的人，总是仗义执言，据理力争，于是他和大小队领导结怨越来越深，曾经的贫协主席最后被彻底边缘化。

大爹丢的铅笔

时至今日，将近七十岁的大爹还经常说一句话："我现在丢个钢笔谁又能把我怎样，可是当年丢个铅笔我就不敢回家！"

大姑也对我说过，如果你大爹他们到了吃晚饭的时候还不回家，而是一步一步地在房后挪，那肯定就是把铅笔或者橡皮丢了，吓得不敢回家。回家后你爷爷是要检查书包里的书本和文具的，如果少了一样，就一定会把丢了东西的人狠狠地打一顿。

爷爷育有四男四女，奶奶是裹脚女人，平时走路还要拄棍，不能下地劳动，爷爷一个人种地要养活全家人。那个时候生儿育女的标准是小时候不要饿死，长大了不要打光棍，读书是不考虑在内的。都是一帮逃荒要饭来的人，能活命就不错了，还读什么书呢？可是爷爷供爸爸弟兄四个都读了书，大爹是因为耽误了面试，所以未能到天津塘沽读书。爸爸是因为读初中时红卫兵大串联，学校停课了。四爹在恢复高考后考了学校，成为西沙窝第一个中专生。二爹读到了小学二年级，不过不能怪爷爷，据说爷爷定的政策是念书的就趴在炕桌上写作业，不念书的就去担水劳动，二爹觉得读书头疼，总是报名要担水劳动，所以就不再念书了。现在我们弟兄们都是干部，每家只有一个或者两个孩子，还觉得生活不宽裕。在爷爷生活的那个物质极端贫乏的年代，一个农民单靠种地要养活十口人，供四个学生上学，其艰难程度可想而知。养儿方知父母难，我深深理解了爷爷当年的艰辛。

"十二个马头"

爷爷有一个绰号是"十二个马头"。旧时在河套地区盖的房子都是用土坷垃砌墙的，东西两边的墙体在快到房顶的地方要伸出一点盖屋檐，这伸出的部位就叫作马头。一般的房子是两个马头，可是爷爷家人口多，光儿子就四个，儿子长大了就要给新盖一间房，为了节省盖房的成本少砌一堵墙，爷爷就利用旧房的墙体盖新房，新房和旧房共用一堵墙，这样就形成了一排房屋马头连马头，总共有十二个马头的奇观。加之新旧不一，就更加难看。

爷爷和我的二爷爷一样小气，过日子仔细也是出了名的。旧时河套地区夏天唯一的避暑解渴用品就是西瓜，爷爷不仅嫌占打粮的地不让种瓜，而且不让奶奶用粮食换瓜，一个夏天到处是吃西瓜卖西瓜的，可是刘家的人连瓜皮也没闻过。民勤人爱吃醋，可是爷爷甚至连醋也不让买，吃的饭里只是撒几粒盐。奶奶院子里有几只母鸡，可是我们从来没有吃过鸡蛋。我们几个孙子听到母鸡咯哒咯哒地叫，就赶紧跑到鸡窝里收鸡蛋，刚下的蛋热热的，握在手心里特别舒服。还没握一分钟，奶奶就把鸡蛋收缴走了，说鸡蛋要卖了供你四爹上学呢！我们虽然觉得奶奶有些不近人情，但是争着抢着去收鸡蛋的热情依然很高，因为小手里握着个鸡蛋交给奶奶时，奶奶脸上总是绽出满面笑容！

在供四爹上学时爷爷已经快七十岁了，在四爹成家时爷爷已经七十好几了。知道四爹谈成对象了，爷爷从信用社取出了他的全部储蓄，是压在箱底的新新旧旧将近一尺厚的一摞存折，有两元的，有五元的，有七元的，好多都是奶奶卖了鸡蛋积攒成一两元存到信用社的。据说当时的信用社会计用算盘算了一整天才算出来连本带利是多少钱，四爹说信用社的人算了一整天，他哭了一整天。那是爷爷晚年的全部积蓄，总共是700多元。

"你们这样说邓小平是不对的！"

后来我听爸爸说，爷爷在晚年还为邓小平仗义执言。应该是在二十世纪八十年代末期，他们弟兄几个过年时一边喝酒，一边议论，说起当时的一些腐败现象，他们弟兄几个说全怨邓小平。爷爷忽然站起身来，拍着桌子大骂，说你们做人不能忘了根本，不能不知好歹，如果不是邓小平重视教育，老大你能当了人民教师？如果不是邓小平解散大集体，老三你能当了村主任？如果不是因为邓小平恢复高考，老四你能考上学校成了干部？一番话说得他们弟兄几个哑口无言，再也不敢酒后胡言乱语。

爷爷是一个普通得不能再普通的农民，但是爷爷知道最朴素的真理。

爷爷成天盼着民勤老家来人

爷爷他们弟兄几个自从民勤来到后套就一辈子没有回过老家。

在二十世纪五十年代的时候，民勤老家爷爷的侄子，也就是我大爷爷的儿子来过一次西沙窝，具体情形我大姑知道。过了三十年，在1985年的时候，我大爷爷的孙子、我的民勤堂兄又来到西沙窝，当时我上小学二年级，记得他的到来成了西沙窝一带刘家人的盛大节日，举族团庆，家家户户都请他吃饭，家家户户都请他给民勤的亲人捎带东西，四爹还专门借回一个照相机给西沙窝一带的全体刘家人照了集体相（可惜的是底片坏了，没有洗出来）。在民勤堂兄来的那段时间，是我的记忆当中爷爷最开心、最快乐的时候，当时二爷爷去世了，爷爷都好像忘记了悲伤。

爷爷一直坚持劳动。在1990年的时候，二爹盖新房要砍伐自留地里的树，爷爷非要跑去帮忙，不料被放倒的树头打在腰上，打断了七根肋骨。爷爷在病危的时候老是说想见民勤老家的人，四爹就给民勤老家的人发了电报。老家回了电报，说过年时来看爷爷。爷爷知道了这个消息立刻精神了，好像他这个八十岁的老头根本没有受过重伤。1992年的正月，爷爷白天没有在家里待过，每天都让人把他搬到院子里，他整天端详着从南面来的一个个路人。正月出了还没有望到他日思夜想的民勤老家的人，爷爷一下子像发了疯一样，把拐杖扔到一边，气呼呼地说："不来了！抬我进屋吧！"从此爷爷再无精神，在1992年4月份病逝了。

我调到广东工作后，意外地知道当年去过西沙窝的民勤老家堂兄的女儿和我在一座城市。这个侄女是第一次到我家里，也是和我第一次见面，说到爷爷临死都盼望能见到老家来人的事，我控制不住情绪，哭了，可是这个孩子好像没有一点感觉。是呀，没有爷爷那样的亲身经历，又怎么能体会到身处异乡游子的思乡情是多么苦多么深呢！

二爷爷

二爷爷在西沙窝一带是一个很有名气的人，他的名气是因为四样东西得来的：黑豆、粮食、砖茶和银圆。

刘黑豆

我一直以为"刘黑豆"是说我们刘家的娃娃眼仁又黑又大，黑豆黑豆的很好看。不明白为什么"刘黑豆"在西沙窝一带成为一句十分严重的骂人话，一旦外姓人提起"刘黑豆"三个字，我们刘家的大人娃娃就立刻怒目相向，甚至挥拳相向。

在写到这一段时，我儿子看到了，问我"刘黑豆"是谁呀。我说，是你太爷爷的二哥，你的二太爷。儿子说，他是不是喜欢吃黑豆呀！我说你真聪明，一看到这三个字就明白是怎么回事了，而爸爸很愚笨，思考了三十年才明白，是前几年向你四爷爷询问才知道是怎么回事。

下面就说"刘黑豆"故事的主人公——我的二爷爷。二爷爷是我爷爷的二哥，听大人们讲，二十世纪二三十年代应该是二爷爷先到了西沙窝一带，爷爷才从民勤县来寻找哥哥的。二爷爷生活非常节俭，为了剩口粮，他不管吃什么饭，总要往全家人的碗里放几颗生黑豆，因为生黑豆吞到胃里后发胀，耐消化，止饿。所以同村的人就称他为"刘黑豆"，称我们刘家人为"刘黑豆"人家，"刘黑豆"和小气鬼、吝啬鬼的意思差不多，甚至有过之而无不及。

"刘黑豆"这三个字可是把我们这一家人害惨了，方周四围的姑娘在介绍对象时一听是刘家的子弟，姑娘的父母就说，那是"刘黑豆"人家的小子，女子可是不能嫁给他。我记得很清楚，在小时候我妈妈经常给外人解释，"刘黑豆"是说的娃娃二爷爷的事情，我们孩子的爷爷是老三，不关他爷爷的事。我的堂婶娘（我二爷爷的儿媳）经常给邻居们说下情话，我们的娃娃都大了，快要找对象了，央求你们不要再叫我们是"刘黑豆"人家了。刘家子弟因为"刘黑豆"打光棍的倒是没有，不过要多费些周章。记得在1996年二堂兄和二堂嫂谈对象时，二堂嫂家的大人还对 "刘黑豆"人家有疑问，经过仔细考量得出一个结论：刘家的人聪明，将来生了娃娃学习好。于是决定把二堂嫂嫁给二堂兄。

二爷爷贮藏的粮食

大人们都说二爷爷是个勤劳到极点的人。他每天中午不收工，烈日炎炎的中午别人回家歇晌，他坚持在地里耕作，晚上一直到太阳落山才回家。第二天天还黑乎乎的他就外出砍柴或者割草了，等到清晨邻居们起床的时候，他已经弯着腰背着沉沉的一捆柴草回家了。他的吃苦耐劳在西沙窝一带是出了名的，如果给他评一个"吃苦冠军"的荣誉称号，估计全村没有一个人反对。可能是遗传，也可能是潜移默化受了他的影响，刘家的人睡觉都很少，每个人都是清晨四五点就翻来覆去睡不着了，只能下地劳动或者下床读书。如今刘家的第三代几乎全部进了城，第四代和我二爷爷劳作的年代相隔了半个多世纪，这些小家伙们也是睡觉时间很少，睡得晚起得早。妈妈经常骂这些不安生睡觉的孙子们，连睡觉少还要跟你们的先人！

二爷爷就像一台加足了油、铆足了劲疯狂开荒的机器，不知疲倦，没有休止。我也不知道他老人家在原本是一片荒漠和碱滩的西沙窝一带开了多少地，只知道西沙窝一带东西十几公里、南北二十几公里的范围到处有他开地的足迹。如今我们村二三百户人家，千余口人，家家户户或多或少都耕种有二爷爷当年开垦的土地。2000年国家启动退耕还林工程，林业局组织当地农民到乌兰布和沙漠深处压柴草沙障，一位老农和我开玩笑说："都怨你的二爷爷，那时候成天乱开地，套里地开了个无数，又扛个锄头到乌兰布和沙漠里开，割掉芦草，刨掉白刺，把固定沙丘扰动成了流沙，害得我们压沙。"

二爷爷一生打了许多粮食，但是被人吃掉的不多，否则家里人也不用顿顿吃黑豆。新中国成立前当地农民没有粮仓，都是挖地窖贮藏粮食。当地气候干燥，地窖一般挖在高处，水分很少，粮食可以保存多年。其他人家都是用一个地窖贮藏粮食，所以粮食埋在哪里，有多少粮食自己清楚。二爷爷呢，粮食分在多处秘密贮藏，我想一是怕土匪抢劫和官府征粮，二是怕家里人知道了胡吃一气，从民勤出来逃荒的人饿怕了，就怕没存粮，就怕人乱吃。可是他偏偏记性差，往往忘记了贮藏的粮食埋在哪里。我后来琢磨，二爷爷或许也不完全是记性差，他应该是一个对土地的顶礼膜拜者，他痴迷地留恋于田间劳动，就像一个苦行僧或者朝圣者，稍有清闲则会感觉罪恶深重，累得骨架松散心灵反而会得到片刻安宁。只顾耕耘，不顾收获，更不顾收获的粮食埋藏在哪里。新中国成立后我们村建立大队实行大集体管理制度，改良土壤缺少肥料，二爷爷之前贮藏的粮食提供了极大的帮助。常听大人们说，这里挖出了二爷爷贮藏的一大堆已经沤成肥料的粮食，那里又挖出了一大堆。这些年不再听说了，应该是二爷爷贮藏的粮食在新中国成立后五六十年里已经被全部挖光了。

二爷爷的砖茶

二爷爷的砖茶与众不同，之所以与众不同，是因为存放砖茶的方式与众不同。

在西沙窝一带把粮食贮藏在地下不奇怪，可是把砖茶砌在墙里就很奇怪了。河套平原是碱性土壤、碱性水，茶叶富含酸性成分，所以当地农民经常喝茶，牧民吃的肉多蔬菜少，更加要喝茶。那时很少有袋装的茶叶（俗称小叶茶），农牧民平日招待客人喝的是砖茶，办喜事赠送的贵重礼物也是砖茶。二爷爷买回砖茶准备招待客人，但是又怕家里人平时烧茶乱喝，就把砖茶砌进墙里，等客人来时，他就拿着菜刀到墙上削几片茶叶下来。

村里常有人说我二爷爷的这些故事，他们不管是听的还是讲的，都笑得前俯后仰，我没有半点笑意，每听一次就流一次泪。怨谁啊？怪谁啊？是少年时的艰苦，是生活的辛酸把二爷爷逼成了这个样子啊！我那个吃苦受罪又饱受嘲笑，可怜、可悲、可叹、可笑的二爷爷呀！

二爷爷的银圆

二爷爷的银圆更加富有传奇色彩。

前面说了，二爷爷贮藏粮食后经常忘记埋藏的地点。二爷爷挣了大洋也怕家里的人胡花，就在房前屋后找个白刺堆或红柳丛埋起来，过的时间久了，就忘记了埋藏的地点。但是他对忘记埋藏的地点毫不在意，他的快乐可能就在埋藏大洋的一刹那，至于以后能不能找到可能对他没什么影响。二爷爷的行踪被村子里的很多人掌握，好多到处找钱却找不到钱的人成天盯梢，看二爷爷到哪个白刺堆下挖坑，等二爷爷前脚走开，他们后脚就把大洋挖出拿走了，所以即使二爷爷能够想起来他埋钱的地方，也没有什么意义了。

二爷爷的大洋除了给我们西沙窝一带的刘家人制造了许多笑话外，还给民勤老家的人帮了大忙。听大人讲，在民勤老家的大爷爷的孩子没钱娶媳妇，来后套找爹爹（民勤话对叔叔、伯伯的称谓），是爷爷给他的民勤侄子送了骡子，二爷爷送了银圆，他们的民勤侄子用骡子驮着两个爹爹资助的钱粮回家娶了媳妇，成了家。

二爷爷埋下的大洋可能早让他的邻居挖光了，反正刘家的孩子把村里的白刺堆、红柳丛都搜寻遍了，也没有找到一块银圆。大约是在我上小学一年级的时候（1984年），西沙窝这个已经几十年没有见过银圆的地方又发现了大批银圆！是几个农民在四爷爷的坟地边上犁地的时候犁出来的，白花花的一堆，被当时看到的人哄抢了。我们家的人立刻想到可能是二爷爷埋下的，就向二爷爷询问。二爷爷出奇的平静，出奇的清醒。他说，是在四兄弟下葬时我埋下的，200块大洋，是给四兄弟花的。家里人主张二爷爷向哄抢的人索要，和二爷爷年龄相仿的好几位老人也出头伸张正义，但是二爷爷一言不发，好像那200块大洋和他没有一点关系。我问爷爷，二爷爷怎么不往回要大洋啊？爷爷说，你二爷爷说那是他埋给他四兄弟花的，不能往回要。

说一句冲撞祖宗的话，在我的印象中，二爷爷像个哑巴，也像个傻瓜。在童年的记忆里，他是一个黑瘦的老头，永远是低头走路，不说一句话。记得我小时候，他隔几天就来爷爷家一趟，但进家门后一声不吭，只是偶尔喝一口水。我很奇怪，问奶奶这个老汉是谁，奶奶说是你二爷爷，我才知道原来他就是那个人人知道、人人笑话的二爷爷。

二爷爷对待自己是近乎虐待的苛刻，对待自己的老婆、娃娃也是这样，可是二爷爷对待有困难的亲友又是出奇大方。爷爷刚结婚时生的几个孩子都夭折了，二爷爷没有半点犹豫就把他的二女儿送给爷爷做女儿，说是有个孩子压住，再生孩子就能活下来了，于是我的堂二姑变成了我的亲大姑。大姑过继给爷爷时已经七八岁了，按说已经对亲生父母有了深刻记忆，可是大姑始终叫爷爷和奶奶为爹妈，二爷爷二奶奶被她叫了一辈子二爹二妈。我很好奇，曾经小心地向大姑询问过，大姑说你二爷爷那个人，在自己名下舍不得吃舍不得喝，在别人名下可真是舍得了，不要说我是个女子送了人他不让我叫他爹，就是个小子送了人他也不会再让人叫爹的。二爷爷，你真是让人百思不得其解！

1985年冬天，二爷爷去世了，享年84岁。白天他还在地里劳动，晚上刚点灯，他忽然大声喊我的堂伯父，说我快不行了，快给我洗脚。堂伯父端来一盆水赶忙给他洗脚，刚刚洗了几下，二爷爷就去世了。二爷爷他们那茬农民是很少洗脚的，一来是从井里往回挑水不易，二来是这帮人也不怎么讲究卫生，应该一年也洗不了几次脚。十分感慨，二爷爷这个赤脚行走一辈子、被人嬉笑愚弄一辈子的人，临终竟要坚持洗干净脚上路！

令人欣慰的是，在二爷爷去世前，我的堂兄从民勤老家来了，二爷爷在临终前再一次见到了民勤老家的人！二爷爷把他的坟地选在了我们村进乌兰布和沙漠的第一个沙堆下，爷爷后来选的坟地距离二爷爷也就是一里多路，两兄弟聊聊天应该很方便。

四爷爷

四爷爷留给我的记忆只是一个又高又大的坟堆，上面长满了白刺、芦草和枳芨。我们这一代和父亲那一代都没见过四爷爷，他留给我们的只是一个传说。

奶奶说四爷爷被国民党抓了兵，死在部队了。

奶奶说当时你四爷爷刚结婚，有两头牛，一头拉到你二爷爷家了，一头拉到咱们家了，你四奶奶改嫁走了。

四爷爷叫什么名字我们不知道，只知道西沙窝曾经有个民勤小伙子存在，他是爷爷的兄弟。四爷爷什么时候出生的我们不知道，什么时候来到西沙窝一带的我们也不知道，只知道他比爷爷小几岁，他是爷爷来到西沙窝后又顺着爷爷走过的路徒步走来的。一路上遇到了多少艰辛和磨难，我们不知道，因为爷爷的艰辛和磨难有爷爷的后人在口口相传，四爷爷没有后人，他的故事断线了。

四爷爷具体是什么时候死的我们不知道，只知道是新中国成立前被国民党抓了兵，死在部队了。究竟是病死的还是打仗被打死的，我们也不知道。现在四爷爷的坟墓里究竟有没有埋葬四爷爷的尸骨，我们也不知道。是真正的坟墓呢，还是衣冠冢，没有人讲过，一切都是一个谜。

一个从民勤逃荒要饭几千里跑来找哥哥的男娃子不到二十岁就没了，名字没留下，生卒年月也没留下，只在西沙窝留下一个萋萋的坟堆和一个凄凄的孤魂。

跑马丈地之人原来是四爷爷

在西沙窝一带有一个跑马丈地的传奇故事，说是新中国成立前有一个特别聪明的人，丈量土地不用绳拉，也不用步量，骑上马跑一圈回来就能目测出土地的面积。上数学课时老师经常用这个事例教育学生，我们听了觉得太夸张。偶尔的一次，听爷爷和大人们聊天，才知道这个跑马丈地的故事竟然发生在我家，这个跑马丈地的人竟是我的四爷爷！真是没有想到！

我非常好奇，开始四处打听四爷爷的故事。爷爷说话不多，和我们这些孙辈交流很少，从他那里我没有问到多少东西，爸爸也是闪烁其词，讳莫如深。一次四爹醉酒后用自己的亲身事例教训数学没有考好的堂弟，我才知道了原委。原来，因为有四爷爷跑马丈地的故事，所以村里村外的人都认为刘家人特别聪明。爷爷到了秋天分红算账的时候，就用一根红绳绳把算盘的两头系起来，然后把算盘挂在大爹、爸爸或者四爹的脖子上，带着大爹、爸爸或者四爹到生产队会计那里核算账目，应该是检验子弟学习成绩和向大家证明子弟学习成绩这两个目的。可是好多时候事与愿违，大爹、爸爸或者四爹常常打算盘出现差错，所以爷爷往往羞愧得不敢站在众人面前，偷偷溜到人后。当然最羞愧的还是正在上小学的大爹、爸爸或者四爹，估计回家后还要挨不少打。爸爸不知道用了什么狠劲，学会了什么妙法，一个初一只读了半年的人竟然在虚岁十七上当大队会计时把个算盘打得噼里啪啦，人称铁算盘，连公社平不了的账目也要请他去算。大爹以全公社第一的成绩考入旗立中学，初中毕业又考过了天津塘沽的一所中专学校的面试线。本来西沙窝一带的民勤子弟考上学校成为公家人的时间可以往前推到二十世纪六十年代，可是那时交通不便，信息不通，等大爹接到同学传来的塘沽学校要他去面试的消息时已经是第二年了，错过了上中专。于是大爹一个初中刚刚毕业的学生娃在我们公社中学教起了初中生，七八十年代，在全旗一年也考不了多少大学生的情况下，他竟然教出好几个大学生，被称颂一时。四爹在生产队一边铲草一边看书，发明了书挪铲进、读书铲草两不误的学习方法，在七十年代末恢复高考时以生产队社员身份考上了中专，成为西沙窝一带第一个考上学校当干部的人。

再后来我的父辈又用这个故事来教训我们这一代人，因为你们的四爷爷是跑马丈地的人，所以你们的成绩必须好，尤其是数学要特别好。可是我的数学偏偏学得不好，而且对数字极其迟钝，所以在郁闷中我常常觉得跑马丈地不可思议，常常怀疑这个传奇故事的真实性，但是看到讲这个故事的长辈情绪激昂、庄严圣洁的样子，我又不得不信。

四爷爷没有儿女坟头却很大

四爷爷的坟就在爷爷的房后，坟堆有两三丈高，爷爷走在路上，站在田里，都能看到他的兄弟。

我们家的祖坟在老家民勤。在西沙窝，爷爷这一代是开宗立祖的人。记得小时候每到过年，爷爷就打发我的父辈带着我们去给四爷爷烧纸钱。后来我们家的人基本都进城工作了，有时不能回到西沙窝上坟，四爹带我和堂弟在一个十字路口给先人烧纸，四爹念叨说："四爹收钱来。"年幼的堂弟感到很奇怪，问他爸爸，说你不就是四爹吗，怎么还给自己烧纸？

另外还有一件事，我也感到很奇怪，一般的坟头都是两三尺高，为什么四爷爷的坟头高达数丈呢？西沙窝一带都是沙地，红胶泥很少，而且风力很大，坟头只有用红胶泥填才不至于被风沙湮没。在我的记忆中，我们这些后辈并没有给四爷爷填过土，因为在西沙窝一带有个不成文的规定，只有儿女才能在清明节给父母的坟上填土，其他人是不能在坟上胡乱动土的。四爷爷坟堆体积如此庞大的红胶泥是从哪儿来的呢？只能是他的两个哥哥——爷爷和二爷爷这两个吃苦冠军一锹一锹收集的黄河水流过沉淀下来的胶泥，又一筐一筐地提或者一麻袋一麻袋地背到兄弟的坟头。为什么要采集这么多的红胶泥压坟头呢，估计是怕兄弟被沙埋了，怕兄弟被朔方的风刮没了……

末　尾

我总觉得西沙窝不好，常常埋怨爷爷：既然是逃荒为什么要来这么个地方？要么您就从民勤往南走，当时黄埔军校正招生，陕北也有共产党闹革命，您到了广州或者陕北，就是当不上元帅和将军，最起码也和元帅、将军是同学或者同事嘛！要么您到了后套就再往东走几十里或者一百多里，您住在陕坝或者临河，我们也再不用辛辛苦苦地从西沙窝向陕坝（旗府所在地）和临河（盟府所在地）方向跑了。对孙子们的怨言，爷爷只是微微一笑。

后来二爹也觉得西沙窝不好，想南下民勤或者北上蒙古闯荡一番。爷爷开始骂人了："你们还想上天了，回民勤有你们的地吗？我们就是因为没地种、没吃的才跑到西沙窝的。西沙窝这地方多好，方圆几十里只有几十户人家，到处都是荒滩，我们来时没有人家，到处是一眼望不到边的芦草和红柳林，想开多少地就开多少地，想种多少地就种多少地！西沙窝多好啊，没有地种就到西沙窝开生荒地，没有柴烧就到西沙窝砍红柳，没有肉吃就到西沙窝放牧养羊，没有钱花就到大碱湖（即《山海经》里记载的屠申泽）拉烧碱卖钱，你们一个个都说不好，有本事就出去给我闯出个人样，不要丢人现眼瞎败兴，搞不成又灰溜溜地回到西沙窝！"

　　是啊，西沙窝是爷爷他们那批逃荒人的避难所、中兴地，也是他们的心灵家园和灵魂栖息地。爷爷说，他心情不痛快了对着西沙窝的大沙头喊两嗓子就好了。爸爸他们那一代人也有同感，说不顺心了，到沙窝深处转转心情就觉得开朗了，天空就觉得明朗了。西沙窝深处还是西沙窝一带人的最后归宿，每一个西沙窝的老者都在活着的时候在沙窝里选好自己的坟地，爷爷选的是一个向阳的小沙坡，南面有一条叫天生河的灌溉农渠，北面是茫茫阴山，西面有一丛红柳树，长得非常高大茂盛，东面是农田，再往东走几里就是西沙窝的农舍，我们的聚居点。

　　爷爷他们这一代西沙窝人呀，质朴得就像后套平原到处可见的红柳丛，一根根枝条光溜溜的，没有一点枝节，没有半点弯弯道道；爷爷他们这一代西沙窝人呀，卑微得就像后套碱滩上到处可见的碱蒿子，生没有人在意，死也没有人在意，枯黄了，烧着了，只剩一把和碱土一样的白灰面；爷爷他们这一代西沙窝人呀，生命又顽强得像乌兰布和沙漠里固沙止漠、牢牢地定死一个个沙丘的白刺堆，一颗种子落地，不用浇灌，不用施肥，不用耕种，不用任何打理，几年就长成一大摊，一摊摊白刺连接起来就构成一道坚不可摧的防风屏障！

　　对爷爷的老家民勤，向来有一种说法："天下有民勤人，民勤无天下人。"大概的意思一是说民勤人吃苦耐劳，勇于开拓闯天下；二是说民勤地理环境恶劣，生活环境差，本地人都往外迁移，外地人就更不要指望去了。民勤地处腾格里沙漠的边缘，西沙窝地处乌兰布和沙漠的边缘，这两个沙漠都是在全国大沙漠中能排上号的。人们都说民勤人离不开五里沙，估计爷爷和他的弟兄们择沙而居，择沙而眠，把西沙窝当成了民勤的替代地，所以能够安心地扎根西沙窝，长眠于西沙窝。

2008年，我参加公选考试从内蒙古调到广东江门工作，临行前全家人回到西沙窝吃了一顿饭，去先人的坟地点了纸。不经意中我发现爷爷、二爷爷、四爷爷的坟头都是背北面南，棺材头对着遥远的民勤方向。可怜的西沙窝第一代移民，人在西沙窝，魂在西沙窝，心还挂念着那个他们出生和出发的地方。

写于2012年11月

（获江门市第十一届精神文明建设"五个一工程"奖入围作品奖）

2. 爷爷的土屋

记忆中爷爷住的是一间土坷垃盖的房子，地基很高但是屋子很矮，踩在窗台上就能把手伸到屋檐下的麻雀窝里掏麻雀。没有养尘（天花板），一抬头就能看到房梁和被熏得黑黑的柳树枝编的笆子。屋里点一盏煤油灯，发着一点点微弱的光芒，我们几个孩子趴在灯下写作业，爷爷在灯芯上点旱烟锅，吸一口磕一次烟灰，再装一次烟叶，靠到灯前点一次烟。每到过年的时候，父亲总是念叨着要去西沙窝南面爷爷的土屋看看。母亲听后总是不耐烦地说，老人去世20年了，土屋变成土堆了，去看甚呢？

大爹从西沙窝南面出来当了一辈子民办教师

在二十世纪二十年代，爷爷作为第一代民勤移民来到西沙窝后，在西沙窝南面盖了一间土屋，建立了我们刘家人在后套的根据地。爷爷的土屋和村子里的其他土屋没有什么大的区别，都是一样的灰头土脸。爷爷土屋所在的西沙窝南面是一个什么地方，就连村子里岁数小一点的人也说不准方位。在广阔的河套平原上有好多向南的沙堆、高地被称为"南面"或者"圪旦"，所谓的"西沙窝南面"，只有出生在爷爷土屋里的父亲和他的兄弟姐妹们知道准确地点。

爷爷在西沙窝落脚后，跟着又从民勤县老家迁来了爷爷的许多堂兄堂弟，我的这些叔爷爷们在西沙窝一带娶妻生子繁衍后代，大约形成东西南北四个定居点。叔爷爷多，叔叔伯伯就多。我们这些孩子为了分清是哪个爹爹（民勤话对叔叔伯伯的称谓），经常用方位来区分，讲大爹的时候要讲清楚是南面大爹还是北面大爹，有时在一个定居点上又有好几个大爹，只好在方位上再加上大小来区分。可是说起"刘老师"就不用再用方位或者大小来区分了，专指一个人，就是我父亲的长兄，我的亲大爹，他是第一个从爷爷的土屋里走出来参加工作的人，是我们家第一个识字的人。

大爹中考时因为耽误了面试，所以未能到天津塘沽读中专。他从初中毕业就开始教书，但一直都是民办教师，临退休的时候才转正，正式领上国家工资，办了"农转非"。周围村子里识字的人，基本上都是大爹的学生。二十世纪七八十年代村子里考个大学生就像卫星升空一样具有爆炸性效应，人们经常说大爹教出的这个学生考上了哪个大学，他教出的那个学生又考上了哪个大学，但是我没有什么深刻记忆。他留给我深刻记忆的是那件穿了十几年的被獾子抓破洗得发白的中山装。应该是在我刚上小学的时候，大爹抱着一只獾子从乌兰布和沙漠里走出来，他上身穿的深蓝色中山装被这只小动物的爪子撕烂了，村子里的人围着大爹和獾子看稀奇。大爹给人们讲，他在野外发现这只獾子不行了，要抱回家给它打一支强心针看看能不能救活。当时我也挤在人群里，但是我对獾子的生死毫不关心，我关心的是大爹的衣服。过了几天，我发现大爹把那件中山装又十分整洁地穿在身上了，原来是大妈用平针把一道道裂口缝好了。过了将近十年，我上中学了，大爹还在乡中学做语文老师，我发现大爹还穿着那件被獾子撕破的中山装站在讲台上，只是深蓝已经洗得变成浅蓝，袖筒和衣领已经全部变成白色。

大爹是种地、教书两不误。站在讲台上他情绪饱满、谈古论今、激扬文字、一丝不苟地进行文化传承；下了讲台他就钻进庄稼地里锄地、培土、育苗，和其他农民没有任何区别。大爹的裤腿和鞋帮上全是泥巴，和其他农民不同的是，其他人收工后吸一支旱烟优哉游哉，大爹却还牵挂着课堂上的学生和课后娃娃们的作文本。大爹的衣服上全部是粉笔灰尘，和其他教师不同的是，其他人全身心地沉浸在"书中自有黄金屋，书中自有颜如玉"的书香世界，大爹下课后来不及洗掉手上的粉尘，就匆匆忙忙地扛着锄头钻进小麦地和玉米林里。

真的，大爹当民办教师的几十年里实在是太苦了。人们都说农民苦，可是大爹比农民还要苦三分。每天天不亮，大爹就骑个自行车在乡间小路上来回穿梭。西沙窝一带的耕地十分分散，每户人家都分七八个地块，最远的地头之间相距将近十里，在浇地时其他农民可以在地堰上挖开一个口子，让渠水慢慢流淌，观察四周都上了水，就把地口填上，整个地块过水均匀，禾苗长势良好。大爹没有时间慢慢等候，因为他的学生还在课堂上等着他讲课呢。他在清晨扛着把锹到处挖口子，等到下课了再来填。至于水深水浅、浇得均匀不均匀就顾不过来了，所以大爹种的庄稼要么水深了淹死，要么水浅了受旱，基本上同类地中大爹种的庄稼产量是最低的。

常年的艰苦劳作、生活的压抑，致使大爹的脾气倔强异常。好多时候家里人并没有说错什么话，他就无由头地发火动怒。堂姐拿回的考卷成绩也并不是十分糟糕，却要被他打一顿。堂兄中午偷偷下河耍水，被大爹发现后被勒令跪在院子里反省，还让我们几个堂弟在现场观看，其实也是"杀鸡给猴看"，把我们几个小家伙吓得战战兢兢，生怕大爹发现我们玩水的印迹。有好几次放学回家，他都埋怨着说，这个教书营生他再也不干了，可是第二天清晨他又骑着自行车奔波十多公里去了学校。

虽然大爹已经退休多年了，可是大爹教书的动作和形象永远地定格在了我的脑海里。一个比农民还要黑瘦的中年教师，骑着一辆破旧的吱吱作响的自行车，车把上挂着一个黄得发白的书包，书包里装着他的教案和课本，有时候还有一个或者半个馒头（那是他在乡中学教书时的午餐，在不装馒头的时候，他中午只在办公室里喝几杯开水，下午接着给学生讲课），后座上还绑着一只蛇皮袋子（是下课后在回家的路途中给家里喂养的羊收集落叶用的），即使身体已经十分疲惫，但是双目炯炯有神，好像看到希望就在距离脚下的黄土路不远的地方。

大爹为了方便给爷爷奶奶看病，还自学了医疗知识。练习过程十分残忍，为了找准穴位，他在自己身上扎银针，更可怕的是为了找准注射血管，他拿个针头把自己的两个胳膊扎成了血窟窿。

四爹跟我说，大爹有一次去城里找他，单位人跟他说，刚才有个穿得非常破烂的农民来找你。四爹立即更正说，那是我大哥，他是我的启蒙老师，他是一位人民教师！

大爹一直是我的骄傲，但有一件事让我感到很不光彩。记得是二十世纪八十年代末，大爹家的两头耕牛走丢了，大爹跑到后山找牛。村子里的中学生问我，你大爹去哪儿了，一星期不给我们上课，扔下学生不管，课堂上已经乱套了。大爹寻牛归来，不料竟挨了爷爷的一顿棍棒。当时大爹已经50岁了，爷爷已经快80岁了。爷爷骂道："应人事小、误人事大，让你不知轻重，人家娃娃上课的事情咱们能耽误得起吗？"大爹也不知道和爷爷争辩了些什么，我只记得他夺过爷爷手中的棍棒，把棍棒扔到屋顶上，气呼呼地骑着自行车向学校方向走了。

我真不知道大爹当年用了何等的毅力和耐力坚持做了30多年的民办教师。大爹当时的工资是500元，是年薪，不是月薪。二十世纪九十年代初我在陕坝念初中，一个月的伙食费大约是40元，大爹的工资只够供一个初中生的伙食，尚不足以维持一个大人的基本生活。而大爹家里五口人，我的三个堂兄堂姐当时都在上学。当时一头牛值1000元，也就是说大爹教书一年的工资是半头牛的价格。

二爹青年丧妻又回到西沙窝南面

要说二爹，得先说二妈。因为二妈，二爹的生命才有了一些暖色。但是二妈在我的记忆里只是一个坟堆和一张照片。

因为爷爷是我们家第一个到后套的人，我们家的祖坟在民勤县，爷爷在世时刘家的孩子对上坟是很陌生的。我对上坟的记忆是从给二妈上坟开始的，小时候每到过年和清明，比我大三岁的二哥（我家是按堂兄年龄大小排序的，二爹只有二哥一个儿子，但他在堂兄弟中排行老二），总是斜挎个包，装着薄薄的一卷麻纸和两个馒头，从我家门前经过向沙窝走去。妈妈总是把我和弟弟从屋里喊出来，让我俩和二哥一起去给二妈上坟。二妈的坟在西沙窝的第一个沙头下，矮矮的，坟头压着几束干白刺，周围还分布着许多大大小小的白刺堆，不仔细观察很难分辨出哪一个沙堆是白刺，哪一个沙堆是二妈。爷爷家有个相框，里面贴着许多亲人的照片。小时候，我和弟弟经常趴在相框前认照片里的人，有一个梳着两条长辫子，非常年轻、清秀的女人我俩从来没见过，问奶奶她是谁，奶奶说是你二妈。我和弟弟惊叹道："二妈好漂亮！"

二妈在生了二哥一两年后就病故了。据说二妈在结婚前就得了肺结核，当时女方家里人也给爷爷讲清楚了，但是二爹对二妈一见钟情，执意要娶。娶回家后二妈不能劳动，是二爹一个人包揽了所有的营生。

四爹经常对我们说，在我们家族里，二爹是对妻子最好的。"大集体时分的白面很少，你二爹一口也舍不得吃，全留给你二妈吃。出外工的时候，不管走多远，你二爹也要在中午骑自行车回家给你二妈把饭做上。"

父亲说："你二爹真是苦了，每天早上天不亮就到乌兰布和沙漠深处的孙队壕背柴草给你二妈烧热炕。"刚开始每天喊父亲一起去，但是凌晨背柴草，白天出外工，晚上再算全大队的工分账目，父亲实在受不了。后来二爹再喊，他就不去了，但是二爹依然如故。

四爹说，二爹刚成家的时候，非常有雄心壮志。当时大队在后沙坑里组建了一个农科队，委任二爹为队长。二爹对这个沙坑做了非常详尽的科学规划，计划在东头育苗，西头栽树，南头点瓜，北头种豆，还带正在上学的四爹深入他的实验基地做详细调研。四爹说，二爹当时那激情飞扬、壮怀激烈的样子他一辈子也忘不了。随着二妈的病故，二爹规划的一切蓝图都化为泡影，人生的理想和爱情一起凋零。

在我家旧房的东面，有一个很高的土堆，土堆上四堵墙，断墙上有窗洞和门洞，但没有门扇和窗户，也没有屋顶。父亲说这就是二爹结婚时的新房。后来二妈没了，二哥才一两岁，没有人照料，爷爷让二爹再回到西沙窝南面旧房住。河套平原盖房子的土坷垃多的是，椽檩门窗再盖房子还能派上用场，所以就把二爹的新房拆得光剩四堵墙。

"你二哥才可怜呢，五六岁了还软得不会走，娃娃干得就剩一张皮。"这是在我小时候常听母亲说的一句话。但是我并没有觉得二哥可怜，他成天和村子里的孩子打架、吵架，那些比我大的男孩在打架没有打过二哥后打我，那些比我大的女孩在吵架没有吵过二哥后骂我。我感觉二哥就是个惹事油子，典型的麻烦制造者。但是我对二爹的可怜是有深刻记忆的，每年秋收后公社举办物资交流会，熙熙攘攘、人声鼎沸，经常有大人丢了娃娃，或者走散了老人的现象发生。但是我在交流会上根本不怕走丢，因为二爹就在赶交流的人群中，他是最好找最好认的，那个穿得最烂，走得最慢，衣服上补丁摞补丁，腰捆一道烂绳子，头戴一顶破棉帽，两只手插在袖筒里的人，就是我的二爹，一抬头就能看到。

二爹在二妈去世后未续弦，还得了冠心病，不能喝酒，不能激动。2000年春天，二爹帮邻居杀猪时经不住劝说，喝了两盅烧酒，回家后再也没醒过来，成了植物人，浑浑噩噩地病故了。后来大人们要将二爹和二妈合葬，可是二妈的坟已经被西沙窝的大沙头压得不见了踪迹。组织村里的青壮年劳力四处挖坑找不到，二哥雇推土机在沙窝里推了三天还是没有找到半点线索，没办法，只好把二爹一个人埋在爷爷坟地里，把二妈的遗骨留在刘家坟地外。

可怜的二爹，活着时讲述了一个凄美的爱情故事，死后把这个可怜的故事埋到了坟里。

二姑在西沙窝南面的遗产是两毛钱

西沙窝南面有两个有姓无名的人，一个是我的二姑，另一个是我的三姑。

二姑给我们留下的记忆是一根拐棍。孩提时我们弟兄几个所做的最开心也是最有意义的事，就是上树砍树枝，给二姑削拐棍。

二姑是在新中国成立前国民党抓兵时出生的，爷爷常说是他在"躲兵"逃跑时不小心把二姑掉在了冰窟里，害得二姑一辈子没长高。我们弟兄几个小时候都爱和二姑比身高，但是一上小学就不和她比了，因为我们都比她高了。

母亲说二姑一辈子没有出过家门，顶多是拄个棍在爷爷的院子里转转。我们几个侄子都是二姑看大的。爷爷家里再没有其他玩具，院子里有一个烂炉台，两三岁的我们围绕着烂炉台咿呀学语、蹒跚学步，四十多岁了却和侄子们有着同样身高的二姑在一旁看护着我们。

记忆中的二姑矮矮的，身体粗粗的，脸肿肿的，梳着两条又粗又长的辫子。她虽然干不了什么活，但是每天都在努力劳动，没见到有闲的时候。要么是趴在炕上扫炕，要么是蹲在灶台旁烧火，要么是"吭哧吭哧"地抱着一捆柴火从屋外往屋里挪。上小学二年级时，一天放学后我去了爷爷家，忽然觉得屋子里空荡荡的，灶台旁没有了烧火的二姑，炕上也不见了二姑的铺盖。听到奶奶正跟妈妈说："你二姐在半夜把我叫醒，手里捏着两毛钱，跟我说，妈，'这个钱你花吧'。"

二姑去世时，我们家在西沙窝没有祖坟，我父亲他们也不知道找了个什么地方埋葬了二姑。后来爷爷去世了，二姑也没有迁葬，因为民勤人有一个讲究，没有成家的、寿数小的人是不能进祖坟的。

唉！西沙窝一带的碱滩荒漠中又多了一个无家可归的孤魂！

父亲当会计时，爷爷给他缝了两个兜子

父亲当了半辈子会计，半辈子村主任。

其实父亲小时候并不是算盘打得最好的，当时大队会计的后备人选有好几个，但是大队书记却选用了父亲，原因是村子里的人对爷爷的评价："刘家人直骨，没有私心！"

为了省布，父亲他们小时候穿的衣服是没有兜子的。爷爷的家教极严，父亲说他十七岁当了大队会计后，爷爷让奶奶在他的上衣上缝了两个兜子，给他安顿，一个兜子里装公家的钱，一个兜子里装自己的钱，公家的钱和自己的钱一定要分得清清楚楚。

在我和弟弟两个人考了学校进城读书，奶奶重病在床，家里经济特别困难时，母亲在我们面前唠叨，你们家人真是死脑筋！她说在1983年"解散大集体"，我们大队和另一个大队合并组建行政村的时候，父亲正当我们大队的会计。那时大队书记和大队长因为超龄下台回家了，原大队班子成员只剩下父亲一个人，而且父亲还不在新组建的行政村委会候选人之内。原大队结余下2000元，在父亲的手上保管。母亲当时气狠狠地说，反正人家也不让你干了，这个钱只有咱们自己知道，不给他往外交了！尽管母亲唠叨了一晚上，但是父亲天不亮就起床了，在晨曦里一路小跑，把钱上缴。我不知道当时2000元有多大的购买力，只知道1984年我上小学一年级时的缴费总计是四块五毛钱，其中学费三块（家庭困难的写申请可以减免），书本费一块五毛（包括语文、数学两本书和十五个本子），只知道那时的冰棍是三分钱一根，只知道那时的苹果是一毛钱两个。

父亲原本不是村主任候选人，但是在组织村民大会选举时，乡亲们高度一致地投了父亲的票。在父亲刚当村委会主任的头几年，是西沙窝变化最大的时期。土地承包到户了，骡马农具都分到各家各户了，大家的劳动积极性空前高涨。四五年间，家家户户都买了四轮车，翻盖了

新房。

狂飙突进几年后，西沙窝一带再没有新变化。年复一年种的还是同样的地，打的还是同样的粮，到处都是腰线砖抹白石灰的一进两开房子，再没有看到新砖房。日子久了，天数长了，父亲开始灰心了，泄气了。农村工作越来越不好干了，过去谁不出外工挖渠会被当作没苦的人被大人、娃娃耻笑，现在淌水有人、挖渠没人了。过去大家夏收首先交公粮，现在摊派越来越难收了……

父亲实在不想再干了，去乡里请求辞去村委会主任职务。不料成了一起重大群体性上访事件，全村一两千人自发地排成长队到乡党委政府请愿，要求父亲留任，父亲不仅没有辞去村委会主任职务，又兼任了村党支部书记。村里的人说："刘家的人办事公道，现在的负担这么重，再换个其他人我们的日子还怎么过？"

在农村长大，在农村上学，在田地里劳动了一辈子的父亲只会种地养殖，二十世纪九十年代后对发展农村经济再无新招数和新办法。在二十世纪八十年代初刚当村委会主任的时候，父亲配合盟建设银行扶贫给西沙窝通了电。在二零零几年当村党支部书记的时候，父亲配合盟里的相关扶贫单位给村子里的农户建起了青贮窖池，村里养起了小尾寒羊，但是费力很大，见效很小，西沙窝一带还是八十年代的老样子。父亲年纪增长了，办法不多了，懈怠了，灰心了，终于坚持到2004年，在我调到盟机关党委作专职党务干部时，他辞去党支部书记的职务，回家专职种田。有一次聊天，他说原来在后套的两任盟委书记来村里调研过党建工作。我说，那说明您的党建工作搞得很好啊！父亲黯然伤神，说都是作为全旗的后进村典型来看的。

2008年，我调到广东工作，带他到珠江三角洲的各个地方转了转，看到这里的农村到处厂房林立、车水马龙，他说早知道还有这样发展农村经济的办法我就再干几年，把咱们村的全旗后进村帽子摘了再回家。

三姑是西沙窝南面人心头的痛

每当我站在乌拉特草原上的时候，眼前总是幻化出一幅欢快的图景：一个六七岁的小姑娘，梳着两条长辫子，在鲜花盛开的草原上踏着青青草地，追逐着草丛中飞过的几只蝴蝶……我就情不自禁地流下眼泪。

三姑住在哪儿？三姑长得什么样子？我经常一个人默默地想。邻居家宝子的三姑是个工商干部，穿着灰制服，戴着大檐帽，经常给宝子买衣服买玩具，还买配有图画的《宝宝学古诗》，我非常羡慕。

问奶奶，奶奶不说话。问爷爷，爷爷眼睛里转着泪水。问父亲，父亲说小孩子问这个干什么。母亲倒是态度好一些，说你三姑小时候就没了，她比你爸爸小，比你四爹大。

因为十分渴望知道三姑的消息，所以小时候我对有关三姑的传闻特别留意。听村里的大人讲，大姑出嫁到牧区，生了小孩后无人照看，爷爷就让三姑去给大姑看孩子。当时三姑还没有上小学，她是第一次到姐姐家，又是第一次到草原上，估计心情一定十分激动。牧区倒场，大人先赶着牲畜从这个草场到另一个草场，留下三姑在原先的蒙古包里看东西。晚上大姑他们没有赶回来，三姑一个人待在蒙古包里害怕，就走出去找姐姐和姐夫，在深山里走丢了。还有一种说法是三姑出去找水喝，在山间的一个小水潭里淹死了。但对这两种说法我都非常怀疑，因为我在没上小学的时候跟着父亲去过三姑当年待过的草场，在草原的几个出口都有牧民居住，就是走丢也很容易找到。那个山间的小水潭就更加小得可怜，我进去游泳都没法伸展开手脚。

大约在我上小学一年级的时候，爷爷家里来了一个常年在牧区放牧的老汉，他说在那个时候，他在深山沟里看到两条长辫子。爷爷、奶奶和在座的父亲、四爹痛哭失声。

我知道，乌拉特草原上空旷无人，而且野狼常年出没，那里的夜晚要么死一般的寂静，没有一点声响；要么狂风大作，鬼哭狼嚎。我想象六七岁的三姑一定是一个人孤单地守候在蒙古包前，焦急地等待姐姐和姐夫的归来。天黑了，风大了，三姑饿了，渴了，心里害怕了，就循着羊群走过的路去找姐姐和姐夫。估计她在夜里把狼的两只蓝莹莹的眼睛当成了爷爷土屋的煤油灯，没有半点畏惧，没有半点犹豫，笔直地就朝着那个发光的、以为是爷爷土屋的方向走了过去……

四爹在广播站工作，爷爷送来稿纸

四爹中专毕业后被分配到旗广播站工作，当了记者。爷爷每天都能通过大喇叭听到四爹写的稿子，喜悦在脸上，担忧在心上。这个奶奶换一颗西瓜臭骂三天，大爹丢一根铅笔狠揍一顿的倔强老头，出人意料、出奇大方地坐班车去旗里看四爹，还给四爹买了稿纸、信封和邮票。四爹说："您买稿纸干什么？我这里有稿纸呢。"爷爷板下脸来说："每天听到你的稿子我很高兴。你写稿子挣稿费有名又有利，但是你公私要分开。你写公家的稿子用公家的稿纸，你写自己的稿子就用咱们自己的信纸，投稿时就用咱们自己的信封和邮票，不能占公家的便宜，让人家说闲话。"

说句老实话，我的父辈和我们这些孙辈确实没有能够像爷爷说的那样，写自己的材料用自己买的稿纸。包括我写的这篇稿子也是利用空闲时间用办公室的电脑打出来的，按照爷爷的标准，就算是私人写作没有用单位的纸，但也用了单位的电。但是敬惜字纸、爱惜纸张我们是谨记在心的，包括我的孩子在内，书本文具是绝对不敢乱扔的，纸张一定是正反两面全部写完。

西沙窝南面是大姑的根

大姑不是出生在西沙窝南面，大姑是在七八岁上由二爷爷过继给爷爷的，但是大姑把西沙窝当成她的根。记得我们上小学时，大姑也孙子孙女一大家了，可是她老是想回到西沙窝南面住娘家。

大姑为了方便孩子们上学，在旗里买了房子，除了给她的儿子、孙子做饭、陪读外就是侍候我们这帮侄儿、侄女。我们叔伯弟兄姐妹几个在城里读书都是住在大姑家，吃在大姑家，最高峰时大姑竟有七个上学娃娃，邻居们还以为大姑开展了"月托"业务。在我们这些亲侄子考了学校或参加工作后，她还把叔伯的侄子收留在家里读书。

大姑是西沙窝一带的"公共大姐""公共大姑"。因为西沙窝一带的人世代都是农民，绝大多数在城里没有亲戚，于是大姑家就成了村子里许多人进城落脚的地方。记得同村的一个邻居大叔随父亲到城里办事，晚上父亲带他到大姑家吃了饭，要领他到街上转转，这位邻居大叔说，我哪儿也不去，今晚就在大姐家住了。我的一个堂民姑姑带着他的孩子到城里看病，没有睡的地方，大姑就让这个孩子和我挤在一张床上。知道这个孩子患的是肝炎，我埋怨大姑说，他得的是传染病，不能让他住在家里的。大姑带着歉意低声说，城里再没有亲戚了，他们没有其他住处。

虽然大姑住在城里，可是家里的陈设和爷爷的土屋非常相像。城里人睡床，可是大姑家里盘着炕，没有柴火烧就用炭火烧。城里人吃馒头，可是大姑总是蒸发面馍馍，一个大白馍馍裂着一道道细细的裂纹，微微带点酸味的清香扑鼻而来。大姑还会做民勤老家的月饼，锅有多大月饼就做多大，圆圆的像一个向日葵盘，面饼一层盖一层，一层上面撒着金黄的葵花瓣粉，一层上面撒着嫩绿的香豆子粉面，一层上面撒着黝黑的胡麻籽，每一层中间都涂抹了香油，四周都捏成像葵花瓣一样的面耳朵，一个挨一个，一个压一个。蒸熟之后大月饼香味四溢，但围观者不忍下手，生怕破坏了这件工艺精湛的美丽艺术品的绝妙景致。

现在大姑已经七十多岁了，得了两次病，身体状况不太好，坐在轮椅上需要人推。可是她念念不忘爷爷的土屋，总是念叨着要去西沙窝南面看看。

结　尾

父亲他们是第二代西沙窝人，他们不像爷爷那般留恋老家民勤，因为民勤对于他们来说已经成为一个遥远的地方。可是他们像爷爷留恋民勤一样留恋着西沙窝南面爷爷的土屋，留恋着他们的"老家"。

父亲他们弟兄几个长大成人后分家另住，我们堂兄弟几个全部进城读书。爷爷去世后，爷爷的土屋再没有人居住，西沙窝南面已空无一人，只剩下爷爷当年栽种的一园子树，现在棵棵都已长成了参天大树；只剩下爷爷当年用铁镐步犁开垦出的几十亩耕种地；只剩下爷爷一担担地担土用石鹅夯实的那一块高高的地基。

爷爷的土屋，是我们这个家族在后套逃荒活命的一个中转驿站，爷爷在这里盖房开地，生儿育女，繁衍生息，并言传身教，给我们留下丰厚的精神财富。

爷爷的土屋，是父亲他们这一代人的心灵栖息地，他们总是不由自主地想到爷爷的土屋看看，遇到不顺心的事也总想到西沙窝南面转转。

爷爷的土屋，是父亲他们这一代人的精神高地和道德标杆。爷爷盖房的地方虽然已经湮灭成一个高大的土堆，但是那个土堆永远驻留在父亲他们这一代人的心中，永远屹立在西沙窝最高的最南面！

写到这里，我忽然想到，应该找个时间，带孩子到西沙窝南面爷爷的土屋看看。

写于2012年11月

（节选《大爹的执着》获《光明日报》寻找最美乡村教师"师生情·中国梦"征文三等奖）

3. 老姜

"姜是老的辣，老姜惹人骂。"老姜是我们村在大集体时的党支部书记，他是一个活时没人说好，死后有人说好，死的时间越长说好的人越多，而今死去十几年了，同村的人竟异口同声都说他好的人。

老姜当大队书记的时候我还没有上小学，那时我爸爸是大队的会计，他经常来我们家里。记忆中他是一个非常严肃的老头，很少说话，短粗的身体，黝黑的脸庞，光头，头顶有一个深坑，看起来很凶恶。村子里的老老小小、男男女女都非常怕他，如果有人正在开玩笑或者打闹，听到他的脚步声传来，第一个听到他声音的人就会提醒大家："小心！老姜来了！"其他人就吓得立刻停止。当然村子里的人也非常恨他，人们在背地里经常偷偷地骂："老姜不死,受苦不止！"

大集体时，劳动力和生产资料由大队统一指挥调配，那时全大队一两百户、八九百口人靠一个人当家做主，现在的村党支部书记的工作量和当年的大队书记无法比较，当然权力也无法比较。

我们村紧挨着全国八大沙漠之一的乌兰布和沙漠，村里风沙肆虐，黄尘漫天，最为严重的是沙漠在不知不觉中悄悄向东移动，一点一点地蚕食耕地，并逐渐向村舍靠拢。老姜组织全村的人进沙窝压柴草沙障，栽红柳，种沙枣树。农村的田间体力劳动本来已经十分繁重了，在种地之余好不容易有点空闲还要去治沙压沙，我们村的人绝大多数不情愿。但是没办法，老姜王法硬，又管着全村的口粮和工分，不去根本不行，大家只好跟着老姜钻到沙窝里一铲一铲地压红胶泥，一锹一锹地扎柴草沙障，一株一株地插红柳条。我不知道在老姜的组织下，我们村的男女老少在广阔无边的乌兰布和沙漠里奋战了多少年。听村子里的老人讲，在他们年轻的时候，乌兰布和沙漠里是没有沙枣树的，现在看到的这些沙枣林都是他们年轻时种下的。村子里的一位老爷爷说，老姜霸道着哩，冬天那么冷，屋里取暖的柴草都不够烧，全让他硬逼着拉到沙漠里压沙了！我毕业之后被分配到内蒙古巴盟林业局工作，1999年冬天陪国家林业局治沙办领导调查乌兰布和沙漠防护林带老化退化情况，国家林业局治沙办领导了解到这条林带是20多年前当地农民自发营建的后感叹道，这是农民群众用血肉之躯建筑起的绿色长城呀！在那个缺衣少穿的年代，在国家没发一分钱的劳务补助，没有补贴一棵苗木的情况下就搞起来了，这是一种多么伟大的精神和气魄啊！（2000年春季，国家在我的家乡启动实施了退耕还林试点工程，对乌兰布和沙漠防沙林带进行修复，总投资我没有做过统计，我只记得首期工程投入就是2000万元。）站在乌兰布和沙顶，望着那一株株枝衰叶黄的老红柳和老沙枣树，我禁不住掩面而泣！我的父老乡亲们有多么崇高的精神境界和多么强劲的精神动力呀！我真不知道他们是用一种什么样的毅力支撑，在物质极端贫乏、条件极端艰苦的情况下完成了如此浩大的一项治沙造林工程！

我们村地处河套平原的最西端，土地贫瘠，盐碱严重。虽然占地面积很大，可耕地却没有多少，高产良田就更加少得可怜。老人们讲，在压完沙后老姜这个家伙又组织村里的人开挖排干沟排碱治涝。没有挖掘机，只有铁锹。排干沟挖得深了，土扔不出去，没有传送带，只靠箩筐往外提。伙食只有干馒头就开水，连咸菜也没有，体弱的农民挑着两筐土从排干沟里往外走，腿肚子一个劲儿地打战，有好多人还没挑到坡顶就连人带扁担被压趴下了。有多少人想临阵脱逃溜回家，可是谁敢啊！老姜黑着脸在那里吭哧吭哧地挖土呢！在老姜组织挖排干沟的时候我还没有出生，只是听大人们经常讲"挖排干沟的时候我18岁"，"挖排干沟的时候我20岁"。可见让老姜逼着去挖排干沟的年月已在老一辈村民的生命里被深深铭刻，挖排干沟已经成了他们人生历程中最重要的一站，因为他们往往记不得结婚时多少岁，却深深记住了他们挖排干沟时多少岁！再后来，我中学毕业考到呼和浩特读书，学了水利工程专业，村子里的老人对我讲，怪不得你学水利，你和这水利有很大关系哩！我问怎么回事，老人说，当年你妈妈被那个老姜煽骗得非要当铁姑娘队长，和你爸爸定了亲但就是不典礼，一定要坚持挖完排干沟才结婚！这才明白了我打小就看老姜不顺眼的原因。

村子里的人对老姜硬逼着大家挖排干沟的事怨气本身就很大，可是老姜没等大家缓过气来又组织大家开荒地。村子里的人私下里说，老姜这个家伙是把我们往死里送呀！看大家积极性不高，老姜黑着脸说，排干沟通了，盐碱小了，荒地开垦了就能种了，谁开的就是谁的！在那个年代，谁敢啊？刚解放时我们村唯一的一个有钱人老李支就是因为开地太多被镇压（枪毙）了，老姜想领着我们走老李支的路吗？老姜面对大家的疑惑没有说什么话，每天晚上收工后扛着锄头去荒滩里开地。日积月累，在不经意中竟然开出了三四十亩地，而且在好多地头上挖了土堆，做了记号（类似跑马占地）。村子里的人看老姜开了几十亩地居然还安然无恙，没有人撤他的职，更没有人砍他的头，大家坐不住了，都说，快开地吧，不然都让老姜这个黑心家伙霸占完了！在那个粮食奇缺的年代，农村常有人饿死，可是我们村没有听说饿死一人，反而好多年都是上缴公粮的先进！原因是什么，就是因为我们村家家户户都开垦了十几亩到几十亩不等的荒地，这些地不担产量，不纳赋税，不缴公粮，人们称为"白吃地"。后来村子里的人对老姜组织开地一事基本理解了，但有一个山东来的手艺人对老姜一直恨恨不平，说老姜让他出了洋相，硬让大家开地，说谁开的地多谁光荣，全村就数他开的地最少，所以没有一个女人能看上他，害得他打了光棍。

老姜的父母都是五十多岁就去世了，村子里有一种习惯性说法，就是父母的寿命长儿女的寿命就长。因为老姜父母的寿命短，所以村子里的人说老姜活不到六十岁。几个小年轻嘴馋偷了邻居的鸡鸭，此案被老姜破获，人赃俱获，一干人等被老姜反捆双手，脖子上挂着鸡鸭游街示众。其中的一个是老姜的外甥，下场最惨，每走一步就要挨老姜一鞭。年轻人聚在一起说，老姜没几天活头了，很快就要死了。可是奇了怪，老姜活过了六十又活过了七十，最后活了将近八十岁。

在儿时的记忆里，老姜总是阴森森的，可是老姜有两件事给我留下了好印象。第一件是有一次我家来了一位公社干部，妈妈给干部做饭，老姜背来一蛇皮袋蜜瓜。大人们没吃几颗瓜，我和弟弟吃了个痛快，第二天还叫村里的玩伴来把剩下的瓜皮啃了个干净，这是我人生第一次请客。第二件是我和弟弟两个人傍晚去大队部玩，老姜这次居然一反常态，无比地和颜悦色，把我们弟兄俩领到大队食堂给我们吃煮鸡蛋。那是我人生中第一次吃那么多的鸡蛋，也是迄今为止吃鸡蛋最多的一次。我记得老姜煮了满满一洋铁桶鸡蛋，爸爸、我们两个孩子和老姜不停地吃鸡蛋。听老姜说，大集体散了，全分完了，就剩这么一桶鸡蛋了，我们吃了吧。我和弟弟不管三七二十一，只是不停地剥鸡蛋吃鸡蛋，刚开始是蛋清和蛋黄全吃掉，到后来吃蛋黄太噎，就把蛋黄抛掉只吃蛋清，再后来连蛋清也吃不下了，只好不吃。那天傍晚，我不记得吃了多少鸡蛋，只记得我们吃鸡蛋吃得像喝醉了一样，最后老姜摇摇晃晃地在夜色中走了，爸爸带我们两个回了家。后来才知道是农村的大集体解散了，实行土地承包到户，大队撤销了，重新组建行政村委会，老姜下台回家了，爸爸接了他的班，经村民选举做了村主任。后来我和爸爸说我们当年吃鸡蛋的事，爸爸很伤感，说那是老姜吃的最后一顿公家饭。

再后来老姜淡出了人们的视野，成了一个只会种地的农民，而且党性也十分淡化。爸爸说老姜连党员大会也不参加，连党费也不缴，每年请老党员吃饭他也不来。人们都非常感慨，当年全村的旗帜、舵手、掌门人、当家的，怎么就退化成了这么个样子。时间久了，人们似乎把他忘记了，小孩子看到老姜一个人默默耕种，还以为他是个老年痴呆。时间过得很快，转眼从二十世纪八十年代到了九十年代，又进入了新世纪。大约在2000年的时候，老姜去世了。老姜再一次被人们想起了，而且震惊了全村的人！老姜这个自从不当书记就没有参加过党组织活动、没有缴过党费的人竟然留下遗嘱，把他的存款全部作为党费上缴，把他的财产和埋葬他时亲友搭的礼金全部捐给村小学作为办学经费，鼓励学生读书！老姜这个当大队书记时几乎得罪了村子里所有人的人，退休后和邻居们素无往来的人，全村的人居然都来参加他的葬礼，而且史无前例地为老姜召开了追悼会，以前恨他的人、骂他的人都为他戴孝，都跪在他的棺材前伤心落泪。

　　我在外工作，老姜的葬礼我没有参加，爸爸对我说了详细情况。爸爸跟我感叹，没想到老姜临死竟然补缴党费，没想到老姜不当书记快20年了还有这么高的威望！听爸爸说完，我十分感慨。现在的工作条件比过去好得多，样样工作都有资金补助，我们一年下来又做了多少工作呢？在那么困难的年代，老姜和乡亲们居然做了那么多感天动地的大事，靠的是什么？靠的就是一股自强不息、顽强拼搏、永不服输、昂扬向上的精气神！

　　2008年，我从内蒙古调到广东江门，远离了家乡的父老乡亲，也远离了我所钟爱的林业行业和我所学过的水利专业，但是我时时刻刻都被以老姜为代表的河套父老乡亲的伟大精神感动着、激励着，他们催我奋进，催我自新。

写于2012年11月

4.父亲的杨树渠

　　自有人烟以来，沙进人退和人进沙退的拉锯战在西沙窝轮番上演，黄与绿的较量一刻也没有停歇。浩瀚的乌兰布和沙漠，给我们家族留下了伤痛记忆。三年自然灾害期间，祖父窖藏的两口袋黍子被移动沙丘掩埋了，全家人为此忍饥挨饿。帮大姑照看小孩的三姑，遇到扬沙天气，在乌拉特草原上走丢了，当时才七八岁，至今没有下落。春天种的麦苗三天两头被沙压，大家吃尽了风沙的苦头。

　　人们都说："好女不嫁西沙窝。"幼时的记忆里，祖父常常一边清扫院子里的沙尘，一边自言自语："我就不信人治不住沙！"祖父干瘦干瘦的，但身子骨结实，腰板硬朗。平时很少言语，一有空闲时间，就扛把铁锹到屋子南边的大风口开沟压碱，整地造林。日积月累，集腋成裘，凭一人之力，竟在老屋前营造了一条宽50米、长约一华里的防风林带，还在树林周围扎上白刺，栽上红柳。一株株杨柳树长得高大茂盛，水桶般粗壮。树木成材了，祖父从不让砍伐，只是修剪一些枝条沿着渠沟继续栽植，没人知道他究竟想把绿色领地扩充到哪里。父亲三十一岁当选为杭锦后旗太阳庙乡新建村第一任民选村主任，祖父这个和沙窝较了半辈子劲的倔老头，不是安顿他怎样把"官"当好，而是嘱咐他一定要把沙治住。

　　西沙窝地处乌兰布和沙漠和河套平原的接壤处，往东是河套灌区总排干的源头，往西是一链接一链、一环扣一环的茫茫沙山。树栽活了，沙丘固定了，日后开垦就是良田。树栽不活，沙丘就会继续移动，之后这里就是新的沙漠。

　　造林必须有水。父亲组织大家从乌拉河干渠上开口，挖了一条通往乌兰布和沙漠的新渠。所过之处基本都是流沙，挖一锹漏半锹。加之黄河水泥沙含量大，一年不到泥沙就淤满渠底。父亲按人口分任务，家家户户出外工，淤积一次清淘一次。组织劳力在渠道两边栽种杨树，绿油油的两行小美旱杨沿着河堤一直延伸到乌兰布和沙漠深处，这条渠被称为杨树渠。来水季节，父亲总骑着自行车跑到水利管理段要水。水利管理段的人说："其他村都嫌水多淹地，你们村怎么回事？"父亲说："我们那里有一片大沙窝，急需引水浇灌。"水利管理段同意放水，但倒了豁子要由村里负责，于是父亲扛把铁锹昼夜在杨树渠上巡视。上中学时，父亲让我和他一块儿看渠口。夜色深了，月明星稀，河水哗啦啦地流淌。我问他为什么喜欢看渠，父亲说他爱听树苗喝水的声音。

　　水引进了，接着压沙障。麦草少，主要用红胶泥。红胶泥附近没有，需从远处挖。三爷爷是造车高手，为村里赶制了几十辆小胶车，用骡子或者毛驴套上颠颠地拉土。为了省钱，他学习蒙古人勒勒车的做法，用木头鞣制车轮。几十年过去了，还有好多车轮在村里散落着，不知道的人以为是一种神秘图腾；"五十大爹"是大力士，挑两箩筐土健步如飞，先在沙山上压出一米见方的田字格，再在沙丘下的平滩上栽种红柳。压沙的年月他总共用烂68个箩筐，挑断7根扁担，磨秃13把铁锹，穿烂33双布鞋，而且他的饭量也大得惊人，每顿要吃用一升糜子蒸出的米饭；"榆林大妈"两三锹就能挖成一个树坑，一只手扶苗，一只手培土，两脚左右踩实，腋下还夹着一捆树苗，人称"劳动冠军"；智障的二猴哥爱给树苗修枝，尽管很少有人给他记工，但杨树渠上终日都能看到他扛把树铲走来走去的身影。村里的人常说："那些年在沙窝里栽树尽管艰苦，但是大家特别有劲儿！"

　　撵沙腾地，腾地造林，引林入沙，林进沙退。过去到处都是不长一棵草也不长一苗树的流动黄沙，现在所见之处均是茂盛的树林和芦草，还有听到人声四处奔逃的野兔和野鸡。流沙止于此地，绿色沿着杨树渠不断向纵深推进。村民大会约定，沙滩改造成林地后按出工情况分配到户，实行利益驱动。村民在林下撒苜蓿籽培植牧草，在沙丘底地间种葵花、籽瓜。治一片沙就意味着增加一块良田，造一片林就意味着增加一处财富。祖父感叹："年轻人的思路就是不一样。过去自己单干，总是收效甚微。现在大家团结起来，人心齐，泰山移。"

父亲治沙也并不是一帆风顺。为防止牲畜啃食树苗，村委会雇用了护林员。二伯是养羊大户，常常因为到杨树渠上放牧挨罚。他和父亲理论，父亲说："连自己的亲弟兄也管不住，怎么管别人？"二伯说："村里在后沙坑开办农科队育苗，没人愿意干，你为什么非箍住让我去？"父亲说："一码归一码，你育苗有功，但放羊啃树有过，功过不能相抵。"堂叔家里装电视天线，到杨树渠上砍了一棵树，父亲打了他一个耳光。堂叔说："我栽的为什么不让我砍？"父亲说："那是防护林，你砍一棵我砍一棵，大家的功夫就白费了。"堂叔用左手按住脸上的红印，用右手指着父亲说："别人家的亲戚当官是跟着沾光了，你当官我们是跟着受气了。"

随着经济效益的凸显，民间纠纷也日益增多。说好是"谁造谁有，谁种谁有"，地上不长苗时谁也不反对，林子长起来有收成了，就有人有意见了。这个村民小组的人说："树是我栽的，就是我的。"那个村民小组的人说："你的树为什么栽到我地头上？"后沙坑有一片芦苇海子，过去由村子最后的那个村民小组照看，最近几年芦苇值钱了，邻近的几个村民小组都来抢，父亲怎么调解也无济于事。父亲说："没想到分树比种树还难。"

祖父二十二年前去世了，埋葬在挨着杨树渠的那片沙枣林里，因为他在世时最喜欢闻沙枣花的香味。父亲的村党支部书记职务在十年前就辞去了，可是他依然隔三岔五到杨树渠上巡视，成了一名"管得宽"的编外护林员。父亲这里走走，那里看看，看这苗树有没有起虫，看那苗树有没有被牲畜啃咬。

想到夕阳西下树林里踽踽独行的父亲，感觉有些悲凉。我知道，父亲不光是到杨树渠上看树，更是在回味当年"敢想敢干、齐心真干、大干快干、苦干实干"的火红岁月。父亲就像一位黄沙百战穿金甲的老将，在暮年检阅他与战士们共同构筑的巍巍丰碑。

写于2014年5月22日

（入选内蒙古作家协会《草原人与中国梦》）

5. 二哥的 "水果梦"

　　二哥爱做梦，经常睡觉梦到水果，而且喃喃地说着梦话。

　　二哥是二伯的独子，在堂兄弟中排行老二。伯母在二哥两岁时病故了，二哥是奶奶带大的。二十世纪七十年代的塞外农村物质极其贫乏，馒头都不能保证顿顿供应，牛奶肉食就更是天方夜谭。奶奶擅长做各种面食，油果子炸得特别香，面饼里卷着胡油和香豆子粉，油锅里炸出来外黄里酥，在缸里存放两个月都不会干，用手一捏就能捏出清淡的胡麻油来，胡油香味、香豆香味和发面的微微酸味混合为一体扑鼻而来，我们这帮孙子们还没把油果子吃到嘴里口水就流了一下巴。但是在那个时候，面粉和胡油非常紧缺，奶奶只有在过年的时候才给我们炸一次。于是我们天天盼过年，二哥尤其厉害。奶奶炸出油果子二哥舍不得吃，白天捧在手里看，晚上睡觉放在被窝里闻。在没有油果子的日子里，二哥整晚说梦话。听着二哥在睡梦中模糊地叫着油果子，奶奶常常搂着营养不良的二哥流下眼泪。

　　二十世纪八十年代初农村解散大集体，土地承包到户，我们村的吃饭问题彻底解决了，什么时候想吃油果子奶奶就什么时候给我们炸。二哥上小学了，也不说梦话叫唤着要油果子了。可是刚刚安生了几年，二哥又一边磨牙一边说梦话了，老是嚷着"桃""桃"……经常半夜里把劳动了一天非常疲惫的奶奶吵醒。奶奶先是推他几把，看看能否把他推得清醒过来。如果推不醒，就抄起地下的柴火棍打二哥的屁股。二哥揉着惺忪的睡眼，纳闷地问奶奶为什么打他。奶奶骂道，刚不叫唤着要油果子了，又叫唤着要桃，这五黄六月能吃个西瓜就不错了，去哪儿给你买桃？二哥听后脸蛋微微发红，翻个身子倒头又睡了。

对于二哥说"桃"的梦话，我们一直以为是他嘴馋。在上初一后，二哥因为和同学打群架，退学回家放羊了。一天晚上，我俩躺在靠窗台的炕上看窗外的流星，二哥在幽幽的夜色里向我说了他的心里话，还即兴吟唱了一首诗歌："南山疙瘩雾生云，难活不过人想人！东山糜子西山谷，哪哒想起哪哒哭！半碗黑豆半碗米，端起饭碗想起你，想你想你实想你，泪格蛋蛋滴在那饭碗碗里。"我才知道他梦话里说的"桃"不是水果，是我同学的姐姐。

在我上小学一年级的时候，学校给新生发新凳子。有哥哥姐姐在高年级上学的娃娃，他的哥哥姐姐会帮他领回一个新凳子，如果没有的话就只能坐旧凳子，因为领凳子也是一场混战，小娃娃是抢不到的。当时二哥抢回两个新凳子，一个给了我，一个给了我的同桌。过了一会儿，同桌的姐姐来到我们班教室，她和二哥同班，看到弟弟有新凳子感到很惊奇，还嘱咐我们，让我俩好好相处。不过同桌很不够意思，他的新凳子是二哥帮他抢来的，可是在我上厕所时他却不帮我看凳子，让高年级的学生跑到教室来把我的新凳子换成了一个凳面开裂的烂凳子。

我们村有个叫"猪儿子"的大男孩，是二哥的死党。据二哥说，"猪儿子"是他的结拜兄弟，如果有人欺负我而他不在时，可以直接找"猪儿子"给我出头。没想到二哥竟然因为一个"桃"的话题和"猪儿子"狠干了一架，把"猪儿子"打得鼻青脸肿，自己挂了不少彩。"猪儿子"在我面前骂二哥，真是神经！"桃"和他有什么关系！

更让我感到离奇的是，二哥不知道从哪儿收集了几颗桃核，提个铲子在爷爷的树园子里种桃树。爷爷说，我们这里盐碱太大，种不活桃树的。可是二哥痴心不改，种桃不知疲倦。

二哥的教室在我教室的隔壁，两个教室中间开一个洞，经常有顽皮的学生穿过墙洞溜到隔壁玩。有一次，我乘无人注意，也钻过墙洞溜进二哥教室，看到二哥正盯着同桌姐姐的辫子发呆。

退学后的二哥很孤独，没有玩伴，再没有其他能说心里话的人。得知二哥梦话里的"桃"并不是水果时，我感到很震惊，心里奇怪，二哥才十四五岁，怎么倒暗恋上了。但是出于对兄弟的忠诚，这个秘密我对谁也没讲。再后来，"桃"嫁给外地一个种植水果的专业户，二哥很少说"桃"的梦话了。现在想来很后悔，那个时候我是经常到同桌家玩的，有时天晚了就留宿在同桌家里，同桌的姐姐经常给我辅导作业。如果二哥早点对我讲，我帮他给同桌的姐姐传个话或者递个纸条是完全可以做到的。

其他几个退学的孩子受电影《少林寺》的影响，从家里偷了钱，坐上火车跑到郑州学武艺。二哥没有搞到钱，只好放羊。但二哥不甘心终日与羊为伍，一边放羊一边翻阅果树种植方面的科技书籍。一方面他对水果情有独钟，另一方面他也狠下了功夫，用了几年时间竟然钻研出了比较适合我们村土地种植的果树——苹果梨的栽培技术。苹果梨是在杜梨上嫁接苹果枝条，适合在河套平原的碱性土壤种植，梨体硕大，表皮有些许麻点，但梨肉甜脆，味美多汁，人称"中国丑梨"。种植苹果梨有三大难题：一是需要土壤肥沃；二是要保证梨的外表靓丽，不能过于丑陋；三是要解决贮藏问题。我们村的土地十分贫瘠，种果树需要一定的土质。但这个问题难不倒二哥，二哥养羊自然积有粪肥可以肥田，他还到处往回拣人家扔掉的死猪死狗，拉回来深埋在果树根部压底肥，果树三五年不施肥都长得绿油油的。为了防止果子被冰雹打伤留下残疤，花一谢刚结出梨蛋蛋二哥就给套了袋，等到秋天采收时一个个苹果梨黄亮黄亮的，没有半点丑的感觉。最难的是贮存问题，二哥利用河套农村家家户户都挖有的山药地窖贮藏苹果梨，分成小箱分装，经常翻拣，一发现烂果就立刻拣出扔掉，以免传染其他好梨。由于二哥种的梨品质优良、保管有方，所以每年都能卖上好价钱。邻村一位姑娘的父亲认为二哥是个好后生，主动和二伯搭话，要把姑娘许配给二哥，最后这个姑娘成了我的二嫂。二嫂有一次和我聊天，说你二哥样样都好，就是说梦话不好，每天半夜叽里咕噜地喊什么"苹果梨"。真是做甚的务甚，讨吃子务棍!

2000年之后，二哥在种梨的基础上开始贩梨，周围几个村子的农民在他的指导下开始种植梨树，统一技术标准，统一组织外销，二哥搞起了基地加农户加龙头的农业产业化发展之路。二哥认为农村的教学条件太差，他这一辈子没念下书就算了，但是娃娃一定要念好书。二哥先是在县里租房让娃娃上小学，后来又在市里买了房子让娃娃读中学。还给我的侄女起了个非常有趣的学名——水果。

好久没和二哥联系了，前几天给二哥家里打电话，二嫂接的。我问二哥现在还磨牙说梦话吗，二嫂说很少了。我问二哥现在爱吃什么水果，二嫂说，现在的水果生意越做越大了，生活越来越好了，你二哥就想长生不老，最喜欢人参果，隔几天买一次。

听后我呵呵一笑，没敢告诉她二哥喜欢的其实不光是人参果。

写于2012年11月

6. 苦豆子

苦豆子人如其名，他与和他同名的这种植物具有同样的特性。

在后套有一种说法，哪里长满苦豆子，哪里就能开垦出头等良田；哪里能长苦豆子，哪里就能长庄稼。如果荒滩上不长苦豆子但是长有芦草，用犁深翻后再深浇一两次冬水把碱压一压也勉强能种。如果连芦草也不长，只是在地表爬些碱蒿子，那就没有什么开垦前途了，庄稼是极难种活的。所以地处河套平原西缘的西沙窝一带，农民对苦豆子极其钟爱，发现一片苦豆子就像发现一个聚宝盆一样大喜过望。牛羊骡马也十分喜欢这种长着细小互生叶片、灰得发白、高仅尺余、其貌不扬的豆科植物，直到肚子填得差不多了才感觉到苦，扭头到其他地方看看能不能找到几棵嫩草换换口味。

苦豆子姓甚名谁，我不知道，村里的老人也不知道。在我的记忆中，苦豆子绝对是一个百分之百悲天悯人，先天下之忧而忧、后天下之乐而乐，具有崇高精神的人。如果他具有解放军的身份他就是一个活雷锋，如果他具有党员干部的身份他就是一个活的焦裕禄。可惜他什么身份也没有，而且连自己是谁也不知道，只有一个被人称为"苦豆子"的名字。

苦豆子是一个智障老人，大约是在二十世纪二三十年代随着逃荒大军从甘肃民勤来到西沙窝的。他一辈子独身，也没有其他亲人。在我儿时的记忆中，他非常能干活。在农村实行大集体的年代，他一个人昼夜不息靠一把锄头为我们村开垦出了几百亩连片良田，这片田地是我们村土质最好的耕种地，当时就是用他的名字命名的。现在大集体解散30年了，土地也经过了几轮承包，但是人们仍然把这块地叫"苦豆子地"。

苦豆子非常爱帮别人干活。谁家的农活忙不过来，去喊他一声，他就立刻全身心地投入到帮忙劳动中。在别人不喊他帮忙的时候，他也会主动帮工干活。所以村里的农民就是种再多的地也不怕粮食收不回来，因为有一个随叫随到又不用付任何报酬而且超级能干的义工在，什么时候忙不过来了，喊苦豆子就行了。不用管是白天还是晚上，因为他不论什么时候都乐意帮人干活。

苦豆子从不拿别人一针一线。在我小时候，大爹当民办教师，一边种地一边教书。有一天清晨，正当大爹从羊圈里往外淘粪肥的时候，苦豆子转到门口了，苦豆子对大爹说你去教书我来淘粪。等到下午放学，苦豆子已经帮大爹把羊圈清淘得干干净净。正在大爹向苦豆子表示感谢的时候，大妈把大爹喊过来，悄悄说桌上的一盒青城烟和五毛钱不见了，是不是苦豆子趁我们不在的时候拿了。大爹说，不可能。苦豆子是抽烟，但是你不把烟递到手上，他是绝对不会抽的，钱就更不可能拿。问住在一个院子里的奶奶，奶奶说刚才谷雨子在院子里转了一下不见了。谷雨子也是一个智障，但是从来不干活，更不帮别人干活，所以他的名声远不如苦豆子好。大妈跑出院外看，谷雨子正躲在路边的一个红柳林里抽烟，左手拿着一盒青城烟，右手捏着五毛钱。等大妈回过神来要给苦豆子做饭时，苦豆子已经不见了。

苦豆子是单身，而且不会做饭。在大集体吃大锅饭的时候，苦豆子吃饭不存在问题。在刚实行土地承包，劳动力短缺的时候，苦豆子成天给邻居帮工，吃饭也基本不存在问题。再后来村子里的农民都买了拖拉机，种地都用了化肥，冬天不淘粪肥了，苦豆子吃饭就成了问题。春秋夏三季还好办，苦豆子给谁家帮工谁家给管饭。冬天就麻烦了，一个漫长的冬天寒风呼啸，滴水成冰，农民要么是蹲在家里看电视，要么是聚在一起打麻将，找不到苦豆子能干的活。可是苦豆子又极有骨气，从来不吃白饭，从来不张口向人要饭，能捡到吃的就吃一顿，捡不到吃的就饿着。

苦豆子开地无数，种地也无数。可是偏偏没有为自己种过一亩地，收过一颗粮，因为他不能主事，无法做一个独立农户。周围几个村的井都是苦豆子帮助挖的，可是到后来苦豆子连水都喝不上了。苦豆子住的土屋前本来是有一口井的，井口是用水泥抹出来的，井壁是用钢筋水泥做的涵管砌出来的。大集体解散后个别农户为了修建自家的灌溉农渠，把苦豆子屋前水井的涵管偷偷地挖掉了，害得这位孤苦无依的老人夏天喝渠水，冬天在河里啃冰。

全村的新房旧房，没有一间在盖房的时候苦豆子没端过锹，没砌过墙，可是苦豆子没有自己的房子。他住的是过去生产队留下的俱乐部，是一间土坯垃砌的低矮土屋，是纸糊的花格子门窗。窗户纸烂了没人糊，冬天土屋里灌满了寒风。苦豆子为了保暖就不停地背麦秸堵窗子，到后来麦秸堆积如山，把他的土屋彻底埋掉了。清晨苦豆子从麦秸堆里钻出来，傍晚再钻进去。

生产队的旧俱乐部在离村两三里路的一个空滩上，大集体时是生产队的晒谷场。早先苦豆子住的屋子里是什么样子我不知道，因为当时我没有出生。大集体解散后是什么样子我也不知道，因为已经被他用麦秸深深地埋住了。每到冬天，父亲会对母亲说说苦豆子屋里的情况，说上一年给苦豆子屋里缝的铺盖又让人偷走了，得赶紧再缝一套。父亲当时是村主任，记得有一次他回家后对我们说，苦豆子好长时间不见了，乡里连救济粮也送不到本人手上。

应该是二十世纪八十年代中期，在我上小学三年级第二学期刚开学的时候，春寒料峭，感觉比冬天还冷。我放学经过生产队俱乐部时，忽然看到苦豆子两只手捅在袖子里，正呆呆傻傻地站在路边。人已经瘦弱不堪，脸和身上穿的黑棉袄是一个颜色，头上还戴一顶满是破洞的烂棉帽。他几步走到我跟前，把我吓了一大跳，以为他要抢我书包里的馍馍。没料到他伸出手来摸了摸我的头顶，说看把娃娃们冻的。他的手指很粗糙，摸得我的头皮很疼。乘他不注意，我从他的手掌下溜走了。跑出好远，回头看他，他还站在原地，嘴一动一动地不知道在说着什么。这是我最后一次见到苦豆子，之后就没了他的音讯。再后来我听父亲说，有人在离我们村四十多里的青山镇发现了苦豆子，冻死在路边了。

现在距离和苦豆子见最后一面已经二十五年了，苦豆子的长相一直浮现在我的脑海里。想来十分后悔，当时真应该把我书包里的馒头给了苦豆子，给了这个和我爷爷一样年龄、一样勤劳和善良的老爷爷！我真的好恨我自己！

谷雨子应该是苦豆子的同龄人，究竟他们谁大谁小我不知道，我只知道大约在谷雨子去世不久，村里就传来了苦豆子被冻死的消息。谷雨子的智力和苦豆子不差上下，也是一个老光棍。但是谷雨子和苦豆子有几点不同：一是谷雨子不像苦豆子那般死受苦。村里的人让谷雨子吃饭可以，但是让他帮忙干活是绝对不可以的，就是他不给你帮忙也毫不影响他吃饭。前面已经说过了，他比较机灵。二是谷雨子有手艺，有一定的文艺天赋。他手里拿着两块竹快板儿，走到哪里打到哪里唱到哪里，总是不误吃饭，同时也给西沙窝这个偏僻的小村庄和我们孤寂的童年生活增添了许多乐趣。我们这帮小孩十分喜欢他的快板儿，可是他从来不让我们碰一下，生怕我们抢了他的饭碗。三是谷雨子不像苦豆子那般死心眼，大冬天一个人钻在麦秸堆里往死冻，他是什么地方暖和去什么地方。大队书记转村子巡查，看到林队的大肥猪旁躺着一个人，以为是偷猪贼，一把抓起来发现是谷雨子。原来他冬天怕冷，搂着猪睡觉。最关键的是谷雨子比苦豆子幸福得多，幸运得多。他有个哥哥在村里，临终时死了哥哥家里。谷雨子的侄子和我同年，那天我正好在他家玩。发现谷雨子躺在炕上一动不动，两只鞋底都磨穿了，枕头旁放着两个油光明亮的快板儿。本来我们这帮小孩对他的快板非常向往，可是西沙窝一带对死者十分敬畏，我吓得没敢摸。

谷雨子的姐姐叫清明子。清明子不是一个诗情画意的美丽女人，她是一个经常发疯的老太太。我们也不知道为什么，每到春天她就发疯，但是也不打人骂人，只是披头散发，不吃不喝，用两个手的指甲把自己的脸挖个稀巴烂。她家屋子后面长满了枸杞树，鲜红鲜红的枸杞子在太阳光照射下闪烁着光芒，可是我们从来不敢摘。不是怕她发现了打骂，而是怕看到她。母亲说早些年更厉害，每到春天就发疯跑到乌达转悠，肚子饿了就在大街上拣牛皮纸吃。但是她的发疯又非常奇怪，过了春天就好了，和正常人没有任何区别。

她和她的老头子的年龄和我爷爷奶奶相仿，但是屋子里只有两个孤零零的老头和老太太。父亲说清明子不生养，原来是有一个养子的。在大集体时乌达矿区招挖煤工，给大队下了一个指标。本来应该先轮贫下中农子弟，可是大家怕煤矿往死压人不敢去。人们说反正清明子的儿子是抱养的，没人管，就把这个指标给他吧。清明子的养子是春天从西沙窝出发的，去了乌达矿上后就再没回过家，人们说他在乌达成家立业不认他的养父母了。

听父亲这样讲，我对这个养子十分痛恨，清明子含辛茹苦把他养大，他怎么能丢下清明子不管呢。后来我去邻村的同学家玩，清明子养子的亲生父母也住在这个村，同学家的大人说清明子的养子自从去了乌达矿上后连亲生父母家也没有回来过。

再后来，清明子的老头子去世了，她的养子没回来。清明子本人去世了，她的养子也没有回来。清明子无儿无女，是五保户。每到过年的时候村里要给她发一袋面粉和两袋奶粉。可是奶粉她从来不吃，每次都找我父亲给她换成青城烟。青城烟是呼和浩特卷烟厂出的，在那个时候是办喜事用的最好的烟，据说她的养子出发前家里人抽的就是青城烟。清明子去世后是村里组织埋葬的，父亲说打落时发现清明子屋里堆有十几条原封不动的青城烟，都发给参与办丧事的人抽了。

我很少做梦，偶尔的几次做梦都是梦到清明子，一个十分可怕的、披头散发、又黑又矮的老太太站在村口，睁着一双干枯的眼睛，呆呆地看着每一个从村外回来的人。

写到这里时，妻子来看。妻子说，估计清明子的养子早就不在人世了，清明子其实是想她的娃娃才发疯的。乌达现属乌海市管辖，我向苍天祈祷，希望那个和我父亲年龄相仿的清明子的养子能够知道他妈妈的消息，他的妈妈一直在等他回家。

老余不是民勤人，比以上三个人的年龄小好多，而且不疯不傻。老余是一个从山东逃荒来的中年单身男人，他和他的老妈妈住在大队部，给大队部下夜。老余究竟是年年有余的余还是干勾于，我不清楚，我记住的只是发音。

老余其实很能干，会劁猪，会剃头，会磨菜刀、磨剪子。应该是老余生不逢时，那个时候西沙窝一带评价一个人行与不行的重要标准是会不会种地，而他恰恰不会种地。老余对人很热心，谁家有缝纫机或者收音机坏了请他来修，他从不推辞，而且从不要任何报酬。愿意给点东西就给，不给他也只是呵呵一笑。老余多才多艺，会吹笛子，会打鼓，还会武艺，究竟是不是真的武艺我们也不清楚，反正是把一根棍子挥舞得虎虎生风，我们都赔着笑脸请老余当师父。尽管老余这么优秀，可是老余到老都没有娶到老婆。因为他会的那些都是旁门左道，都是瞎扯淡，不能当饭吃的，谁愿意嫁给他喝西北风呢。西沙窝一带评价一个人行与不行的另外一条重要标准是有没有成家，也就是有没有讨到老婆。这两条标准老余一条也不具备，老余自然成为全村上下都看不起的人。连我们这帮小家伙在内，前脚请老余剃了光头，还向老余学了拳棒，后脚就聚在一起笑话自己的师父，大声喊着："老余老余技术高，剃头不用刀，开水锅里一摸捞，根根掉！"

大队撤销后老余被安排到新建村小学下夜，老余的老妈妈还住在旧大队的土房里，两地相距将近十里，老余每晚都骑自行车回家给老人做饭。为了补贴生计，老余批发了麻花在学校零售。我向老余赊购过两次麻花，第一次赊了一根，第二次也赊了一根，总计欠老余四毛钱。有一次，学校来了一个卖冰砖的，我身上有一毛钱就买了一支冰砖，被老余看到了，他说你买冰砖有钱，就没有还我的钱？我的脸唰地红了，只好向他解释，我只有一毛钱，不够给他还钱，等攒够了就还。其实我是很难攒够四毛钱的，因为大人从来不给零花钱，这一毛钱也是我偷偷从柜子里拿的。

于是我很怕见到老余，即使他给我的玩伴们传授拳棒时我也吓得不敢凑过去。心惊胆战了几个星期，不料老余竟然不见了。原来学校晚上被盗了，老余当时不在岗，最后学校追究责任把老余开除了，还扣掉了他半年的工资。

之后的日子里我也不知道老余靠什么谋生，只是听大人们说老余连渠水里漂的死猪死狗都剥了皮吃。大约过了一两年，在我上小学四五年级的时候，老余脸色凝重地来我家了，我以为他是来向我讨债的，吓得藏在门背后。不料他是来找我父亲开证明盖公章的，说他的老母亲去世了，他要回原籍外甥家了。老余拿着证明走了，再没有回过西沙窝，我一颗忐忑的心终于安放在了肚子里。

老余有一块承包地，在乌拉河堤下，土质非常好，种庄稼产量非常高。老余不会种地，他就租给别人种，让种地的人胡乱给些粮食。老余迁回原籍，这块土地分给我家。妈妈在带我锄地的时候说，老余人也是个好人，地也是块好地，就是一辈子没成个家，委屈了。我隐隐约约记得老余的家是山东乐昌的，老余如果在世现在应该七十多岁了。

后套的苦豆子生于田边、路边、河边和无人的碱滩荒地，遇水就发芽，落地就生根。苦豆子耐沙埋，抗风蚀，地上部分小，地下部分大，根系伸展得深而广，是半固定沙丘的先锋物种，当流动沙丘固定后首先生长的就是苦豆子。植物群落的基本特征是连片生长，分布稀疏，结构简单，伴生种少。荚果很轻可随风滚动或漂流，种子含有亲水胶体能黏附土壤，在湿沙土中能够很快发芽生长。在沙质荒漠化地区，苦豆子对维护生态平衡、防止沙漠化、减少水土流失有着其他植物难以替代的作用。它不仅是优良的固沙植物与可利用牧草，还是重要的药用植物资源，籽实中可提出"苦参总碱"。

西沙窝的移民大多是在新中国成立前从天南海北来后套逃荒活命的。他们和那一棵挨一棵挤得密密麻麻的苦豆子草一样，在后套荒滩上扎下了苦根子，长满了苦叶子，也都结满了沉甸甸的苦豆荚。说起他们的艰难经历，就像拔河套平原上的芦草一样，拔根一丈还有余根。苦豆子、谷雨子、清明子、老余被戏称为"西沙窝四大奇人"，其实说奇也不奇，说怪也不怪，只是他们的人生比其他移民更曲折、更可怜。他们无名无姓，只有一个"疯傻讨要"的集体称呼。在这里，我尊称从来都没有被人尊称过的苦豆子爷爷、谷雨子伯伯、清明子姨姨和老余伯伯，祝愿他们在天国病有所治、老有所依，在人间的能像苦豆子草一般尽享大自然的阳光雨露，有尊严地活着。

写于2012年11月

7. 赌痴

　　小时候，我得了和阿Q一样的病，不能让别人说犯忌讳的事。犯病的表现一样，都是怒目相向。只是忌讳的内容不同，阿Q是因为头秃忌讳别人说光说亮，我是忌讳人家说"赌博汉"。"赌博汉"这三个字，像烙印一样烙在我的记忆里，挠起来痒，揭起来痛。因为我的叔爷爷毛仁是一个出了名的赌博汉，他给我们留下惨痛记忆，他的故事至今还在西沙窝一带流传。

　　一是输光一群羊，又一晚上赢回来。叔太爷是在二十世纪初随着走西口的大军从内地迁移到西沙窝的。叔太爷十分勤劳，白手起家开垦了几十亩良田，还养了一群羊。叔爷爷毛仁那时十六七岁，这群羊平时由他放养。一天傍晚，在往日羊群该回来的时候没回来。家里人熄灯上炕了，毛仁失魂落魄地进门了，却没听到羊群进院的声音。叔太爷问羊群去哪儿了，毛仁说输了。叔太爷说真输了？毛仁说真输了。叔太爷问咋输的？毛仁说放羊时遇到两个拉骆驼去后山贩货的，人家要和他押宝，说我押一只羊他们就押一只骆驼，我看到利大就和人家押，不料押到最后把羊全输了。还没等毛仁把话说完，叔太爷猛地从炕上翻身起来跳到地下，捡起柴火棍一顿乱打，边打边骂，"这群羊将来是给你们弟兄几个娶媳妇的，让你这个牲口全输了！老子今天打死你！"父亲跟我说，是爷爷跟他说的，毛仁那天真是被打惨了，要不是他夺门而逃的话，估计就没命了。叔太爷辛苦二十多年才繁殖起来的一群羊，被毛仁一天输个精光，肯定气得发疯。爷爷说第二天天不亮，毛仁竟赶着一群羊回家了。问他怎么回事，他说他追上了拉骆驼的人，用一晚上时间硬赢回来了。至于毛仁那天晚上赌的是钱还是命就不得而知了，反正叔太爷数羊一只不少。只是叔太爷打人太狠了，毛仁不仅落了满身伤疤，连右眼也被他失手打坏了。

二是赢回一个老婆。毛仁其实只有一个老婆，也就是我的叔奶奶。毛仁或许真是和叔太爷说的一样，狗改不了吃屎。不知道他是输羊输出了勇气还是往回赢羊赢上了瘾，伤好之后不仅没有半点改过的表现，反而变本加厉，成天到邻近的赌博汉家厮混。叔太爷不给他一分钱，而且放出话来不给他出钱娶老婆。他的赌资从何而来，无人知晓。人们都说毛仁是要打光棍呀！西沙窝一带评判人的基本标准有两条：一是会不会种地，二是能不能娶上老婆。毛仁整日游手好闲，二十七岁了还是光棍一条，成了西沙窝一带没人能看得起的人。没想到有一天毛仁竟从二百里外的五原县领回一个十七岁的黄花大闺女，村子里一下子炸了营，都说毛仁不同寻常，不鸣则已，一鸣惊人！其他人都是破费了许多财礼才娶回一个老婆，毛仁居然一分钱没花就把老婆领回来了！原来他流窜到五原县和一个姓何的老头赌博，何老头赌输了，无钱还账，只好用女儿顶账，于是这个比毛仁小十岁的姑娘成了我的叔奶奶。后来何姓子弟发达了，其中一个和我同辈的现在成了某央企董事长，但是何家子弟和我们家从无往来，或许他们还记当年的仇。但不论怎么讲，叔爷爷在那个年代是创造了一个传奇。

三是具有神奇听力。毛仁押宝押得极准。掏宝的人都说，独眼人瞅东西和正常人不一样，时刻都像打枪一样的瞄准。于是庄家为了对付他，改一人掏宝为二人组合，一个人在其他屋子里掏宝，把宝装到宝盒里再递给坐庄的人。可是即便采用这样保密的方法，密码照样能被叔爷爷破译，叔爷爷押几，盒开后显示的就是几。掏宝的庄家说，老毛仁的耳朵太尖了，宝盒传递时发出的那点晃荡声被他听出是几了。我一直不明白叔爷爷怎么会有这般神通，因为押宝就是押一二三四这四个数字，掏宝的庄家出一个数字，其他人押。可以押双杠，押两个数字，只要有一个数字押对，押多少庄家赔多少，赢的概率是50%。也可以押独红，押一个数字，押对庄家赔三倍，赢的概率是25%。但不论怎么押，都必须空一个数字出来。如果庄家出的恰恰是押宝的人都没押的数字，庄家就通吃了。问题是，那个所谓的宝就是一个刻有道道、和火柴一样长短的小木棍。刻有一个道道和两个道道的小木棍装在盒子里发出的声响，真的没有什么区别呀！

四是输马不输鞍子。每年秋收结束，毛仁要骑马到乡里赶一次交流会。到了交流会上，他不买东西，也不看大戏，专往赌博摊里钻。有时带钱，有时不带钱。即使带钱也带不了多少，家里一大群人等着吃饭呢，哪儿有余钱供他赌博。庄家问："输了怎么办？"毛仁说："不怕，有马呢！"或许是后来他年岁大了，失了往日的神勇和聪慧，过去有"神赌"之称的毛仁竟让几个黄毛小青年赢得一败涂地，到最后竟输了个精光。庄家以为老头肯定要赖账走人，不料毛仁豪气万丈地说："马你牵去，马鞍给我留下。"庄家佩服地说："有骨气，不愧是个老耍家！"于是，在从乡里到西沙窝二十多里的黄土路上就上演了一个独眼独手的瘦小老头肩扛马鞍负重前行的经典一幕。回到家自然少不了叔奶奶的一番咒骂，毛仁总是用一句话来回应："有马鞍在，就不怕没马骑！"

毛仁缺的那只手，据说是在新中国成立前为了防国民党抓兵用铡草刀铡掉了。唉！赌博之人真是不同寻常，那个时候其他男人都是忍痛铡掉一个食指，他倒是心狠，连手指带手掌全铡掉了。

农村人认为名字叫得越贱越好养，毛仁的几个孩子的名字都特别难听。毛仁的大儿子，也就是我的大堂伯，叫毛狗，据说是生他的时候毛仁家养着一条黄毛狗，所以就叫了这么个名字；二儿子，我的二堂伯叫毛猴，据说是生他的时候村里来了个耍猴的；三儿子，我的三堂叔叫毛蛋，不知道是什么来历，搞不清叔爷爷当时又看到了什么令他感兴趣的东西。常有人和我的堂伯们开玩笑，说幸好当时你们家没养驴，否则你们的名字就该叫毛驴了。堂伯们的名字倒也不是最难听的，村里和他们年龄相仿的王家两兄弟，老大叫粪棒，老二叫茅钉。李家五兄弟竟是大球、二球、三球、四球、五球一路排下来。

这三个堂伯堂叔除了名字都特别难听外还有一个共同特点——和叔爷爷毛仁一样的好赌。

毛狗好赌，但较有成算。每次赌博都给自己定一个数字，输的时候输到这个数字立刻停止，赢的时候赢到这个数字也立刻停止。一般都是赢多输少，偶尔遇到手气败的时候也没有什么大的闪失。一次派出所抓赌把他逮着了，说交2000元罚款回家，否则拘留。毛狗问拘留多少天，警察说拘留七天。毛狗说让我住小城子吧。警察说你不是赢了很多钱吗？何苦受罪？毛狗说七天我很难保证能赢这么多。毛狗宁肯蹲班房也不肯交罚款的事在西沙窝一带也非常出名。毛狗赌博太有成算，天长日久赌博汉们都不愿意和他玩，赌友日渐稀少。他盖了一套砖房大院子，是西沙窝一带第一个一砖到顶的起脊房，截至目前也是建筑面积最大的。没事的时候他经常给老婆讲，这堵墙是从哪里赢来的，那堵墙是从哪里赢来的，这个门是赢的谁的，那个窗是赢的谁的，好像一位身经百战的将军在回顾他的光荣战史。二十世纪九十年代末，河套灌区组建农民用水者协会，干渠以下的支渠实行用水承包制度，核定这条渠的用水总量由承包者一次向干渠管理所交清水费，之后承包者向用水农民收水费，盈亏自负。毛狗承包了灌溉我们村的支渠，但是年终结账时毛狗说没有赚到一分钱，倒贴了一年辛苦。人们都说毛狗比鬼还精，他怎么会干赔钱的买卖。那时父亲正当村主任，他说毛狗承包支渠是想赚一笔，毛狗事先计算过，全村耕地能收三分之一的水费就够上缴。可是他没想到农民在交水费时并不像和他赌博时那样输多少一分不差。西沙窝一带的开荒地面积是承包地的两三倍，开荒地向来不交税费。毛狗提个米绳要丈地收水费，丈谁的地谁就和他打架。毛狗说你们怎么能这样耍赖，农民们说这又不是输下你的了，你凭甚了？

毛猴好赌，但一时有成算一时没成算。冬天是赌博汉的甜蜜季节，也是西沙窝一带迷梦的开始。到了春天，经过一冬的滥赌狂抽，赌博的庄稼汉们把一秋的收入全部输光了，也就清醒了。开春种地时，一些滥赌的农民连买化肥的钱也没有，只好五户联保向信用社贷款。但有个别人贷了款也买不到化肥，因为资金周转困难，手上没有现钱无法赌博，有聪明人创造性地发明了白头条子顶账的方法。白头条子上除了有金额的大小写数字和欠账人的签名、手印、私章外，还有证明人的签名。冬天用白头条子作为赌博场上的流通货币，到了开春放贷款时，再向白头条子上署名的欠账人要钱。有点支票的性质，不论签出去的白头条子转到谁手里，人家拿着白头条子上门要账，签票人都必须兑付。赌博场上，输输赢赢。大多数人收支基本平衡，少部分亏损户只能拿贷款还账。没办法，不还人家会说你没诚信。一个没诚信的人，以后没有一个赌博摊子会让你上场。

女人们常常聚在一起咒骂已经去世多年的毛仁，说都是那个老赌博汉害的，养下几个赌博儿子，带出一群赌博徒弟！

国家实施西部大开发，动工修建从内蒙古临河到新疆哈密的临哈铁路，征占了西沙窝一带的土地，当地农民领取了数额不少的征地补偿款，迎来翻身致富的大好机遇。没想到几年过后，又变得和从前一样。主要怪毛猴，村民之前都是小耍耍，毛猴脑子活泛，买了辆大拖拉机给附近的几个村子犁地挣了不少钱，去外地犁地时看到"围胡"（私下开赌场），就在家里"围胡"，招徕附近的人聚在一起赌博，免费提供啤酒饮料，场地出租打贯收提成。城里的一些职业赌博汉看到村子里发了财，也来"围胡"，安排美女发牌，安排专人站岗放哨，而且眼线布点在三公里以外，有紧急情况可以立刻疏散，根本不用担心被派出所抓去坐班房。相比之下，毛猴的"围胡"服务水平就太差了，既没有美女发牌的赏心悦目，又没有里外两层的安全戒备，只是每天200元雇个人站在房顶眺望。等到房顶上的人看到警车时，警察已经冲到院子里了。最为差劲的是顾客被抓，毛猴根本没能力把他们捞出来，所以他的生意一日不如一日。看到人家赌博红火，他耐不住寂寞也去赌。农民的小赌技怎能比过城里的大耍家，没多长时间，他和其他农民一样把占地补偿款输了个精光。没办法，只好老老实实种地，又贷款买回大型拖拉机搞起犁地业务。

毛蛋也好赌，胆子大，人称三没底。在毛蛋七八岁时叔爷爷毛仁就去世了，那时还是大集体，家家过得紧巴巴，叔奶奶一个寡妇带着一帮孩子，更加艰难。毛狗和毛猴都没怎么念书，叔奶奶坚持要毛蛋把书读完。毛蛋初中毕业正好赶上供销社招聘，应聘做了售货员。毛蛋比毛狗和毛猴有文化，有头脑。他一边上班一边倒腾些买卖，贩葵花、贩籽瓜、贩羊绒，开创了西沙窝一带的多项第一，第一个买电视机，第一个买摩托车，第一个买轿车，第一个装程控电话，第一个用大哥大，还第一个娶了供销社主任的女儿。穷沙窝里娶回金凤凰，人人羡慕人人眼红。毛蛋千好万好，就是爱赌博这一样不好。也许是遗传，也许是宿命，赌博就像个幽灵一样在他们家久久徘徊。毛蛋在没钱时也不过和村子里的人混耍而已，并不动真的。到后来有了钱，竟和从前判若两人，好像叔爷爷毛仁的鬼魂附体，能赌善赌，越赌越大。到后来，不满足于和本地赌客赌博，经常开车到周边县市的地下赌场去赌。父亲常说，我真的不明白这些弟兄究竟是中了什么邪，毛蛋穿着几千元买的名牌西装，大冬天钻到芦草林里赌博，冻得清鼻涕直流，一听到警车响吓得像野狗一样四处逃窜，不知道图个啥。父亲说毛蛋赌得把工作丢了，钱输光了，好好的一片家业硬是给折腾完了。前年毛蛋的孩子考上大学，家里连学费也拿不出，最后是亲戚们帮助凑齐了学费。

叔奶奶经常流着眼泪说："十赌九输，你爸爸把一只眼睛赌没了，把一只手也赌没了，求求你们别赌了。"堂伯和堂叔们不以为然，说："他的眼睛是让大人打坏的，手是怕国民党抓兵用铡草刀铡掉的，又不是输掉的。再说了，咱们这偏僻村庄看书没书看报没报，过去大集体时还经常演个戏能看个红火热闹，现在村里连个露天电影也没有了，一年365天半年是冬天，十冬腊月不让打麻将掏宝，让我们干甚？"叔奶奶听了连连摇头，唉声叹气说："戒个赌咋就这么难，莫非是骨头里带下的。"

去年秋天叔奶奶去世了，我在外地工作，因为路远没回去。妈妈对我说，你叔奶奶真有心了。人们都说你叔奶奶是你叔爷爷赢回来的，但是感情比娶回来的也深。原来你叔爷爷的手不是因为躲兵用铡刀铡断的，而是因为你叔奶奶他用切刀自己砍断的。

妈妈说，叔奶奶临终时拿出一个白布袋，白布袋里装着一卷红绸子，红绸子里卷着一个人手骨节。原来叔爷爷当年赌博也并不是次次都赢，和叔奶奶成家后和别人赌博赌输了，但是没钱还账。对方说："反正你老婆也是赢回来的，这次就用她顶账吧！"在赢家要拉人的时候，叔爷爷毛仁忽然从橱柜里抽出一把菜刀，把赢家震住了。赢家说："愿赌服输，这算球什么耍家！"叔爷爷说："不要赖，用一只手顶！"说罢，他"噌"的一刀把自己的左手砍下来。赌博汉的心真是硬呀！

妈妈说，听叔奶奶讲完这段故事，在场的人都泣不成声。在叔奶奶和叔爷爷合葬时，毛狗伯父他们几个人用针线把这个手掌骨节接在了叔爷爷的左胳膊骨头上，叔爷爷的骨殖算是全了。

妈妈说，在合葬叔奶奶和叔爷爷时，毛狗、毛猴、毛蛋弟兄三个把家里的赌具都埋在墓里了，说老人一辈子就好这么一口，让这些东西到阴间陪你叔爷爷吧！

办完丧事，毛狗、毛猴、毛蛋三兄弟彻底变了样，谁也不上赌博摊子了，不摸麻将了，也不推牌九了，但是精神状态发生很大变化，一个个都变得萎靡不振。尤其是毛蛋，变得少言寡语，呆呆傻傻，好像丢了魂魄。

真是赌痴！

写于2013年1月9日

8. 情痴康大

康大，炒得一手好菜，人称康师傅。我不知道他从哪里来，也不知道他现在去了哪里，只知道他在西沙窝住过十几年。最近一段时间，这个人老是在我的脑海里浮现，我总是不由自主地念叨着"情痴康大"这几个字，妻子以为我得了什么癔症。其实我没有病，是康大在催促我写他的故事。

记忆中康大是一个让人瞧不起的老光棍。他好像是在二十世纪九十年代初来到西沙窝的，除了牵着一头毛驴外再没有其他家当，用200元钱把村里空置的豆腐房买下后就在这里落脚了。西沙窝一带评价一个人行不行的标准很简单，就是看你有没有老婆，有了老婆就不怕别人小看。但是在村里办红白喜事的时候，康大又很受欢迎，家家户户都请他做厨师。因为他这个编外厨师不仅做的饭菜味道很棒，而且收费极低，在办完酒席后给他两只猪蹄子再带一盒烟就可以了。康大会做饭，可是他在自己家里基本不动锅灶。他说每顿就吃那么一点，做完饭还要洗锅，太麻烦。怕鸡羊跑进来拉屎弄脏院子还得打扫，他连院门也不开，用一道围墙把院子全部围起来，每天出门时从院墙上跳出去，回家时再从院墙上跳进来。农忙时他只吃干馒头，农闲时成天东游西逛，看到谁家烟囱冒烟了就去谁家串门，一边和人家聊天，一边给人家剥葱剥蒜，等着饭熟。村子里的人倒也不是十分讨厌康大，因为他脾气非常好，别人不论怎么和他开玩笑都不恼。年龄和他相仿的人把他叫"娃蛋子"（河套地区父亲对儿子的昵称），他不生气。说他是个老花痴、老色迷，到邻居家帮厨是为了闻女人的屁，他咧个大嘴呵呵一笑。

几个闲汉闲得无聊捉弄康大，说自家的姨姐离婚了无去处，介绍给他做媳妇，要他杀羊请客。康大听了很兴奋，自己家里不养羊，就用那只驴换了一只羊。羊肉吃光了，酒喝光了，忽然那个头罩红围巾、身穿绿棉袄的离婚媳妇哈哈大笑起来，原来是本村的一个男青年假扮的。这次让康大的自尊和名声遭受了极大的打击，原本爱说爱笑的他变得一句话都不说，每天默不出声不停地劳动，别人办喜事请他做饭也不再白干，每桌收20元钱，否则拉倒。村里的人不太情愿，但也没有办法，因为方圆几里只有他会做味道纯正的"河套硬四盘"。

他做的烧猪肉是将猪肉洗净放在清水锅内煮八成熟捞出，擦净皮面上的油腻，将冻柿子抹在皮面上色。之后锅内放大油置旺火烧至九成热时，将上好色的猪肉皮面朝下放锅内炸，呈红黄色时捞出放凉。再将烧好的猪肉切成厚约一厘米、长约十厘米的肉条，皮朝下码在碗内，碎肉放上面，放入精盐、酱油、味精、葱、姜、蒜、大料置笼里蒸，蒸到熟烂程度后去掉葱姜大料，再将肉条扣入汤盘内，用湿淀粉勾米汤芡浇在肉条上。做出来的烧猪肉色泽红亮，肉质软烂，油尽绵香，肥而不腻。他做清蒸羊肉时严格把控选料煮肉、装碗笼蒸、扣碗浇汁三个工艺流程。一般是把选好的羊肉放入清水锅内烧沸，撇去浮沫放入少许盐末、料酒、葱姜、花椒，煮八成熟捞出。之后将熟羊肉切成厚半厘米、长约十厘米的细条，表皮面朝下码在碗内，把碎肉放在上面，再加适量的精盐、味精、葱姜、花椒，倒入澄清的羊汤摆到笼上蒸。蒸熟后去掉葱、姜、花椒，扣在汤盘内，将控出的原汤倒勺内烧开后加味精、香油浇在肉条上，再撒上香菜。摆上桌后羊肉软烂清香，汤汁清亮。做酥鸡和丸子这两样菜时康大不让旁人看，怕徒弟学会饿死师傅。但是他做的丸子那黄亮黄亮的色泽，酥鸡那外酥里嫩的口感，都深深地烙在了我的脑海里，时时勾起馋虫想大吃一顿。硬四盘是河套婚丧嫁娶摆宴请客必不可少的四色压桌菜，其他人都做不出这个味，没办法还得请他。

经过几年的种地辛勤劳动和做厨师疯狂"敛财"，康大积攒了不少钱。这个时候有一个外地老头搬迁到西沙窝，家里两个儿子都没钱娶媳妇，老头向康大索要了一大笔财礼后把女儿嫁给了他。之后的日子里，村子里的人发现，康大说话比以前硬气多了，背也好像不驼了。

康大的老婆比康大小20岁，不知道的人以为是康大的女儿，闲汉们都说康大是老牛吃嫩草。康大的耳朵背，据说在村里放露天电影时，把《兵临城下》听成"奔颅朝下"，把《渡江侦察记》听成"肚胀生食气"，还把唱词"阿庆嫂是厚道人"听成"阿庆嫂是后套人"，惹得人笑破肚皮。还有人说，康大对他的小媳妇极为怜爱，每次给别人家当厨师总要给她带回些好吃的。自从他变得只认钱不认人后，办酒席的人家也变得抠门了，只按桌子数量给他算账付钱，不再给他猪蹄子。据说，有一次他乘主家不注意把半截香肠从厨房里拿出去，用一张报纸包裹好，在上厕所时塞进墙缝里，打算等天黑时偷偷带走。不料另一个人上厕所没带纸，看到墙缝里有纸就掏出来用，掏出纸后发现了里面的香肠，就把香肠吃了，又搞了个恶作剧，把一截大便装到报纸里原样放好。到了晚上康大把纸包带回家，让老婆吃香肠。那天恰好没电，家里也没点蜡烛，老婆咬了一口说："臭的！"康大听了说："香肠本来就是肉的。"老婆说："屎橛子！"康大听了说："黑天半夜使什么碟子。"

康大老婆和康大的年龄差距太大，和康大的共同语言不是很多。再加上康大不让老婆出地劳动，每天只是在家里梳洗打扮，闲得无聊。康大老婆和村子里年龄相仿的闲汉打麻将掏宝，康大从来不管输赢，老婆要钱就给。到后来老婆竟领回一帮野男人在家里通宵赌博，康大不想让赌博汉进自己的家门，可是又怕惹老婆不高兴，在别人来家里赌博的时候，他就整晚跑到乌兰布和沙漠里下网逮兔子。在不赌博的夜晚，康大家里也没有空闲的时候，隔三岔五总是有人趁着夜色偷偷溜进康大的家门，过一两个小时再偷偷溜走。好几次康大打兔子回家走到门口听到了屋子里面的声音，还躲在房后看清楚了从他屋里偷偷钻进去又偷偷钻出来的人是谁。我想康大那个时候的心情一定非常难过。但是康大从没有惊扰过屋里偷情的人，每次都是折过身向茫茫的乌兰布和沙漠深处走去，转到天明才回家。逮着兔子的时候就做成红焖兔肉或者干炸兔块等好吃的殷勤地献给老婆，没逮着兔子的时候就满脸愧疚地向老婆赔着小心。

蔫不拉唧儿的康大有一次用刀子捅伤了两个人。原来是一天清晨，他从乌兰布和沙漠里打兔子回来，发现有两个半大后生正趴在他家门窗上偷听，他冲上前去和这两个家伙厮打起来，在厮打中失手用随身带的短刀捅伤了人。等他们厮打完，屋里那个和康大老婆睡觉的男人早跑了。我一直不明白为什么康大不捅和他老婆通奸的人，却捅了偷听的两个傻小子。或许他是怕这种事情传出去难听，为了保全自己的名声；或许是怕丑闻公开后老婆由暗搞变成明搞，他连个形式上的家也没有了，又变成被人瞧不起的光棍汉。

我毕业后分配到市里工作，很少回西沙窝。一次过年回家碰到了康大，他领着一个脏兮兮的小男孩，给我介绍说是他的儿子，小名叫命蛋。康大郑重其事地和我商量，想让娃娃认我做干爹。康大说，你是咱们西沙窝走出来的干部，我不想让娃娃像我一样活了，我想让他像你一样。康大的这个要求来得太突然，让我一个不到三十岁的人和他这个将近六十岁的老头子做干亲家，我真的没有思想准备，好长时间愣在那里。最后婉转地向他说，现在城里面已经没有结干亲这种说法了，只要孩子好好上学长大了自然就进城了。然后康大对我说，那好，等娃长大我领着他到城里找你。

有一年冬天，我请了探亲假回家过年，村里却不见了康大的踪影。邻居说前几年康大女人和一个城里的赌博汉混上了，那个赌博汉说要和她结婚。她回家后骗康大说，我在城里租下房了，咱们搬家吧。康大二话没说就把家里的东西往车上装，等到把东西拉到城里全部卸下时，女人露出了真面目，拿出一张纸说，我要和你离婚，你按手印吧！康大没出声，蔫不拉几的就把手印按了。邻居骂道，真是没出息，这个女人又不是他妈，让他干甚就干甚！

邻居说，康大好不容易才娶个老婆活出个人样来，离婚后又变成了光棍汉，回到村子里大人娃娃见了都笑话。康大被人嘲笑得没法住，就把房子和耕地、牲口、农具都卖了，领上娃娃走了，也不知道去了哪里。那个女人过了几个月又回来了，大冬天穿着薄毛衣，寒战战的，脸上、脖子上都是黑青印。回家才发现屋主已经换人了，那个山东来的卖豆腐的已经搬进她和康大原来的房子里住了。她在康大的旧房前哭了一鼻子走了，一边哭一边说，还是康大对她好。那个女人没回娘家，现在不知道浪荡到哪里去了。

我忽然想起来，小时候真的没少吃过康大做的烧猪肉、清蒸羊肉、酥鸡和丸子，可是他想让娃娃认我做干爹这么一个小小的请求，我竟然没有答应，真是有些愧疚。

写于2013年1月

9. 康大后传

或许是缘分未断，前几日我竟意外地得知了失踪多年的康大的消息。我给四爹打电话，问他对我写的《情痴康大》一文感觉如何。四爹在电话中说："哪里有时间看你的文章，我刚刚从医院看望康大的娃娃回来。"我问怎么回事，四爹说："康大的孩子在临河的建筑工地当小工子，今天早上铲灰沙时从二楼上掉下来，下巴磕在地面上，把牙叉骨碰断了。康大找不到你就来找我，说工地上不给看病，让我帮忙。我找到了包工头，包工头说必须签下一笔了账的协议才出钱。康大说，医治孩子究竟要花多少钱也不知道，现在怎么能把看病的钱说死。后来经我协调，包工头同意先出钱救治孩子。"我心想真是不幸中的万幸，如果楼层再爬得高一些，康大的这个命蛋估计就没命了。

其实康大自从和老婆离婚从西沙窝搬走后，并没有和我断了联系。十年前我在盟林业局工作，当时局里想安排我到治沙站担任副站长，我对人事科长说："我好不容易才从沙漠里考出来，现在再让我回到沙漠里，我这十多年点灯熬油看书学习下的功夫不是全白费了。"后来局里安排了另一位同志下去任职。这位同事到治沙站报到后回来对我讲："没想到在乌兰布和沙漠深处还有人念想你呢。"我问："是谁？"他说："叫康大，说原来和你住在一个村子里。"说罢，他又哈哈笑着对我说："这个人还对我有意见，第一次和我见面时对我说，原来不是说利元要来当站长吗，怎么你来了？"我这才知道康大原来是从西沙窝出来流落到人烟更加稀疏的治沙站了。也好，这个地方没有人知道他过去的经历，不会有人笑话他的老婆跟人跑了，他可以安安稳稳地种几年地养几年羊。

　　不料过了一两年，康大竟跑到单位来找我。单位门卫不让他进门，他说他是我的亲戚，最后门卫把他领到办公室。我抬头一看，是一个个子低矮、弯腰驼背、满脸皱纹、满头白发的老头子，我愣住了。门卫对他说："我说你是蒙人的，是亲戚怎么会不认识呢？"在门卫要拉他走的时候，他结结巴巴地对我说："我是康大。"没想到几年没见，康大竟然变得如此苍老。我问他有什么事，康大说："我的孩子命蛋说死说活不在沙窝里待了，跑出来学裁缝，不料裁缝没学成，白缴了1000元学费还贴了一台缝纫机，学校说命蛋欠下学费和伙食费了，不仅要停娃娃的课，还要用缝纫机顶账。"按照他说的地点，我找到了那个所谓的学校，哪里是什么缝纫学校，就是一处藏在巷子深处的平房大院子。推门进去看到院子里满是粉煤灰，所谓的教室其实是一个脏兮兮的长筒仓库，教具是横七竖八乱摆的几十台缝纫机（还是让学生从自己家里搬来的），几十个皮肤皲裂、头发焦黄的农村孩子在听师傅讲课。我对康大说："这算什么学校啊，还是让孩子老老实实地念中学考大学吧！"康命蛋也认为我说得有道理，不想在这里学了。最后我找这个培训机构的负责人交涉，培训机构的负责人是一个性格蛮霸的中年妇女，对我说："不学可以，但是要把学费缴清。"我对她说："孩子在这里本身就是学徒，你不给徒工发工资就已经不对了，还要什么学费。"听我这么一说，这个女人稍稍有些让步。在我们往外搬缝纫机时，这个女人把我们拦住了，她说："学费就不用补缴了，但是饭费要缴清！"详细一算账，康命蛋欠了人家100多元饭费，康大缴清了饭费，又花30元钱雇了一个三轮车拉缝纫机。我对康大说："现在谁还会用缝纫机啊，你这100多元钱花得太冤枉了。"康大黝黑的脸庞稍稍有些发红，他对我说："这是家里最值钱的东西，是我和命蛋妈结婚时买的。"我要留他吃饭，他说什么也不吃，着急慌忙地跟着三轮车走了，好像三轮车上拉着一件价值连城的稀世珍宝，一不小心就会被人抢走。

又过了半年多，康大到家里找我。那时正遇上非典爆发，住宅楼的居民自发在楼门口值班，不让陌生人上楼。楼下的邻居喊我说有人找，我走到院门口看到康大蜷缩着身子蹲在地上。我对他说："现在闹非典，人们吓得都不敢出门，你瞎游逛什么呢？"康大嗫嚅着说："实在没办法了，我在城里再没有其他认识的人，只好来找你。"原来命蛋回到沙窝后根本蹲不住，每天吵闹着要出去。对康大说："我要是再蹲在沙窝里，结果只能和你一样，打一辈子光棍，让众人嘲笑看不起。"孩子的话深深刺激了康大，他仔细琢磨，乌兰布和沙漠的土质差，耕作层薄，保不了墒情，长不了好苗，在治沙站种地也就是凑合着活命。我对康大说："你的河套硬四盘做得不错嘛，靠这个还有很多收入啊！"康大对我说："现在不比往年了，农村的年轻人都进城了，在村子里摆酒席办喜事的人很少。只有白事宴才在本地办，可是现在的老人又长寿，一年也没几个过世的，治沙站的人都和我开玩笑，说除非这沙窝里的人全死完才能把我扶起来。眼下在那里没有什么发展前途，我就和命蛋两个人搬到城里租房住了。"我问他："你们干什么工作呢？"康大说："我原来以为我能当厨师，可是餐厅都要厨师资格证，咱们没有那个东西当不成，只好收集食堂的泔水喂猪。猪倒是喂大了，我昨天把猪杀了，可是根本没人买。我想麻烦你和单位领导说说，把我的猪肉给你们单位的职工分了福利吧。"我说："现在赶上个非典，谁敢买你这私自屠宰的猪肉。"听我说罢，他的目光黯淡了，把头深深地埋在胸前，低声对我说："还有一个事哩，命蛋开四轮车打零担，今天早上让农机监理站把车扣了，就剩这么一个挣钱家什了，你千万要帮我把车要出来。"我托人给农机局的领导打了电话，农机局的领导给农机监理站的领导打了电话，我带着他亲自见了农机监理站的领导，农机监理站的领导答应把车放了，康大千恩万谢地走了。一路上不停地对我说："命蛋真是好命，能遇上你这么好的一个干爹。"我对他说："那是开玩笑的，我什么时候和你结了干亲家。"

其实康大往回带四轮车的路途并不顺利，走出农机监理站不远，他又碰到了交警队的人。交警要他往外拿驾驶证，他拿不出，交警要扣车。康大连哭带喊央求不要扣车，最后把随身装的500元钱给了交警才把车开回家。康大后来对我说："本来这500元钱是打算交给农机监理站的，没想到这头省下了，那头补上了。看我找农机监理站的人就十分为难，当时就没好意思再麻烦我，只好向交警哭鼻子求情。"父子俩进城出师不利，康大养猪没挣上钱，康命蛋开四轮车拉货不仅不挣钱，缴完罚款还倒贴钱。于是两个人一起改行，康大到火车站当了装卸工，康命蛋卖水果。我的这个八十竿子也打不着的"干亲家"终于在城里安顿下来。

非典过后的下半年，我从林业上借调到盟委优化经济发展环境办公室工作。一天下午，康大来办公室找我，说康命蛋卖水果时被公交车碰了，公共汽车公司的领导说公交车都是买了保险的，只要交警队出了勘验报告保险公司就给赔，但是交警队快半个月了还没出勘验报告，看我能不能找找交警队的人。正好优化办当时给每个重点部门派了督查组，我给督查组的同志打了电话，当时就把这事搞定了，康大再一次千恩万谢地走了。和我一个办公室的同事笑着对我说："你怎么对这个老头这么热心？"我对他说："没办法，谁让这个老头成了我的干亲家。"

非典过后的第二年，我调到盟委机关党委工作。康大这个老先生给我打来电话。真是奇怪，我在内蒙古工作时总共换了六个单位，我的父母都搞不清楚我究竟在什么单位工作过，我的岳父岳母至今都说不上来我在什么地方工作，只知道我和妻子都在公家单位上班。没想到这个我从没在意的西沙窝邻居竟然把我牢牢地记在心上，我的每一个动向他都密切关注着。连我办公室的电话号码也全部知道，真是令人震惊。因为连我都记不住自己办公室的电话号码，我对数字特别迟钝，脑袋里能记住的电话号码超不过三个。说来惭愧，别人问我的住宅电话号码和父母电话号码，我也得翻手机通讯录后才能说上来。在林业局当秘书时做会议记录，领导不管讲多少话我都能记下来，可是数字却一个也记不住，只好在会议记录上留成空白，而好多会议恰恰是研究资金分配的。

我问他有什么事，他说："麻烦你再帮帮忙吧，命蛋让一个摩托车碰了，现在在医院住院，交不上押金，医院停药了。"我问清楚病房和床号，给医院领导打了电话，让先给病人把药供上。过了十几天，医院领导给我打来电话说："你那个亲戚好几天不来了，床位还占着，如果身体看好了就把出院手续办了吧，不然每天还要给他记账。"我知道不好了，康大这家伙肯定是溜了。于是我从电话里翻查他打给我的号码，可是打过去都是公共电话亭的。妻子埋怨我说："非要认这么个几十辈子挨不着的干亲家，这下好了，他跑了你去医院结账吧！"

　　我也有些生气，康大怎么能这么不讲信用呢？你打算从医院逃跑，就不要让我给医院领导打电话给你的孩子用药呀！我去火车站问装卸工，装卸工们说，康大的孩子被车碰了，已经好长时间没来了。我隐约记得他在城南黄河防洪堤下租房居住，就坐车到那里找。一下车问了一个人就打听到了，说是住在村子最东头的那个最烂的土房里。我推开院门进去，地下什么也没有，炕上铺着一张快洗烂的床单，一个十六七岁的瘦弱男孩躺在炕上，胳膊上打着绷带，正是康命蛋。我问他："你爹哪儿去了？"康命蛋说："我爹每天去交警队要钱，说要回钱给医院打账，今天一早就出门了，现在还没回来。"我看这个男孩病快快的，分明没有好利索，是康大为了省钱提前把娃娃接出来了。可是他不知道，出院时不办手续床位费还要继续记账。可是现在又让他用什么来办出院手续呢？看到畏缩在墙角的那个扁扁的面袋子，我的眼睛不禁发热，对康命蛋说："告诉你爸爸，不要去医院打账了，这个钱，叔叔交了吧！"这是我第一次向这个男孩称叔叔，估计也是这个十多年来受尽冷遇的孩子第一次感受到人间的温暖。在他"嗯"着向我应声的时候，我看到他的眼睛里转着晶莹的泪珠。

　　我掉转车头去了医院，找到医院领导，告诉他真实情况。我给他说："凡是能免的你们就全免了吧，剩下的我缴了。"最后经过减免，剩余600多元，我结清费用办了康命蛋的出院手续。

　　后来我给交警队队长打电话，恳请他帮助康大办理一下这起交通事故的赔偿手续。电话里交警队队长答应得不是很痛快，感觉有些烦。工作也忙，我也不好再管。

大约过了半年多，康大来到我家。他的背更驼了，头发已经全白了。两只手就像铁笊篱一样，只有骨头没有肉。他从衬衣口袋里掏出一卷钱，说真是不好意思，这么长的时间没给你还钱。还对我说，交警队队长真是好领导，他每次去交警队找人对方都没有好言语，一天他正被人咋呼时交警队队长看到了，把他领到办公室问怎么回事。他向交警队队长说明了情况，交警队队长说那个撞你娃娃的人已经跑了，他的摩托车当时被我们扣下了，你把摩托车推回去吧！

终于拿到了交通事故赔偿，康大很高兴。受他的情绪感染，我也想和他喝几盅酒，就到楼下的鱼店去买鱼。卖鱼的人说，有一条黄河大鲤鱼，刚死了，很新鲜，便宜卖给你。我心想，康大是西沙窝名厨，正好可以让他耍耍手艺，就把这条鱼买回家。康大三下五除二就把一盘糖醋鲤鱼做熟了，我要开瓶河套老窖和他对饮，康大说什么也不让开酒瓶，说已经麻烦你好多了，怎么能再让你破费。我夹了一筷子就不再吃，因为鱼的土腥气很大，估计是坏了。很后悔买鱼时贪图小便宜，糟践了康大的手艺。但是康大好像没尝出来有什么地方不对，竟然把一条五斤多重的鱼吃得干干净净，还对我说，好多年没有吃到这样的整鱼了。

在吃鱼的时候，康大打开了话匣子。他说："一个农民想在城里立足真是太难了，真是没个三下两下来不了临河陕坝。命蛋卖水果，来五去五，赚得还不如他嘴馋吃掉的多。这半年多就躺在炕上养伤了，什么活儿也没干。我在车站当装卸工，可是身体一天不如一天，眼看是干不动了。"我说："你确实吃的是青春饭，装卸的营生是不能长期干的。"康大说："我这辈子算是瞎了，但是不想让娃娃像我一样瞎。命蛋会开四轮车，我想求你给他办个驾驶证，让他给人家开大车。"我说："你不要瞎胡闹，普通小车本年龄满十八周岁才能考，大车本年龄满二十三周岁才能考，你娃娃的年龄不够。"康大又对我说："那麻烦你帮命蛋往大改改岁数，听说派出所的户籍警察是你的同学。"我听了有些不耐烦，对他说："怪不得你看不住老婆，原来你不把心思往老婆身上用，尽用在歪门邪道上了。"康大听后神情黯淡了，不再说话。

康大走后我觉得刚才的话有些过分，对妻子说怕伤了康大的自尊心。妻子说，伤就伤了吧，你的这个干亲家真是麻烦死人了。

我心里很内疚，一直想找个机会向康大说一声对不起。在之后的几个月里，我成天想着给他道歉，不料正当我犯愁怎么才能碰到他时，他又一次来我家了。当然是无事不登三宝殿，他说："看到许多人领低保，看能不能给我和娃娃办个城市户口领低保。"我说："一是你在城里无固定住址无法下户口。二是西沙窝那里要修建临哈铁路，你把农村户改成城镇户将来就领不上土地补偿款了。"于是康大的领低保计划到此破产。可是后来的事实证明，我的判断是错误的。修铁路占了西沙窝的地，也占了治沙站的地。康大的户虽然在西沙窝，可是他在二轮土地承包时不在村里，没有承包土地，西沙窝的占地补偿款和他没有关系。康大在治沙站种地，可是他的户口不在治沙站，这里的占地补偿款也和他没有关系。

再后来我从内蒙古调到广东工作，康大估计没有买机票和长途火车票的经济实力，所以这几年我的这位"干亲家"再没有上过我的门。

电话里我对四爹说："我的这个老朋友给您添麻烦了，真是不好意思。"四爹说："尽管此前我不认识他，但毕竟是一个村子里的邻居，人不亲土亲，能帮多少算多少吧！"我问："那孩子有多大？"四爹说："有二十多岁了吧，听说已经订婚了，是后沙坑的一个瞎眼姑娘。"

我心释然，康命蛋终于不用像他父亲一样打光棍受嘲讽了，未婚妻是个瞎眼姑娘也不用担心跟着别人跑了。

我相信康大在给儿子办喜事时一定会打电话请我喝喜酒的，因为我自信我是他最信赖的人，而且他与我心有灵犀一点通，他没有理由不知道我在广东的电话号码。

或许这篇文章的题目可以写为《康大，你在城里还好吗》，或者是

《康大进城》，但是我此前已经写过《情痴康大》一文，为了保证康大故事的连贯性，所以暂定题目为《康大后传》。

写于2013年2月3日

10. 康大前传

　　稀里糊涂地认了康大这么一个干亲家，妻子和儿子都有意见。妻子说："真是瞎胡闹，连这个老汉是哪里人也不知道，就认了干亲家。"儿子说："我也不想和这个来历不明的康命蛋做干兄弟。"他们母子俩逼我尽快把康大的来历搞清楚，以免受他的牵连吃了官司还找不到人主。我想也是，尽管我从没向别人承认过康大是我的干亲家，可是康大不论走到哪里都说我是他的干亲家，似乎干亲家之说已经成为既成事实。

　　打听康大的底细倒也不是非常困难，《康大后传》里康大讲过，我有一个同学在派出所当户籍警察。既然康大都晓得动用这个社会关系，我当然不能让这个资源白白闲置。这个当户警的同学长得玉树临风、潇洒飘逸、俊美至极，男人见了羡慕，女人见了爱慕。康大是一辈子愁得找不下老婆，费尽千辛万苦在西沙窝找了个老婆，老婆生了小孩后没几年就和他离婚了，搞得康大在邻居面前抬不起头来，在村子里羞得没法住，只好东一榔头西一棒槌的四处飘零。而我这个同学是撞尽桃花运，上中学时班里的女生为他争风吃醋，上警校时几位警花甚至为他大打出手。在警校女同学打架的那天晚上，他吓得没敢回宿舍，在学校附近的呼清（呼和浩特到清水河）公路涵洞里躲起来。说老实话，警花们并不是他鼓动起来打架的，他没有这么坏良心，也没有这么无聊。古人云："我不杀伯仁，伯仁因我而死。"警校最后还是追究了他的责任，给了他一个警告处分，毕业后被分配到最偏远的西沙窝派出所。也是这老兄命犯桃花劫，上班才两年，初中时的一位女同学（当时开理发铺）又为他自杀了，还留下一封遗书，说要爱他一生一世。这都是哪儿跟哪儿呀！一连串的打击害得这位老兄在西沙窝派出所十几年没挪窝，至今未婚，而且谈情色变，吓得我们这些同学在他面前既不敢谈"情"，又不敢谈"女人"。可是现在没有其他办法了，只能找他询问，希望他不要看到我此前写的《情痴康大》而受刺激。

由于事前就打了腹稿，在电话里我问得非常谨慎，所以这个资深帅哥同学并没有发"羊角风"。他问我："你了解这个人干什么？"我骗他说："这个人曾经和我在一个村子里居住，最近听人说他老是给别人吹嘘我是他的干亲家，其实我不是他的干亲家，我怕他惹了麻烦后要替他背黑锅。"做户籍警察的同学说："那倒是应该把他的底细搞清楚，我帮你查查吧。"

有户籍警察帮忙，我很快就搞清楚了康大的来龙去脉。原来康大也是民勤人，也是和我一样在爷爷辈的时候就迁到河套地区了。康大原本住在西沙窝北面三十里的后沙坑，父亲是个盲人，母亲羸弱多病，家有弟兄姐妹七个，五男两女，他是老大。其实这帮弟弟妹妹都是康大拉扯大的，两位病弱的老人也一直都是康大照顾。康大扛着一把锄头不分黑天白日地种地，攒钱给老二娶过媳妇又给老三娶，给老四娶过媳妇又给老五娶。等到给四个弟弟都娶了媳妇，康大年满四十了还是单身一个。弟弟妹妹们说，长兄如父，大哥把我们养大，我们一定不能让大哥打光棍。

那时农村经常有人到四川往回买媳妇，女方对男方不要求任何条件，只要给娘家两万元财礼就可以了。弟弟妹妹们鼓动康大也去外面领媳妇，可是康家没有远路上的亲戚，在四川没有关系。康大说："咱们去了四川也找不到人啊。"其实康大也不完全是怕去了四川找不到姑娘，他关键是心疼钱，一盘算，光财礼就两万，还要路费盘缠，总共花下来不知道得多少。

村里有个哑巴姑娘十八岁了，康大动了这女孩的心思。每天给这个姑娘家割草、砍柴、挑水，还帮助放羊。常说福无双至，祸不单行。正当康大用心动情的时候，村里的另一个从河北来的老光棍也向这个哑巴姑娘献殷勤，而且这个河北人比康大小两岁，还会骑自行车，每天早上一摁铃铛就驮着哑巴姑娘去供销社买东西了。康大只会骑驴，不会骑自行车，在这场爱情拉力赛中明显处于劣势。

世事无情，逼得康大没办法，只好忍痛买了一辆自行车学着骑起来。小孩子学骑自行车都是大人抓住车后座，让孩子慢慢地蹬。康大学骑自行车没人帮他抓车后座，他就把自行车推到墙边，跨上自行车后再使劲地用脚蹬墙，让自行车往前溜。往往溜不了几米就"啪"地摔倒，搞得康大小腿上碰满了青印，脑袋上也碰了好几个大疙瘩。不过康大恒心有加，用了将近一个月时间总算学会了。

不过学会骑自行车也没用了，哑巴姑娘这个时候已经嫁出去了。哑巴姑娘的母亲说，"河北汉子和我同岁，康大还比我大两岁，我怎么能把娃娃嫁给老光棍。"邻村的一个大龄青年来提亲，家里大人就把哑巴姑娘许给这个大龄青年了。哑巴姑娘的母亲说，尽管人家穷些，但毕竟年龄相差不是很大。

那个河北汉子转向快，看到娶哑巴姑娘没希望了，就托人做媒娶了另外一个村子的一个呆傻女人。听说呆傻女人是七八岁时发高烧变傻的，原来是很聪明的，和她结婚并不影响后代的智商。康大这下着急了，原来还有河北汉子相伴，现在全村就剩他一个老光棍了，让他的脸面往哪儿搁呢？

人们都说急中生智，康大却是着急忙乱得乱了阵脚。村子里来了个人贩子，说掏八千块就能娶媳妇。康家的人相信了，兄弟姐妹几个迅速凑足了钱款，就等人来。过了几天，人贩子领着一个二十多岁的四川姑娘来了，说是他的表妹。康大和这个四川姑娘待在一个屋子里聊了一会儿，聊完走出屋子后涨红着脸给弟弟妹妹们说："年龄相差太大，不般配。"弟弟妹妹们说："男的愿意娶，女的愿意嫁，有什么不般配的。我们总不能让大哥打一辈子光棍吧！"

弟弟妹妹们的钱早就准备好了，当时就把八千块钱交给了人贩子，当晚就给康大办了婚礼。村子里的人也很高兴，那天晚上闹洞房的人给康大灌了不少酒。等到天明醒来，康大发现枕边无人，家里人把村子前前后后找了个遍也不见人影。

果真被放了风筝，上当受骗了，康大号啕大哭。一边哭一边打自己的脸，责骂自己真是愚蠢啊，把弟弟妹妹们都害苦了。他说："在和这个女人聊天时，我就感觉到她不是好人，可是当时由于害羞没敢讲。"弟弟妹妹们问："怎么回事？"康大说："她给我说，娶上老婆就能搂上睡觉了，搂上老婆睡觉多舒服呀！你说这是好人能说的话吗？"

康大娶老婆被骗，既让康家的财产受到极大损失，又让康大的自尊心受到极大打击。不过村子里有好多这样的上当受骗者，同病相怜，他们还是对康大表示了极大的同情。在大家的安慰下，康大的心情渐渐好转了。好死不如赖活着，老婆跑了但是日子还得照样过，自己再有个闪失老爹、老娘谁管呢？

之后，上面在这里搞结对扶贫，相关部门帮助康大买了能繁种羊。康大很能吃苦，一两年时间竟繁殖出一大群羊。那时流行养小尾寒羊，对口扶贫单位给康大买的就是这种羊。小尾寒羊是肉裘兼用型绵羊品种，具有早熟、多胎、多羔、生长快、体格大、产肉多、裘皮好、遗传性稳定和适应性强等优点。据资料介绍，小尾寒羊4月龄即可育肥出栏，年出栏率400%以上；6月龄即可配种受胎，年产2胎，胎产2~6只，有时高达8只。体重6月龄可达50千克，周岁时可达100千克。这种羊体形结构匀称，鼻梁隆起，耳大下垂，尾尖上翻，胸部宽深，肋骨开张，背腰平直。公羊头大颈粗，长有螺旋形大角，前躯发达，四肢粗壮，有悍威、善抵斗。母羊头小颈长，大都有角，形状不一，有镰刀状、鹿角状、姜芽状等，极少数无角，全身体毛白色，少数个体头部有色斑。

但是小尾寒羊价格极高，每头种羊几千块钱。康大对扶贫单位送给他的两头小尾寒羊极为爱惜，向科技人员学会两种高效饲养法：一是洗胃法。小尾寒羊在饲养中难免食"污"饮"垢"，致使其患寄生虫症、腹泻或其他疾病，不利于正常生长，甚至死亡。因此，每隔一段时间洗胃1次有助于预防疾病。方法是给小尾寒羊食入足量的食盐，待小尾寒羊停食后2~3小时生理干渴时饮入洗胃水（即温开水），饮水后15分钟到20分钟，赶羊出栏活动，促使其加快血液循环，增加排泄量，实现驱病健体的目的。二是控肥法。羊体过肥不利于卵子排出、受孕和着床。过瘦子宫瘪小，有碍幼胎发育，降低繁殖率。必须使小尾寒羊肥瘦适度，施以控肥。方法是母羊产羔45天后，快速育肥15天，之后猛减精料，骤增粗料，多饮清水，降低营养，使母羊生殖系统活跃，从而早发情，早配种，提高繁殖率。小尾寒羊肉质细嫩，肌间脂肪呈大理石纹状，肥瘦适度，鲜美多汁，肥而不腻，鲜而不膻。康大会做色、香、形、味俱佳的清蒸羊肉，可是他没有舍得杀过一只羊吃。

养小尾寒羊必须建有羊舍，还要求地面干燥平整，避风向阳，羊舍外面还要设有运动场。康大按科技人员的要求精心管理，专门建了高1.5米左右的塑料大棚暖圈，按每只羊占地面积0.8~1.2平方米设计，勤扫羊舍，保持地面洁净，育肥前更是对圈舍、墙壁、地面及舍外环境等进行严格消毒，确保羊舍冬暖夏凉、通风流畅。还定期给羊注射炭疽、快疫、羊痘、羊肠毒血症等四联疫苗免疫，随时观察羊体健康状况，发现异常及时隔离诊断治疗。人们都说羊住得比人好，活得也比人好。

河套地区蒙汉杂居，汉族人也都习惯放牧。但是小尾寒羊必须舍饲圈养，不能赶到野外放牧。康大就细心收集各种草料，在夏秋两季给羊喂高粱、大麦、燕麦、黑麦草、无芒雀麦、苜蓿、草木樨等青绿饲料，冬春两季就喂青割带穗玉米、青玉米秸等青贮饲料，平时间或着喂些干草、秸秆、秕壳等粗饲料，康大把一只只大羊小羊喂得膘肥体壮，神清气爽。

这时有一个外乡女人领着一个一两岁的男孩到了后沙坑，说是男人死了，无处落脚。经人撮合，这个女人和康大过在一起。康大的父亲什么活也干不了，这个外乡女人成天咒骂，康大的老爹听了气不过，不吃不喝绝食死了。康大的母亲能带小孩，有些利用价值，这个外乡女人暂时还能容得下。

　　再后来，孩子三四岁不用老人照看了，这个外乡女人就成天和康大吵闹，说有老妈没老婆，有老婆没老妈，看你要谁。康大的母亲看到自己没法待，就收拾行李往康大的弟弟家搬。康大虽然对母亲很孝顺，可是拗不过老婆。老母亲和康大在一起生活了几十年，没想到被一个外来女人把母子俩活活拆散了。在老母亲往外搬铺盖的那一天，母子俩痛哭失声，撕心裂肺。老母亲给康大安顿："这群羊是你辛辛苦苦养起来的，可是不敢卖掉，你下半辈子养老就靠这群羊了。"邻居们说，那天康大破例在晚上赶着羊群到乌兰布和沙漠里放牧，一直转到天明才回家。

　　康大千好万好，就是对老婆太好这一样不好。这个外地女人不仅好吃懒做，而且颐指气使。老婆虐待公婆，康大看在眼里，泪流在心里，但不敢高声说一句话。老婆说买什么就给买什么，老婆说吃什么就给做什么。一天，老婆说要回娘家，让他把羊全部卖了凑路费。康大就把辛辛苦苦养起的一圈羊全卖了。老婆出发时还买了一部当时难得一见的时髦手机，让康大在想她的时候就给她打电话。

　　谁知道这个坏了良心的外地女人竟然黄鹤一去不复返，离家几个月没有传来半点消息。康大打手机没人接，就去老婆说的娘家去找老婆。没想到所谓的老婆的娘家竟然是前一家上当受骗的男方。原来这个外地女人是个惯犯，吃东家骗西家，而且一般是在受害人家里居住一两年，把男方的家产全部掌握了之后就席卷一空，扬长而去。康大跋涉千里，本想找岳父，不料竟找到了老婆的前夫（应该称为前夫，但是这个外地女人究竟有多少这样的前夫，谁也说不清），真是尴尬无比，伤心无比。

　　辛辛苦苦积攒起来的一个家，好端端的一家人，就这样给毁了。康大的老娘当时就被气死了，康大竹篮打水一场空，既没了老婆，又没了老娘。康大觉得实在无颜继续在后沙坑居住，就牵着他仅剩的一头驴，辗转到了西沙窝落脚，并发生了之后我所知道的那些故事。

我的户警同学在和我通电话时了解到康大后来的情况，感慨道："这个人真是一辈子为情所困，为情所扰，竟然为了老婆困顿一生，劳苦一生，为了一个一文不值而且毫不爱他的女人颠沛流离，居无定所，真是可气可恨，可悲可叹！"我想，你老兄不是也和他一样嘛，只不过康大是没人爱，你是人人爱。我怕说了会触到他的伤痛，所以闭口不言。

　　其实，这篇文章称为《康大娶妻》更妥帖。可是前面那两篇不成功的文章《情痴康大》和《康大后传》已经命名，为了防止混淆视听，只好定题为《康大前传》。

写于2013年2月4日

11. 康大别传

　　最近一段时间，康大否极泰来，时来运转。

　　康大的侄子大学毕业参加人才储备考试，在一家市直单位上班了。康大的侄子知道伯伯这些年一直在外面受苦，就向领导说情，让康大到单位下夜看大门。康大这个在城市的夹缝里艰难生存的高龄农民工终于实现了住有所居、病有所治、老有所养的理想。打虎亲兄弟，上阵父子兵，关键回合，还是侄子比外人管用。

　　康大看大门的这个单位没什么权利，很少给干部职工分福利，就是分福利也没有看大门老头的份儿。但是对康大来说，至少有四样好处：一是按月发工资，虽然少些，但是月月都有，不像当装卸工的时候有个头疼脑热干不成活就断顿了。二是不用租房，下夜自然有下夜房住，而且不用掏房租。三是单位有个职工食堂，侄子每天都给他收拾些剩饭菜，他天天白吃。四是单位门口有个公共汽车上落点，附近再没有其他公共厕所，坐公共汽车的人上厕所只能到这个单位来，单位办公室主任默许他上厕所收钱。他自定标准，大便五毛，小便两毛。可是上厕所的人问清楚价格后都说是小便的，男人好办，他可以跟进去看。女人就难办了。康大觉得收了不少，损失的也不少。

　　经济好转了，爱情也有了转机。康大的老婆不知道通过什么途径，竟然打听到了康大下夜的地方。这个老婆不是早些年放风筝骗康大钱的那两个女人，是让康大把值钱家具全部搬到城里之后和康大离婚的那个女人，就是康命蛋的妈。

康命蛋的妈在骗了康大之后又被城里的赌博汉骗了，带她在赌博场上耍了一个月，把她随身带的那点细软盘缠全输光后，就把她一脚踢开了。康命蛋的妈无颜再见江东父老，就在城里一个卖面筋的摊打下手。幸好在康大做河套硬四盘时她多瞅了几眼，多少掌握点儿门道，面筋的汤料调得很有味道。央求卖面筋的摊主给她介绍对象，卖面筋的摊主说："现在城里男人好找对象，女人不好找对象。男人就是四十也能找下黄花闺女，女人过了三十就成了豆腐渣没人要了。你的娃娃也好几岁了，去哪儿找对象，还是回去和老汉过吧。"

　　康命蛋的妈回心转意了，但是康大这个家伙在老婆跑了后羞于见人，不知道带着孩子躲藏到了什么地方。之后的日月，他们两个人其实过得都很艰难。前几年，康命蛋的妈听说康大的侄子考上了内蒙古农业大学，心想康家终于要出人头地了，可是她却早已不是康家的人。最近一段时间听人说，康大在侄子的单位看大门，生活过得很滋润。经过一番激烈的思想斗争和长时间的前后犹豫，她决定去找康大。

　　我也不知道康大老婆推开下夜房和康大见面的情景是什么样子。但是我想康大和老婆久别重逢，一定是激动得手足无措、喜极而泣、热泪盈眶。

　　后来听人说，单位领导询问康大下夜房里住的女人是谁，康大说："是我老婆。"在搞计划生育检查时，要康大出示结婚证，康大拿不出。康大哆嗦着嘴唇，想领老婆去街道办事处办复婚手续。康大老婆说："离婚证早丢了，没有离婚证怎么办复婚证呢？"听老婆这样一说，康大不敢强求。管她呢，有人在就行了，就算是有个本本，可是人跑了又有什么用呢？于是康大憨憨地对管计划生育的人说："不好意思，本本丢了，这么大的年龄了，想生也生不出来了。"

　　老婆的到来，让康大的上厕所收费增加了很多。过去常有女人把大便说成小便，现在没空子钻了，每当有女人说是小便的，康大老婆就跟进厕所里看。

　　康大的收入增加了，可是烦心事并没有减少。最近一段时间康命蛋又闹着和后沙坑的盲女退婚，说打死也不娶这个瞎眼姑娘。康大说："那送给人家的财礼怎么办？"康命蛋说："又不是我送去的，谁送的谁往回要。"康大摇头叹息道："傻娃娃，不听老人言，吃亏在眼前。瞎眼姑娘多好啊，不知道你的丑俊，也不知道你的老小，绝对不会跟上别人跑，如果你愿意和我一样一辈子吃苦受罪，你就退婚吧！"

清官难断家务事，何况我本身就不是官。人老成精，我想康大会有智慧把这些事情处理好的。

天长日久，康大在我家里已经成了一个非常熟悉的陌生人。妻子渐渐默认了康大这门亲戚，对我说："康大虽然人穷，可是脾气很好。"但是我的孩子坚决反对，他说："我不想和那个傻不拉唧、蔫不拉唧的康命蛋做干兄弟。人家都是攀高枝，你倒好，尽认些穷亲戚。"没办法，这社会就是这样，穷在闹市无人问，富在深山有远亲。我的孩子才十一岁，小小年纪脑海里就留下了这么深的世俗烙印。家有三口，主事一人。儿子不认老子认，康大这个干亲家我是认定了。

此时我远在南国，衷心地祝愿我的干亲家康大晚年生活幸福美满。

本文称为《康大时来运转》可能更贴切，因前有《情痴康大》《康大后传》和《康大前传》，是为《康大别传》。

写于2013年2月5日

12. 康大的亲家

　　康大摊上事了，摊上大事了！早些年是愁得怕找不下亲家，最近一段时间找下亲家了，可是又被亲家搞得焦头烂额、狼狈不堪。

　　截至目前，康大总共有三个亲家：一个是我这个干亲家，一个是和康大的儿子康命蛋订了婚的后沙坑的瞎眼姑娘的爸爸王四瓜碗，另一个是最近和康命蛋私订终身的在临河理发铺学徒的外地姑娘小红的爸爸李二蛋。康大的亲家当中，有的是有名无实，有的是有实无名，可我无名又无实，只有康大这个家伙给我找来的一堆麻烦事和闹心事。

　　"黄河百害，唯富一套"，说的就是我的家乡河套平原。这里地势平坦，土质较好，有黄河灌溉之利，是亚洲最大的一首创自流引水灌区。从天上来的黄河，在巴颜喀拉山脉北麓的卡日曲发源，流经青海、四川、甘肃、宁夏到内蒙古后先沿着贺兰山向北，受阴山阻挡向东，沿着吕梁山向南，形成"几"字形大弯曲。这一大弯曲的北部，亦即白于山（陕北）以北、贺兰山以东、阴山以南、芦芽山（晋西北）以西的地区被称为河套，这一带黄河两岸的平原称为河套平原。河套平原一般分为"西套"（青铜峡至宁夏石嘴山之间的银川平原）和内蒙古的"东套"。有时"河套平原"仅指"东套"，和银川平原并列。东套又分为巴彦高勒与西山咀之间的"后套"和包头、呼和浩特与喇嘛湾之间的"前套"（土默川平原）。我所说的河套平原是狭义的，就是在巴彦淖尔市境内的后套。海拔在1000米左右，地势由西南向东北倾斜，自清代以来开渠引黄河水自流灌溉，农业发达，是内蒙古自治区最重要的灌溉农业区和商品粮基地。

但是后套紧紧挨着全国八大沙漠之一的乌兰布和沙漠，经常受流沙侵袭。乌兰布和沙漠地势由南偏西倾斜，属中温带干旱气候，干旱少雨，昼夜温差大，季风强劲。沙漠南部多流沙，中部多垄岗形沙丘，北部多固定和半固定沙丘。新中国成立后，当地政府组织了大规模的治理，在磴口县二十里柳子至杭锦后旗太阳庙一线营造了一条宽300～400米、长175公里的防风固沙林带，林带两侧5公里为封沙育草区，控制了沙漠东移。沙漠内除种树种草外，还开辟出20余万亩耕地，主要种植小麦、玉米、甜菜、葵花籽及各种瓜类。康大就长期生活在乌兰布和沙漠里。

河套一带的土著人是蒙古族，汉人百分之九十九以上是在"走西口"的年代从四面八方来的移民。民间所说的"走西口"中的"西口"就是山西省朔州市右玉县杀虎口。清初通过康雍乾三世的恢复发展，到乾隆朝全国人口突破三亿大关。内地人的矛盾尖锐，大量贫民迫于生活压力，"走西口""闯关东"或"下南洋"，形成近代三股大的移民浪潮。"走西口"是清代以来成千上万的晋、陕等地老百姓涌入归化城、土默特、察哈尔和鄂尔多斯等地谋生的移民活动。当时山西北部土地贫瘠，自然灾害频繁，生存环境的恶劣迫使晋北很多人到口外谋生。"河曲保德州，十年九不收，男人走口外，女人挖野菜"的山西旧谣充分说明"走西口"者多为自然灾害引起的饥民。清光绪三年至五年，山西等省大旱三年，出现被称为"丁戊奇灾"的近代最严重的旱灾，甚至部分地区寸雨未下。自然灾害引起的人口流迁，以忻州、雁北等晋北地区最为突出。晋北各州县贫瘠的土地、恶劣的自然环境迫使大批百姓离开故土。例如"阳高地处北塞，沙碛优甚，高土黄沙，满目低土，碱卤难耕……地瘠民贫，无所厚藏，一遇荒歉，流离不堪"。在贫瘠的土地、寒冷的气候、无河流灌溉的恶劣自然环境里，晋北人生活困苦。每遇灾歉，人们不得不流离失所，奔赴口外谋生。"走西口"是一部辛酸的移民史，是一部艰苦奋斗的创业史。一批又一批移民背井离乡北上口外，艰苦创业，开发了内蒙古地区。更重要的是，他们给处于落后游牧状态的内蒙古中西部带去了先进的农耕文化，使当地的整个文化风貌发生了根本的改变。伴随着"走西口"移民的进程，口外地区以传统单一的游牧社会演变为旗县双立、牧耕并举的多元化社会。在这一演变过程中，作为移民主体的山西移民做出了极大的贡献。

客居他乡，为了彼此间有个照应，这些移民创造性地发明并在生活中大量地运用了"拜把子"和"结干亲"这两种社交方式。

"拜把子"就是结拜，两个年龄相仿而且相处得来的男人，点一炷香，磕三个头就成了兄弟。各自的娃娃称对方夫妻为拜爹拜妈，其亲近程度和亲兄弟一样，在红白事宴上答礼的标准也和亲兄弟一样。也有不点香的，几个人只要谈得来，聚在一起喝顿烧酒，聊聊出生年月，就把兄弟排位搞定了。不过酒喝得少的还行，过后还记得自己认的兄弟。酒喝得多的就不行了，第二天酒醒连在什么地方喝酒、和谁喝酒也不记得，谁是自己的结拜兄弟就更想不起来。不好意思，我在上初中的时候也和班里的两个同学搞过结拜。我们三个人每次考试基本都是班里的前三名，年龄最小的阿飞每次考第二名，阿平和我竞争第一名。一般来说，"同行是冤家"。可是我们三个人惺惺相惜，不仅没有成为冤家，反而关系好得不得了。最后好到实在找不到更好的表达友谊的方式，期末考试考完，卷子还没发，没事东游西逛的时候我们想到了结拜。于是集体出资买了一瓶金川啤酒，用刷牙缸子倒成三缸子，每人一缸子喝下去，一边吐着啤酒泡沫打着饱嗝，一边约定"兄弟同心，永结好友"。我们还约定，本约定是秘密盟誓，谁也不许走漏半点风声。可是后来不知道怎么搞的，我们三个人结拜的事，不仅同学知道了，连班主任老师也知道了。不过班主任老师一直装作不知道，因为学校纪律严明，如果我们这种拉帮结派搞团伙的行为被发现的话，是极有可能被开除的！初中毕业我们三个人都考到呼和浩特读书，班主任老师到内蒙古教育学院进修，请我们吃饭。先是找到了我，嘱咐我把另外两个弟兄也找来。我十分纳闷，问他怎么知道我们是弟兄。班主任老师说："你们那点小把戏，怎么能蒙哄过我这个老江湖。"当然，结拜也有贬义的时候。那时班主任老师也经常这样骂逃课的几个同学："你们几个真是耗子挨着班苍子睡，一样的灰脊背！快杀上一只耗子结拜吧！"

"结干亲"就没有贬义了。即使现在有些干爹和干女儿之间的风流故事、香艳传闻，但与纯洁的"干亲家"一词也不是一码事。"结干亲"的初衷大约有两种：一种是娃娃体弱多病总哭闹，给娃娃认个干爹或者干妈（也称保爹保妈），把孩子保出去，这样可以保佑祛病驱邪、茁壮成长。另一种是看到一个成人较有社会地位，而且两家相处得也不错，一方为了进一步加深关系，给孩子以后发展建立良好人脉，就让孩子认对方做干爹或干妈。这个和义父义母与义子义女之间的关系有点像，但是干儿子、干女儿不用干爹、干妈养活。认干亲的两家大人从此就成为干亲家，两家孩子就成为干兄弟、干姐妹。认干亲有一套正规程序，先是锁锁，认干亲的一方要请对方吃一顿酒席，干爹或者干妈给孩子锁一个"长命富贵"银锁挂在孩子脖子上，钥匙带回。锁完之后，孩子的亲爹、亲娘要给干亲家送一蒸锅大白馒头。等到孩子十二岁生日时，孩子的父母要再摆一次酒席，请干亲家来开锁，开锁后要给干亲家五十元或者一百元不等的开锁费。所以干亲家的那把钥匙需要妥善保管多年，如果不小心丢掉的话，那锁就难开了。现在河套地区给娃娃园生园锁过十二岁生日成风，家家户户大摆酒席，大宴宾朋，大记礼账，大收礼金。其实绝大多数失去了园生园锁的初衷，当初连个干亲家也没认，让谁去给你的娃娃开锁呢？那些答礼的宾朋感觉礼很重，也有些冤枉。其实他们都不算冤，我才是最冤的！康大这个家伙不仅没有请我吃酒席，没有给我送馒头，甚至连根烟也没有给我抽过。尽管我不抽烟，但是你老先生给我递一根过来，虚情假意地让一让，也算是表达个心意啊！

康大后来的两个亲家应该称为"湿亲家"。有名无实的是王四瓜碗。康命蛋在临河的建筑工地上摔伤之后，康大为了给康命蛋冲喜，就托人向后沙坑养了个瞎眼姑娘的王四瓜碗说媒。王四瓜碗琢磨，这些年康大胡折腾，这里搬来，那里搬去，让几个老婆苦害得没攒下钱。康命蛋也没什么文化，不过康命蛋好歹是个健全人，自己的瞎眼姑娘也不能在家里养活一辈子。收了康大的一箱子河套老窖和一桌子河套硬四盘后，就答应了这门亲事。有实无名的是李二蛋。李二蛋是个外乡人，也在临河打零工。李二蛋的女儿是康命蛋学裁缝时的同学，康命蛋尽管裁缝没学成，白缴了学费，还差点把他老子最心爱的缝纫机折腾没了，但是结识了几个同学，其中有小红。偶尔的一次，康命蛋去街边理发铺理发时发现小红在学理发，原来小红的裁缝也没学成跑出来干了别的。"同是天涯沦落人，相逢何必曾相识"。何况两个年轻人原本就相识，也算他乡遇故知，自然心情激动，喜悦至极。再后来康命蛋有事没事就往理发铺跑，今天买根雪糕，明天请小红吃碗面筋。在经济条件允许的时候，还带小红去网吧上网看电影、聊QQ，去迪厅蹦迪。一来二去，日久生情，小红和康命蛋竟然私订终身。第一个站出来反对的是康大，他对康命蛋说："不当家不知柴米贵，咱们这样的家庭哪里允许你挑三拣四，能不打光棍就是万幸了。好娃娃，好好听话。咱们把财礼也送给王四瓜碗了，东西不能白扔了吧！"可是康命蛋根本不领他的情，歪着脑袋对他说："要娶你娶，我是不娶！"搞得康大十分纠结，娶瞎眼姑娘吧，康命蛋现在不干；不娶吧，此前送出的财礼真的是很难要回的。没办法，走一步算一步吧！

　　可是事情并没有康大想象的那么简单。康命蛋想娶小红，小红也愿意嫁，可是李二蛋不干了。李二蛋对康命蛋说："回家告诉你老子，拿10万元财礼来，否则不要想娶我的女儿。"康大几次托人向李二蛋说情，央求减少些。可是烟酒费了好多却无济于事。李二蛋打得铁硬，一个子儿也不少。康命蛋每日寻死觅活，搞得康大心烦意乱，肝肠寸断。忽有一天，天降祥瑞。康大在翻拣垃圾箱里的可回收物时意外地发现了一个只存有一元钱的被人丢弃的存折。康大眉头一皱，计上心来，用碳素笔在"1"的后面加了五颗零，然后把存折交给了李二蛋。李二蛋十万元的存折到手，当时就答应先订婚，娶聘再寻吉日。康大怕夜长梦多，可是李二蛋这人很难说话，说定的事情很难改变。没办法，订婚就订婚吧，娶聘之事今后再见机行事。

之后的日子里，康大每天都是提心吊胆。纸包不住火，终有一日，东窗事发。一天，李二蛋拿着存折去银行取钱，银行工作人员验证后说是伪造的，当时就通知公安派出所把李二蛋拘留了。李二蛋在拘留所里受尽了冤枉气，打死他也不相信那个老实巴交、三棍子也打不出一个屁的康大竟然会制造假存折骗他。从拘留所出来后李二蛋提着一把杀羊刀上了康大的门。康大赔着小心向李二蛋问好，李二蛋"噌"地把刀子扎在康大的炕桌上，问他："想活还是想死？"康大厚着脸皮说："亲家，好好说话，你这是怎么的一个说法？"李二蛋骂道："谁球是你的亲家！"康大小心翼翼地问："咋的个活法？咋的个死法？"李二蛋说："想活，拿十万来。不想活，老子一刀宰了你！"康大满脸赔情地说："亲家，宽限宽限，说下的话，怎么能骗你呢，骗你我是毛驴。"李二蛋骂道："你本来就是毛驴！"康大是逆来顺受惯了的，忙不迭地点头称是："对对对，亲家你说得对，我本来就是毛驴，我是牲口不是人。"

康大打不还手，骂不还口，唾面自干。李二蛋经过一番发泄后，气也消了不少。把刀子从炕桌上拔起来，说："命先给你留着，但是不把钱凑够，你儿子休想娶我的女儿！"

好事不出门，坏事传千里。康大给儿子订婚订了两家的事，在后沙坑一带广泛传播。原来康大还愁得不好上门向王四瓜碗要此前送的那箱河套老窖，不料王四瓜碗竟找上门来了。王四瓜碗也是费了一番周折才找到了康大在城南防洪堤下的出租房。王四瓜碗一进门就骂康大，"原来还说你是在城里做买卖的，你做球的甚买卖，我把女儿许给你儿子，真是瞎了眼！"康大低三下四地说："我确实是个瞎人，康命蛋也是个瞎娃娃，那我们退婚吧！你把那箱河套老窖还我吧！"王四瓜碗骂道："一家不订两家亲，看你是个什么球劲气，还给小子订了两个婚。戏男不戏女，你毁约在前，那箱河套老窖我已经全部喝光了，等我尿憋时你拿瓶子收尿吧！"

两个亲家轮番轰炸，搞得康大人样全无，日渐消瘦。在他对生活即将绝望的时候，上帝又给了点儿转机。康命蛋说："小红怀孕了。"管他呢，生米做成熟饭了，不信李二蛋会把我杀了，让他的外孙一生下来就没爷爷。

康大的想法是良好的，可事实绝非如此。李二蛋带着一把更长的刀子上门了，这次没有把刀扎在炕桌上，直接指向康大的鼻梁。限他三天内缴清全部钱款，否则白刀子进红刀子出，全家杀光。

康大犯愁了。不躲不是，天天都有性命之忧；躲也不是，小红肚里已经有了康家的骨肉。不孝有三，无后为大。好不容易有了后代，他再带着康命蛋躲藏出去，不仅康命蛋不同意，康家的祖先也不同意。

无奈中，康大想到了找人担保，好让李二蛋宽限一段时间，之后采取拖延战略。拖到娃娃出生，不信他李二蛋能把外孙也杀了。

可是找谁担保呢？康大本来就没有多少亲友，为数不多的亲友近年来和他保持联系的也没有几个。能联系上的几个中也没有一个愿意为他担保的。明摆着的事，谁知道康大猴年马月才能攒够十万元呢？那李二蛋又是个亡命徒，谁愿意沾染这事？

康大这个无事不登三宝殿、无事也不打电话的人，这时想起了我这个干亲家，想让我给他作担保。

我这个干亲家当得真是冤到了极点，好处没有捞到半点，却惹了一堆麻烦。我本想拒绝，可是康大可怜兮兮地说："实在没办法了，我只能找你了。"

"一不保媒，二不担保"，这句河套俗语我常记得。这事不赖我呀！此时我十分犹豫，究竟能不能给康大作担保呢？

亲家啊！亲家！爱悠悠，恨悠悠，让我欢喜让我忧！

写于2013年2月9日

13. 躲年

年三十还没到，康大就愁上了，今年到哪里躲年呢？

现在河套的礼重啊！办喜事时亲朋最低得搭300元，一般亲戚得搭500元，侄儿子娶媳妇或者聘外甥闺女时爹爹和舅舅至少要搭1000元。搭完礼还不算，还有拜年哩！娃娃要给100元红包，新媳妇新郎官要给200元。可是事情到此并没有全部结束，第二年外甥女或者侄媳生小孩了，喝满月酒要搭礼。春节领着小孩来拜年，要给压岁钱！而且是年年来，年年给。这么多的礼数，这么重的礼金，康大一个种地老农民实在是吃不消啊！没办法，这些年康大总是东躲西藏。一方面是因为老婆跟人跑了，他羞于见邻里乡亲；另一方面是为了躲年躲礼。

早些年在后沙坑居住时，每到年关康大的日子就难过了，总要低牙下口地向邻居借钱。对方家里遇到男人还好说，一般都会爽快地借给三百五百让他应应急。遇到女人就不行了，总要唠唠叨叨地数说："早干什么去了，年三十了跑出来借钱！"这时康大总是羞红着脸说："不好意思，没有防备下，今年又有几个典礼的和拜年的。"

记得有一次，一个邻居家里办喜事，其他人最低搭的是100元，康大囊中羞涩，银两不足，搭了50元。吃饭的时候他不敢抬头看人，只是闷头夹菜。一个愣头青哪壶不开提哪壶，偏偏在这个时候说话了："听说今天还有搭50元的，不是坐在咱们这桌吧？"还有更愣的应和道："搭50元的就别往礼账上记了，当白吃算了。"康大的脸一会儿红，一会儿黑，这顿饭吃得真是痛苦无比。

为了省钱，康大几乎每年冬天都不买炭。白天他东家游西家逛，晚上睡觉前在铁炉里点一炉子玉米棒芯子。玉米棒芯子点火特别旺，家家户户用来烧炭引火。点着之后康大三下五除二脱了衣服，"嗖""嗖"钻进被窝里，抓紧时间睡觉。不然动作慢点儿，炉火灭了，一晚上冻得睡不着。有一年正月初一，侄子、侄女们结伴来给康大拜年，拜完年不走，都挤在康大的屋子里打扑克。这可愁坏了康大，赶孩子们走吧，大年初一他实在说不出口；不赶他们走吧，眼看过冬的玉米棒芯子被孩子们烧得没多少了，接下来的寒夜他可怎么过啊！

　　"爆竹声中一岁除，春风送暖入屠苏。千门万户曈曈日，总把新桃换旧符。"日子虽然过得清苦，过年时对联还是要贴的。村里会写毛笔字的人只有一个，全村的人都请他写对联，康大也请他写。以往都是康大在一旁心情无比崇敬地看着这个人写字，小心翼翼地把刚刚写好的一副对联拿开，又小心翼翼地把按字数折好的红纸递过去。可是有一次正写时，弟弟家里来了亲戚，要他作陪，康大没在旁边看着。等到中午康大把对联拿回去贴在墙上后，才发现过往的男女老少都"哈哈"笑个不停。原来是村里的同龄人开玩笑，让写毛笔字的小伙把对联写成"白天喝的陈缸酒，晚上吃的炖牛肉"，还有什么"鸡鸭鱼肉样样全，瓜果蔬菜种类多"。康大一年四季都吃煮面条，哪儿有这么多的好享受，这不是调侃人吗？康大气恼地把对联全部撕下，跑到供销社重新买了红纸，让会写毛笔字的小伙把对联改成"阳春开物象，丽日焕新天"和"田园无限美，山间分外娇"等。

　　早些年的生活虽然不如现在好，可是早些年的过年却比现在的过年更有想头，更有念头。那时大家都穷，人心质朴，谁也不会笑话谁，谁也不会瞧不起谁。那时没通电，家里人吃过年夜饭后围在一盏煤油灯前打扑克到天亮。那时很少有年画，老母亲剪窗花贴在玻璃上。那时没有压岁钱，外出拜年大人给两颗糖。逐家逐户磕头拜年，全村串下来，能挣一兜子糖块。康大一直就懂事，小时候拜年挣的糖一块也舍不得吃，全部上交给妈妈，因为妈妈还要给村子里其他拜年的孩子发糖呢！有一次妈妈破例给康大留了一颗，康大半年没舍得吃，每天拿到鼻子前闻甜味，到最后糖块全化了，没吃成。那时没有这么多的礼数，也没有这么重的礼金……过去的年虽然辛酸，可是又多么值得回味和留念啊！

早些年，康大想出来一些躲年的好办法。

先是"买门神镇门"。康大去集市上买回秦叔宝和尉迟恭的画像，一左一右贴在大门上。按传统意义理解，贴门神是为了祈求一家的福寿康宁。人们都说，大门上贴了两位门神，一切妖魔鬼怪都会望而生畏。可康大不这样理解，他认为这两位怒目圆睁、相貌狰狞、手里拿着武器的门神可以把那些随时准备向他要钱的请柬吓走。

其次是"离门不离庙"。正月里，每天早早吃饭，吃完饭他就跑到乌兰布和沙漠深处溜达，能逮着兔子就逮兔子，能捡着柴火就捡柴火，追求不高，混过一天就行。拜年的人每次上康大的门，遇到的都是铁将军。

再次是"离门又离庙"。正月里天天躲进沙漠也不是什么好办法，不仅内心悲凉，而且没有任何收入。打听到乌梁素海苇场过年时缺割芦苇的，康大就在腊月里跑到苇场打工，一个正月真能挣不少钱。不过辛辛苦苦挣的钱康大一分也没留住，连同养羊挣的钱，都被那个带小孩的外地老婆骗走了。

最后是"打一枪换一个地方"。康大从后沙坑跑出来后，在西沙窝住了几年，在治沙站住了几年。河套人情太好，康大前脚在一个地方落脚，新邻居的请帖后脚就跟来了。康大惹不起躲得起，住的感觉快把人混熟的时候，就卷起铺盖换一个地方。康大也没什么辎重细软，搬家不费事。只是耽误了儿子康命蛋，多次转学害得娃娃把功课落下了。

每当回想起这些经历，康大就不寒而栗。虽说躲年躲礼的做法不光彩，可是收效还是比较明显的。庆幸这些年从老家后沙坑躲出去了，不然的话真不知道要搭出多少礼钱，送出多少压岁钱。

其实康大躲掉的不过是亲朋礼而已，那些给外甥、侄子搭的重礼他一个也没躲掉。一来他的行踪兄弟姐妹们始终掌握，二来他也不是真心躲避。这些礼也躲避了，还让康大在亲友面前如何做人。

今年的礼，康大无论如何也躲不掉了。因为他在侄子的单位看大门了，看大门的人是不可能搬着大门四处跑的。俗话说，跑了和尚跑不了庙。该走的注定要走，该来的注定要来。

"既来之，则安之。"话虽这样说，可康大的心里还是纠结呀！康命蛋的妈早不来晚不来，偏偏在年前找上门来了。她一个人来不要紧，还把一大堆亲戚也领上门来了。这下麻烦了，康命蛋的姑舅中娶媳妇的有两个，生小孩的有一个。一个月的工资还不够往外付拜年钱啊！这还不算，老婆的七大姑八大姨家家都有办喜事的，家家都要请他答礼。康大心里不痛快啊！这些年我们父子两人流离失所，孤苦伶仃，饥一顿饱一顿的，你们谁管了。要办喜事收礼金了，想起来还有我这个亲戚！而且这礼金也太重啊！把积攒半年的上厕所收费全拿出来也不够啊！怎么办？不搭吧，也算一门亲；搭吧，还得到信用社贷款。可是年过六旬的康大实在不想再走贷款过年的老路了。

什么年好过日子难熬，年也难过啊！康大这些天愁得心烦意乱，寝食难安。央视蛇年春节联欢晚会也没好好看，连赵本山有没有上台演小品也没有注意到。

以往康大一遇到麻烦事就来找我。这些天我也提心吊胆，生怕他给我打来电话，可怜兮兮地说什么"实在没有其他办法了，只能找你了"。

写于2013年2月12日

14. 怀念姥姥

　　特别疼我爱我的姥姥在2012年9月10号教师节这天去世了，一个普通的农家妇女，经历了人生85年的艰辛曲折和酸甜苦辣。1979年，姥爷去世后姥姥一个人种十几亩地养活一群人，娶了两个媳妇，聘了一个女儿，带大了孙子，还照看曾孙。作一些零散的叙说，怀念姥姥。

　　姥姥的电话号码还在手机里存着。我对数字太迟钝，能记住的电话号码超不过五个，别人问办公室电话号码我也经常说错，家里的座机号码我直到现在都说不上来，可是姥姥的电话号码我深深地印在脑海里。电话号码还在，可是接电话的人已经不在了，电话那头再也听不到姥姥的声音了。

　　姥姥曾说，让我在她死的时候回去。四年前我从内蒙古调到广东，出发前全家人吃了一顿饭。姥姥知道广东很远，对我说，这么远你不要回来看我了，我死的时候你回来就行了。又听我们讲从临河到广州坐火车要经历三个白天两个黑夜，就赶忙说，这么远，在我死的时候你也别回来了。这么简单的嘱托我都没有兑现，因为有许多事情走不开，在姥姥去世后，让爱人代我回去送姥姥最后一程。惭愧！

　　今年中秋的月饼没有邮寄出去。离家太远，自从我来了广东，中秋节就没和家里老人在一起过过。以前在节前给姥姥邮寄广东月饼过去，表示一点心意。今年没办法给她老人家寄月饼了，看着摆在书房里的五六盒月饼，我欲哭无泪。

　　上学时物质紧困，去舅舅家里看姥姥，姥姥总是挪着小步子把我们送出大门口，再送到大街上，再送到一个周围没有人的僻静地方，掏出一卷钱给我们，说"你们把这个钱拿上买路费"。姥姥去世了，再也没有人偷偷给钱了。

因为外孙们的家底差，姥姥对我们的居住情况十分关心，我们也总想请姥姥到家里看看。在临河时住的是步梯五楼，姥姥说她爬不动楼梯了，所以她没到过我家里。到广东后我买了电梯楼，我给姥姥讲这次不用爬楼梯了，您可以到我家了。可是现在楼梯不用爬了，姥姥却不在了！

广东的温泉很好，香港、澳门的景色也很好，可是姥姥都没有去过。大舅和三舅家里人曾经三次来过我家，他们回去后都要把这里的照片拿给姥姥看，姥姥说很好，特别是对我们小区里锦鲤鱼叫声大过狗叫感觉非常神奇。如今我居住的小区里风景依旧，锦鲤鱼叫声依旧，可向往听到锦鲤鱼叫声的姥姥却沉睡在乌兰布和沙漠下面了。

姥姥说的是民勤话，孩子听不懂，说太姥姥你怎么说外国话。这几天他妈妈不在家，我们父子天天吃食堂。等菜时孩子看我不说话，说爸爸我知道您为什么伤心。我说，为什么。他说，因为说外国话的太姥姥不在了，这个消息我没有告诉班里的同学。

姥姥心态平和，胸怀开阔，善于处理家庭矛盾。姥姥育有三男三女，还有许多侄男外女。人口众多难免发生矛盾，锅碰碗、碗碰勺的事总是有的。邻居里经常有老人家因为儿女家庭矛盾伤心得吃不下饭。但是姥姥心底无私天地宽，极富内力和耐力，就像武林高手一样可以借力使力，化矛盾于无形。那些家长里短的事情到了她这里，她看到就当没看到，听到就当没听到。她常说本来老婆汉子吵架是正常事情，老人一参与就变麻烦了，不能帮忙，还要添乱。反正所有的矛盾和纠纷到了姥姥这里就像是遇到了武侠小说《天龙八部》里说的"吸星大法"，一切都消化得干干净净。

姥姥让我感悟到要好好对待亲人，在人活着的时候对他们好些，人去了遗憾就会少些。对每一个亲人都特别好的姥姥去世了，使我无比哀痛。让我在哀痛之余感悟，如果一个人不能对全世界人好的话就对全国人好吧，如果一个人不能对全国人好的话就对和自己交往的人好吧，如果一个人不能对和自己交往的人好的话至少要对自己的亲人好。因为姥姥对身边的每一个人都特别好，如果谁做不到，就说明他就没有一个言传身教的好姥姥。

写于2012年9月

15. 姥娘的包裹

记忆中姥娘有一个包裹，可是不知道里面装着什么。

一

人人都说姥娘亲（民勤话把姥姥叫姥娘），我的姥娘好像不亲我。

小时候我和弟弟经常到姥娘家玩，但是姥娘好像从来没有抱过我们。她总是不停地劳动，要么捶葵花头，要么脱玉米粒，忙得连话也顾不上说。

姥爷在我两岁时就去世了，舅舅和姨姨还在上学，姥娘一个人种三十亩地养家。大人不和我们玩，我们就和动物玩。姥娘家里养着一头老羊，力气很大，但是脾气很好。骑它不恼，给它套上缰绳拉车也不恼。为了试验它的脾气究竟有多好，我用一块土坷垃砸羊头把羊砸倒了。我以为老羊被砸死了，很害怕，不料过了几分钟它缓过劲来，翻身起来继续让我们骑。有老羊做玩伴，我们很开心。只是口齿不清，老羊和姥娘分不清，大人不知道我们究竟在喊谁。

村里有卖冰棍的，三分钱一根。听到吆喝声就磨姥娘买，但是姥娘不给买。用鸡蛋也能换，可是从没在姥娘家见过鸡蛋。没办法，只好看着别人吃，自己在一旁流口水。

姥娘家里基本上不吃蔬菜，顿顿煮面条。我们吃饭的时候姥娘不

100

吃，等孩子们吃饱了她才吃。过年时姥娘也不上桌子，只是不停地挑豆芽，等我们吃完了，她收拾着吃盘子里的剩菜。大人们都说我姥娘是全村最刚强的女人，男人也比不过她。这句话应该是褒义，可是我不喜欢，因为我更想要一个亲我的姥娘。

一直以为姥娘没钱，意外的一次发现姥娘原来也有钱！我在院子里玩得口渴了，跑回屋子里喝水。看到姥娘从板箱里拿出一个叠得四四方方的包裹，正打开来整理东西。听到脚步声，姥娘匆忙把包裹系上了。在她系包裹的一刹那，我看到里面有半截明晃晃的银手镯！

回家后我哭着鼻子对妈妈说："姥娘真自私，明明有钱却不给我们买冰棍！"妈妈说："你姥娘哪儿来的钱？"我对妈妈说："姥娘有一个包裹，里面有半截银手镯！"妈妈哭着说："你知道姥娘的包裹里装着多大的责任吗？你二舅和三舅将来用什么娶媳妇？"

二

在我上小学的时候，三姨出嫁了，二舅成家了，三舅辍学做了买卖，家里就剩姥娘一个人。

姥娘家在村子最后面的红柳滩上，周围再没有其他人家。上学要经过姥娘住的村子，姥娘每天傍晚站在村口等我们。姥娘想让我们和她一起住，可是姥娘家里没通电，黑乎乎的，晚上没办法写家庭作业。

有一天老师没留家庭作业，我背着书包去了姥娘家。半路上，我和姥娘相遇了，原来姥娘也正要去村口。那一次，我看到了姥娘的笑容。

舅舅和姨姨都成年了，姥娘身上的担子轻了好多。不经意间，发现姥娘原来很健谈。姥娘对我说："地基是你姥爷用箩筐担土垫高用石鹅夯实的，盖房子的土坷垃也是你姥爷用铁锹挖的。我年轻的时候没有薄衣裳，大夏天披着一件棉袄劳动。一个会织布的邻居看到了，给我织了一块布，缝了一件单衣。"我只知道家做鞋，没想到还有家做布。姥娘对我说："你姥爷娶我花了90个大洋，用红布包成一个长条，大约有一尺长。"姥娘还给我讲了很多有趣的故事，那时我的作文经常被老师表扬，主要得益于姥娘的讲述。

过了几年，姥娘同三舅进了城。我和弟弟在城里上学，每到周末就去姥娘家吃饭。吃完饭姥娘不让走，等家里没有其他人的时候，揭起板箱盖板取出一个包裹，从里面摸出几块钱，还有鱼肝油、蜂王浆口服液，让我们拿回去给妈妈补身体。

姥娘常说，六个娃娃五个念书了，就是没让你妈念。妈妈不识字，进城不敢上厕所。平常她站在旁边等，有女人上厕所时跟着进。有一次内急，等了一会儿不见人来，就大胆走进去，不料里面有男人。回家后妈妈抱着姥娘哭鼻子，怪姥娘不让她上学。姥娘总是觉得亏欠妈妈许多，七十多岁了还帮妈妈干活，喂猪喂羊，洗衣服做饭。

后来我到呼和浩特上学，姥娘偷偷给的钱更多。姥娘的钱都是舅舅给的，她其实搞的是"转移支付"。我一直不明白，姥娘的包裹怎么就像聚宝盆一样，用之不尽，取之不竭。

三

五年前我从内蒙古调到广东。姥娘知道广东很远，临别时嘱咐我，这么远的路你不要回来看我了。

前年冬天我回去看望姥娘，给她买了一箱苹果。姥娘非常喜爱，家里一来人就擦干净请人吃。后来姥娘生病了，每天要吃我买的那种苹果。这下难坏了一家人，不管谁买的姥娘都说味道不对。妹妹给我打电话，问我当时买的什么苹果。我也忘了买的是什么苹果，只记得当时让挑最好的拿。

去年秋天，姥娘去世了，享年85岁。我因为工作上的事走不开，让妻子回去。妻子回来对我说："你知道吗？姥娘在临终时抱着一件东西。"我说："钱财不可能，书籍也不可能，会是什么呢？"妻子说："是一个包裹，里面包着姥爷的一件衣服，是爸爸娶妈妈时给姥爷买的。姥娘说她保存了33年，每当想姥爷的时候就拿出来摸一摸。"

姥娘的包裹里能装这么多的东西，我真的没有想到。

写于2013年清明节

16. 大姑

　　昨晚我整夜失眠，翻来覆去睡不着，看窗外的夜色由淡转浓再由浓转淡。起床后失魂落魄，在阳台上呆坐了大半天，下午三点多，四爹打来电话说："你大姑去世了，给她点个纸吧。"我这才明白为什么自己会有如此反常的行为，难道是心有灵犀一点通？寒天冻地里，睡梦中的我知道远在塞外的大姑又挨过了一个难熬的夜晚。

　　大姑非常关心侄儿侄女，对我尤其疼爱。大姑是我们家族中第一个搬到陕坝城里住的，家族里的老老少少进城办事都是在大姑家落脚，男男女女进城上学都是在大姑家借读。我上初中时就住在大姑家，当时在这里住宿上学的孩子总共有8个，除了大姑家的5个外，还有迎春姐和润平哥。我真的不知道将近60岁的大姑当年用了多大的精力，围着一个水泥抹出的炉台，砍砸着坚硬的古拉本煤炭，用风箱吹着一点点微弱的火苗煮出一大锅饭，再摆好一双双筷子和一只只碗，而且年复一年，日复一日，不知疲倦，没有怨言。

　　大姑腿脚不灵便，走路很慢。可是每当乡下亲戚到城里看病的时候，她的步伐就骤然加快了。大姑家距离旗医院有两三里路，看病的亲戚说自己在医院买饭吧，可是大姑从不应允，总是赶在医院开饭前把热腾腾的饭菜和汤水送到病床前。我真的不知道大姑是怎样在上下午间隔那么短的时间内完成买菜洗菜、烧火做饭、装盒盖盖、拎包赶路这一系列动作的。每当我想到矮小瘦弱的大姑拎着沉甸甸的饭盒穿过密集的车流人群向医院赶路的样子，我的眼泪就不由自主地往下流。

大姑岁数大了，家里人本来是不安排她劳动的。可是大姑总是闲不住，娘家的几个兄弟家里总是能看到她这个"救火队长"的身影，知道谁家的农活忙不过来了，大姑就赶到谁家帮忙收秋、收夏。二爹单身，每到腊月大姑就回到乡下帮助二爹把被褥拆洗干净。二爷爷被子里的棉花攒成团了，大姑一块一块地撕碎撕细，再一针一针地缝补好。有一次，爸爸做了胆囊炎手术，当我坐公共汽车赶回家的时候（当时我已经参加工作了），一进院子发现大姑正赶着羊群往外走，原来大姑早已经赶到家里帮忙放羊了，年事已高的姐姐对弟弟的关心远胜于我这个二十多岁的儿子对父亲的挂念，这令我惭愧。

　　大姑非常关心我们的学习。每次学校组织运动会，大姑总是迈着小步子一步一步地挪到校园里看我们参加活动；每次学校组织三好学生表彰大会，大姑总是站在学校高音喇叭木杆下听校长宣读表彰决定，好像怕离远了听不清楚；每次期中期末考完试，学校要召开家长会，这个时候真正的家长神采飞扬地进教室开会了，大姑这个编外家长只能待在教室外看墙上贴的光荣榜。我现在初中毕业已经21年了，可是大姑那盯着已经被风雨洗刷的斑驳陆离的红纸黑字久久不愿离去的样子，我永难忘怀。

　　大姑对侄男外女体贴入微。我初中毕业后考到呼和浩特上学，放假返乡的第一站总是去大姑家。1994年暑假从呼和浩特到陕坝时已经身无分文，原本打算在大姑家吃完饭后再去坐回乡里的车，等到了乡里再找人借钱买车票。在我出门往外走时，大姑拉住我的衣袖，往我的兜里装了五元钱。我推脱不要，大姑硬塞给我，还给我带了一袋橘子，让带给奶奶吃。

　　我毕业后在盟林业局住单身宿舍，大姑坐班车到办公室看我。我非常奇怪，她一个很少出门的老太太是怎么找到这里的。我对大姑说："打电话让我回去看你就行了，为啥要亲自来呢？"大姑说："你上班的地方，我亲眼看看才放心。"大姑应该是步行了很远的路，口很渴，看到我办公室茶几上有一个茶杯，就提起暖壶倒了一杯水，一边询问我的情况，一边慢慢喝水。等把大姑送走，我才发现自己非常浑蛋！因为自己平时喝水固定用一个保暖杯，茶几上的杯子从来没洗过！从这一次开始，我改变了邋遢的坏习惯，办公室的茶杯用一次洗一次。因为如果待客的杯子不保持整洁卫生，那么你的至亲也极有可能喝不上干净水！

我结婚后在临河租房住，大姑来看望我们小两口。我租房的那个地方在建设路东的一条小巷子里，我爸爸打的士都找不到巷子的入口，也不知道大姑有什么神通，这么偏僻的地方，她老人家居然也能找到。一进家门就不停地干活，大约三天后把衣服全部洗干净了，玻璃全部擦亮了，块煤全部打碎了。能干的活儿全部干完了，大姑说："我要回去了。"为了挽留大姑住，我和妻子就变着法子给她找活干。上午让她蒸馒头，下午让她炸油果子。大姑是个闲不住也待不住的人，那一次居然把大姑留在家里住了一星期。后来四妈和弟弟得知了这个秘诀，也照搬照用，都通过干活让大姑多住几天。弟媳说："大姑太鬼了，回的时候把我们家里收拾得整整齐齐，被子叠得四四方方，等晚上睡觉时才发现，她把我们给的路费压在枕头下了。"

如今我们这些侄子、侄女也全部长大了，为人姑为人舅，对照大姑当年的付出，我们不及万分。大姑还有一个常人万万做不到的事情，她居然为侄媳伺候月子。知道我媳妇生小孩了，大姑匆匆忙忙从陕坝往临河赶，在汽车站坐车时遇到劫匪，被抢去了随身带的几百元钱，还被硬生生地抹去了金戒指。看到她的手指红肿粗胀，我们才明白原委。

干活是大姑的强项，煮谷米稀粥、炖牛肉、蒸花卷自然不在话下。洗尿垫、换尿垫，这些年轻人嫌脏的活儿也被大姑包了。母亲和岳母在媳妇满月后回家，之后大姑大约顶岗一个月。此后的历次搬家，每次都少不了大姑。2002年夏天，我买了新房，大姑陪我们住了两三天。大姑对我说："我享侄儿子的福，住了一回楼房，你齐齐哥不知道什么时候能住上楼房。"齐齐哥是我二表哥，当时在乌拉特草原深处的一个苏木医院工作，每天骑摩托车往返五六十公里上班，为了节省费用，他冬天在宿舍里睡觉时居然不生火。

大姑晚年丧子，家中多生变故。大姑牵着这个，挂着那个，念着这个，想着那个，疼着这个，痛着那个。换平常人，不仅心碎了，人也碎了。而大姑以五尺身躯，受不能受之重，吃不能吃之苦，亦亲不能亲之亲，忍不能忍之忍。常常使人忘记，其实她才是一个最需要被关心的人。吾辈感叹：大姑爱行天下，博爱无疆！

大姑的心里装的全部是别人，唯独没有她自己。大姑的爱，北上阴山之巅，中到河套之原，南下南海之滨。鲁迅说："时间是海绵里的水，只要挤总还是有的。"大姑对当世之慈爱岂止如此，简直如同大海，取之不竭，用之不尽；又如同空气一样，招之即来，挥之即去。直到大爱不在，人们才发现它是那么应该珍惜，再没有任何一种东西能胜过它的存在。

二哥搬家到乌海，大姑乘长途车去看他。我搬家到广东，临行前大姑把我的衣角和孩子的头顶摸了又摸。有一次我回家探亲，临别时大姑把我送到大门外，抱住不让我走，失声哭泣的她惊动了邻居，好几个人探出头来看，不知道老太太家里究竟发生了什么事。前几年，齐齐哥在东升庙买了新楼房，我也在江门买了新楼房，我给大姑打电话，大姑说："你们弟兄几个都住上楼房了，我很高兴，就是你在广东的新住处我没有去过，想和你四妈一块儿去看看。"

于是我天天盼四妈带大姑来广东，可是没想到大姑旧病复发，身体竟一天不如一天。2012年秋妻子回家看望了大姑，2013年夏也去看望了大姑，当时大姑已经病得非常严重了，人躺在床上，生活不能自理。由于身体疼痛，整晚睡不着觉。不料临别时大姑竟然塞给妻子500元钱，说是鼓励侄孙学习。妻子怎么推脱也不行，大姑说这是她的临终交代，必须拿上。

2013年冬，大姑病得更严重了。我给表姐汇了一点儿钱，希望她每天偷偷地给大姑买点儿水果。不料大姑知道后把钱转交给四妈，说她不能给侄儿们添负担。

我和大姑通电话，大姑说："希望能回来和我团团圆圆过个年。"

马年春节，父母和舅舅一家到广东过年，我没有回内蒙古老家。正月初一，给齐齐哥打电话，齐齐哥说："吃了点药刚刚睡着。"此后的几天里，或者给表姐打电话，或者给外甥女打电话，都没能和老人通上话。

正月初八，父母从广州坐火车回家，我给大姑买了些核桃酥、棱角酥等小吃，委托他们给大姑带回。母亲说："你大姑已经不能吃这些硬的东西了，我们到家替你另外买吧。"

正月十二，大姐在陕坝办喜宴，亲人们都去看了大姑，说大姑身体很好。我听了非常高兴，估计大姑能坚持到夏天，这样在孩子放暑假时我就可以回老家看望她了。

不料，天不遂人愿。正月十七的下午，大姑在经历了难言的病痛后与我们永别了，给亲人们留下了无比的伤痛和深深的眷恋。大姑的永别也使我深深反思，这世界究竟有什么还比活着更重要。

因为爱，才有我们的存在；因为爱，我们要好好活着；因为爱，我们一定要好好爱每一个活着的人！

大姑，您走好！不孝的侄儿给您磕头了！

写于2014年2月16日

17. 穷则变

昨晚和母亲通电话，她说额济纳的二舅妈去世了，她刚刚从额济纳办完丧事归来。她在电话里跟我讲，这是她第一次去额济纳，没想到那里人的生活比西沙窝好得多，那群人真的是跑对了。

这次通话让我想起了20多年前的事。我们村的老一辈都是在新中国成立前从天南海北各个地方逃荒活命来到后套的，他们认为有几十亩地可以耕种、有几头牲口可以使唤的生活简直就是天上人间，那些不满足现状想外出闯荡的人被他们骂作"谋心不善，想吃个驴蛋"。但是说一句老实话，西沙窝的土地盐碱大，耕作层薄，辛苦一年只能刨闹个温饱。王木匠是个手艺人，他不知从哪里打听到额济纳可以种棉花，第一个带着家人离开了西沙窝。老一辈费尽千辛万苦才找到这么一个安身立命的地方，怎么能说走就走了？再说了，那棉花是能吃还是能喝？村里人对王木匠的行为充满疑问。其后传来消息，说王木匠和几个儿子给人家杀骆驼，打零工。村里人说："隔行不取利，简直瞎胡闹。"过了一两年，王木匠的女婿也卖了房屋牲畜搬迁到额济纳。王木匠的女婿是个近视眼，不识字还戴一副眼镜，妻子常年生病，生活贫困。村里人说："连地也种不好的人还想干别的，简直是癞蛤蟆想吃天鹅肉。"

二舅是母亲的堂兄，家里人口众多，大表哥三十多岁了还没有娶媳妇。为了谋个新出路，他们也在那个时期搬迁到额济纳。从我们村到额济纳路途遥远交通不便，二舅自从外出后再没有回来过，母亲也一直没有去过二舅家。前几年二舅去世了，母亲没有去吊唁。最近二舅妈也去世了，母亲说再不去看望，这门亲就断线了。

母亲几乎没有出过门，有限的几次出门都是来我家里。额济纳之行，令母亲眼界大开，惊讶万分。她说没想到咱们村的人在额济纳居住的有那么多，老老小小有几十户，你的叔伯三姑也从新疆搬到额济纳了，她出嫁二十年了，这是我第一次见到她。没想到他们对我们那么热情，家家户户都要请我们吃饭。没想到人家的生活过得那么好，家家户户都住着二层楼。

西沙窝的人本来是很有闯劲的，老一辈都是徒步几千里跋山涉水来到后套的。可是烧红柳吃白面的相对安定让他们产生了思维惰性，相当一部分人满足于"一亩地，两头牛，老婆孩子热炕头"的生活，不想再闯荡，不想再冒风险。再往后的小一辈，甚至有看不见烟囱就哭鼻子的。生活差的人为寻出路离开了，生活好的人留下来。几十年时光转换，出门在外的住了楼，留在村里的好户还是当年的老样子，腰线砖、白泥墙。

人说故土难离，可是后套又是谁的故土呢？往前推三代，西沙窝一带根本没有人，村人的老家在陕西、在山西、在山东、在甘肃。离不开的其实不是老家，离不开的是稳定的生活、固定的收入和其他既得利益。可是那点可怜的既得利益往往会变成温柔的镣铐，不仅会束缚手脚，而且会束缚大脑，让人患得患失，进退维谷，深陷其中而不能自拔。

"穷则变"和温水煮青蛙的故事，说的其实是一个道理。有时间真的应该去额济纳看看胡杨林，顺便看看西沙窝人在那里建成的移民新村。

写于2013年4月

第二辑：那年那月

18. 丁零丁零

　　"丁零丁零"，一辆绿油油的自行车行驶在乡间小路上，清脆的铃铛声由远及近，在村子里不停地回响。

　　爷爷听到了，那丁零声里有爷爷的牵挂。爷爷那时七十多岁，眼不花，耳不聋，精神头好着呢！爷爷少小离家，十几岁时跟着逃荒人群赤脚走到后套，一辈子没有回过老家。走西口的人苦啊！土里刨食的人，一犁一犁地开荒，一粒一粒地下种，一镰一镰地收割，一分一分地挣，再一分一分地攒。有盖房子的钱，有供娃儿上学的钱，也有给老家邮寄的钱，只是没有回家的钱。倒不是真的凑不够盘缠，而是因为有其他支出比花在路上更当紧。月夜里，爷爷的旱烟锅明明灭灭，一边吸烟一边给我们讲老家的故事。"谢家出了九条县，胡家出了个胡阁老。"爷爷说，读书是贫苦人改变命运的唯一出路。爷爷还说，满肚子的文章顶不了肚里的饥，浑身的武艺挡不了身上的寒，做人要脚踏实地，不能好高骛远。爷爷向来忍耐，向来克制，乃至于大家都认为他是没有思乡情感的人。及至清明，看到须发皆白的爷爷跪在十字路口烧化纸钱，我们才知道爷爷也有父母，爷爷也思念双亲，爷爷也思念故土。爷爷侧耳聆听的神情专注而虔诚，那一声比一声近、一声比一声响的"丁零丁零"，每一声都在扰动着异乡游子的心呀！

　　五姑听到了，那丁零声里有五姑的希冀。五姑的听觉出奇地灵敏，课堂上学生娃搞什么小动作，甭管手段有多隐秘，都能被她发现。有调皮的趁她对着黑板写字的工夫耍些花样，也被她察觉了。头都不回，直接点名批评："别一个劲儿地摆弄铅笔，抓紧时间写作业。"挨骂的羞红了脸，赶忙翻起练习本，抄写起生字来。这不是撞了邪门？二郎神的眼睛怎么会长在后脑勺呢？五姑说啦，天天教的孩子，身高、长相、衣着，还有说话的音调、走路的声音、写字的笔体，都熟得不能再熟了，怎么会感觉不出来呢？五姑是高中生，差四分没考上大学，一边在家复习备考，一边在村里带我们这班孩子。五姑屋里有许多书，靠墙的书柜里摆得满满的。孩子们都爱跑到五姑屋里玩，不论怎么翻腾，她都不恼。丁零声响了，五姑匆匆跑出门外。我知道，一定是她订的杂志到了，除了数理化外，还有《小学生作文》和《故事大王》呢！那辆涂刷了绿油漆、后座上驮着两只绿布口袋的自行车还没停稳呢，五姑就迈着大步走到跟前，身后还有一帮孩子，比她还着急。"好了，好了，你们先看！"抢在最前面的小屁孩接过五姑手中的新书，将书贴在脸上，痴痴地嗅着那清香的油墨味儿。往日接了邮递员的东西，她总是乐呵呵的。今儿个不知怎么了，满脸悲戚。小屁孩们不知道，大人知道。五姑说，一年的辛苦又白费了。大人说，庄稼不熟，来年再种。五姑止了泪，轻轻点了点头，说了一声"嗯"。

大爹听到了，那丁零声里有大爹的熬盼。大爹是乡中的民办教师，也当过五姑的老师。大爹常说一句话，等村里的娃儿都考上学校了，我就熬出头了。他对那绿油油自行车发出的丁零声有一种莫名的恐惧，又有一种殷切至极的期待。怕什么？怕他的学生考试失利，年轻人承受不了太大压力。盼什么？盼他的学生金榜题名，捷报传来。人最期冀的，最割舍不下的，不正是既怕又盼的吗？

在那一声接一声的"丁零丁零"里，爷爷盼来了老家来信，五姑盼来了录取通知书，大爹盼来了学生的喜报。日月如梭，时光飞逝。一眨眼的工夫，当年跟在五姑身后的小屁孩也长大成人了，孩子也和自己当年一般大了。在那清脆的铃声里，我从农村走进城市，又从北方调到南方，经历了一次又一次的憧憬、失落、悲观和喜悦。至今记得爷爷当年说过的话，人生不能没有希望，没有希望的日子就像一口枯井，永远都熬不出头。那一声接一声的"丁零丁零"，挥洒漫天的阳光与云彩，伴着一路的绿荫与花香走来，带给我们的不正是无尽的希望与期待吗？

写于2015年11月25日

19. 村里没有你的地

　　人生最难的是1998年春天，那时我实在没办法继续在城里待下去了。

　　红岩魂史实展结束了，报社不需要临聘人员了，公务员考试也戛然而止了。说来说去全怪我，为什么在面试的前一天还要去参加校友的婚礼？更为可气的是吃酒归来的当晚，居然还做了一个梦。梦到一帮人敲锣打鼓抬着花轿来接我，领头的是一位身穿红袍的老汉，说是来娶我的。男子汉大丈夫做这样的梦已经够滑稽了，可是梦中的我居然还矫情地说："老汉来娶我不去。"

　　梦醒之后感觉不妙，这似乎是对我前途的一种预兆。中午时分，接到人事局通知，我的面试被取消了，因为工龄不够。我的老天！我就是因为没工作才考公务员的，没有工作我去哪儿找工龄呢？有工龄的话我还用考试吗？说什么也没用了，谁让我在梦中说大话呢。

　　兜子早已瘪了，此前能在城里坚守，是因为有一线希望在。没有车子我不怕，我走路速度快，一般人骑自行车我也能赶上；没有银子也不怕，习惯了粗粮布衫，锦衣玉食反而不自在；没有房子也不怕，城里有亲戚，可以临时借宿。但是没了盼头，我就恐慌了。城里还怎么待？待下去又有什么意义？昨日还感觉处处温馨的街道一下子变得冷漠起来，有一种从未谋面的陌生。

　　回家吧！这个时候不回家还能到哪里去？乘坐面包车返回时我心一片荒凉。公共汽车只通到乡里，下车后我沿着乌拉河堤一路西行。早春的河套，草木还没有返青，四眼望去一片枯黄。渠畔的苦豆子被牲畜啃咬得参差不齐，叶子和豆荚大多不见了，剩半尺多高的秸秆挂着鞋帮"唰唰"地响。农田里有三三两两劳作的人们，有修渠的，有打堰的，有平地的，有耙地的。乌拉河到村小门口拐了一个弯，在河湾的下面向西又开了一道农渠。沿着这条渠笔直而行，是回家最近的路。刚刚翻越渠口，看到一对熟悉的身影躬身在地里劳作。母亲身穿深蓝色劳动布裤和紫红色毛衣，头上围着泛白的黄围巾，正盛着半脸盆化肥施肥。她一只手抓着盆沿，一只手顺着犁壕挥洒，在深红色的新鲜泥土上留下道道雪白。父亲一手扶犁，一手挽着缰绳。老骡子在前面不紧不慢地拉，父亲在后面紧跟着。犁到地头了，骡子自然而然地调转方向，父亲提起犁铧，抬起脚轻轻踢一踢，大片大片的红胶泥从犁面上滚落下来。折过头再把犁铧往下压，沿着先前走过的路又掀起一道波浪。

母亲看我风尘仆仆的样子，疑惑地问："你怎么回来了？"我说："家里忙，回来帮帮忙。"父亲犁地正在兴头上，吐掉嘴里的烟把子对我说："其他地全翻完了，这里地势高去年没浇上水，今春犁了之后种潮水。"河套地区土地广阔，平均每户人家有三四十亩土地。收秋后深翻的土地在头水浇灌前下种，因为上冻前已经淌过一水，开春解冻后墒情良好，所以称之为种潮水。由于农活紧，个别上冻前没顾上翻的茬子地墒情较差，需要开春淌上一水才能种，所以被称为种热水。此时我对种热水还是种潮水已经没了心情，只想尽快在地里找些活干，好掩饰自己的慌乱。

想帮父亲扶犁，刚挽起裤边，脚还没踏进地里，父亲大喊起来："犁得剩一行了，弄脏了衣服还得洗。"想帮母亲撒化肥，母亲说："只剩这半盆了，你收拾空袋吧！"地堰上散落着几只蛇皮袋，抖了抖，里面还有些许化肥颗粒。母亲让我一张张折好了，等秋收时装粮食。

茫无心绪，父母问话，我有一搭没一搭应和着。晚饭后哪里也没去，径直回西屋睡了。家里有三间屋，东屋有一盘火炕，西屋放一

116

张铁床。床板不平，睡在上面"咯吱咯吱"地响。熄灯了，院子里还白亮白亮的。抬头向窗外看，老圆老圆的月亮挂在高天上。卧室的木门变形了，风一吹，"吱呀吱呀"地叫唤。我抚摸着铁床的护栏发呆，回想过去的岁月。铁床是在我没上小学时买来的，记得是冬日的一个早晨，父亲和大舅乘着一辆拖拉机回来了，进门后带回一屋子寒气和闪着淡蓝光芒的这架铁床。铁床四周是圆溜溜的开着口的钢管，我和弟弟把它用作储钱罐，手上有个一分两分的钢镚儿就投进去。可是没有力气将其翻转，所以一个也没取出来。

不知什么时候，门又"吱呀"响了。正要骂风，不料是一个人影闪进来。身子壮壮的，四肢粗粗的，嘴里还噙着一支烟，正是父亲。父亲想和我说话，我假装睡了。父亲坐在床边，一边抽烟，一边默默地看我。烟头明灭，忽闪忽闪的，照耀着父亲额头深深的皱纹。我的眼泪不由自主地流下来，但是硬忍着不发出声来，怕父亲看到我的脆弱。半夜醒来几次，发现父亲趴在床上，手伸在床外，烟头兀自亮着，像只一动不动的萤火虫。

晚上翻来覆去没睡好，清晨醒得很晚。正呼呼大睡时，父亲"哐啷"一声推门进来。他几时起的床，我居然一点儿也不知道。父亲一声接一声地喊我："快起床，班车来了！"住在最偏僻的小村里，是一个去任何地方都不需要经过的地方，怎么会有班车来呢？我揉着惺忪的睡眼惊诧地看着父亲。父亲不容我有半点质疑，上气不接下气地对我讲，"你听，鸣笛了！"果真传来了汽笛声，可是班车和我有什么关系呢？就是因为在城里混不下去了，我才回到村里的呀！父亲看我犹疑的目光，脸色由红转黑，又由黑转青，忽然没来由地发火了，大声呵斥道："村里没有你的地！回城里去！"正烧火做饭的母亲"呜呜"地哭了："娃娃就是没去处才回来的，要工作没工作，要工资没工资，你让他在城里怎么待？"父亲额头的血管鼓胀着，像一条条青色的龙，扭过头来一字一顿地对我说："要么就别读书，读了书就别想着回村！"总共只有两句话，父亲足足用了一分钟才讲出来。话说完，父亲的嘴唇由红变紫，由紫变黑，整个人好像瞬间要垮塌下来，仿佛耗尽了全身气力。

如此情景，我实在不忍心继续僵持下去。我匆匆洗了把脸，梳了梳头上车了。在班车发动的那一刻，听到母亲骂父亲："你这个狠心人，娃娃连饭也没吃就打发走了。"父亲兀自坚持着先头的强硬："他的饭碗不在村里！"只是声音比刚才虚弱了许多。

司机说："你父亲凌晨找我的，说你有急事要赶着回去。"我支支吾吾地含糊应答着。我要付车费，却发现口袋被密密麻麻的针脚缝上了，里面鼓鼓囊囊的，捏一下硬硬的。司机可能察觉到了我的异样，回过头来对我说："你父亲已经买了票。"

车子缓缓开动，迎着朝阳向东方进发。往身后看，故土渐渐模糊。往前方看，日头的轮廓渐渐清晰。初春的杨柳泛出一点儿清白，而天边的彩霞殷红如血。

想起父亲犁地时说的一句话："地做主苗就做主，底肥压足了，种啥都长得旺。"我抖擞了精神。

写于2015年4月26日

20. 那年春天

那年春天，阿利成了预言师，和我聊天总说一句话："咱俩的姻缘要动了。"我知道，他最近和一帮老太太打扑克，或许有人给介绍对象，所以这么自信。

天色已晚，阿利说："你睡吧，我明天再来。"局机关大门锁闭了，我握紧门环，防止它左右晃动。阿利把身子猫倒，两手抓住竖立的铁杆，两脚踩着横向的铁框，三下两下翻越出去，在路灯下拖着长长的影子远去了。大门轻轻晃动了两下，没有惊醒看大门的老大爷。阿利是步行六七里路来看我的，回到宿舍还得翻一次大门，没人帮扶，动静一定很大，挨一顿骂肯定是少不了的。

阿利是和我同年分配的大学生。一次到面馆吃早餐，两个人都觉得面熟，聊了起来。吃完面，抢着结账，阿利跑在前面买了单。我正实行"四碗面"计划，因工资微薄，除去房租所剩无几。一日三餐，倘有一顿吃了两碗，则下一顿只能吃一碗，否则第二日要将"四碗面"减为"三碗面"。因为阿利的慷慨，那日我破例实行了"五碗面"计划，中午吃了两碗，晚上也吃了两碗。

"吃水不忘挖井人。"当晚我去看望阿利。他住在单位单身宿舍里，敲门进去，发现他正扑在案板上和面，两手沾满面团，鼻子和耳朵上也全是面粉。阿利说："正做葱花饼，一会儿熟了你尝尝。"葱花饼本是油煎的，阿利的做法颇有创新，他把面团揉成一个圆饼，在表皮抹些胡油撒些葱花，置笼里蒸。锅里的水沸腾了，香味也慢慢飘溢出来。

揭开锅盖，发现白白胖胖的一块大面饼挺立着，面皮油亮油亮的，葱花嫩绿嫩绿的，用手指摁一个坑，不久又慢慢弹起来。撕一块拿在手里，孔洞疏松，芬芳四溢，颇有民勤月饼的神韵。尽管已经吃过饭了，当晚我还是吃了和阿利同样多的面饼。

原来阿利也生在农村，上大学时家里欠了5000元的债，这些日子已经还了许多。我惊诧阿利的偿还能力，怎么挣同样的工资，他如此有钱呢？阿利说："周六日我都在工地上干活，平时下班也去。"正值冬天，衣服洗后很难晾干，晒在外面被冻成铁板。阿利只有一身外套，遇到这种情况，他把衣服放在暖气片前烤软了穿，走路时"哗啦啦"地响，宛如披挂上阵的战将。

第二年，我调到局里当秘书，住在一楼的宿舍里，阿利常来看我。阿利单位的单身同事说："真有精神，每天下班外出，半夜才回来，我们以为他是搞对象，没想到跑去看你。"刚开始聊文学、论专业、谈人生，比较高尚，聊来聊去，最后话题集中到女生身上。阿利说："班里有一个很不错的女生，毕业时和一个男生去包头了。"我说："你比我强，我们学校的美女，我连人家去了哪里也不知道。"阿利哀叹："念书时没找对象，现在难了。"我说："怎么不是。"阿利说："现在的社会太现实了，经济条件差，人家根本不和你谈。"说到激动处，他连抽三根烟，我抄起半瓶啤酒。室友刚刚约会回来，看我俩的颓废情形，一脸鄙夷。

春天来了，我的心情再也不能和往常一样保持平静了。以往父母让谈对象，我总是不屑一顾，心想大丈夫何患无妻。父母说："村里和你同龄的都娶媳妇了，好几个有娃娃了，你却连个对象的影子也见不着。"我知道，他们心强，样样都爱和人比。种地打粮、挖渠出外工都没有落在人后，这次肯定是没法和别人比了。父母说："你快找个对象吧，这样我们也算交代了。"我呛他们："交代，交代，一门心思想着完成自己的所谓任务，你们怎么这样自私？"父母恼了："你不自私吗？你不自私为什么不谈对象，还影响别人？"我知道，西沙窝有个不成文的规矩，对象必须大的谈了小的才能谈。我找不下对象无所谓，可是因此而耽误了弟弟，就说不过去了。

其实，也不是不想找对象。局机关墙后是人民公园，周日我总翻墙进去游逛（那时公园还没有免费开放，门票一元钱）。往日也不觉得异样，纪念碑前走走，树林里逛逛，想看书就看书，不看书就抬头看蓝天。突有一日，天气变暖，公园里的花盛大开放，白的、红的、粉的、紫的，五颜六色，令人目不暇接。我正徜徉在花海里，发现一位女同事和丈夫手拉手走过来。往常我肯定要和人家打招呼，那天不知怎么了，忽然觉得羞愧难当，想找个地缝钻进去。如此美好季节，别人成双入对，自己却形单影只。如此大好时光，不找对象，却在这里吊儿郎当。成何体统？有何面目？我弯下腰身，把脑袋埋在一丛巨大的灌木后面，等他们走远了，撒丫子从公园里跑出来。

其实，也不是没让人介绍过对象。同事们很热心，已经帮我介绍了两位，可是见面后就失去联系了。我知道，过错在我。不能完全怪自己的脸，主要怪自己的嘴。年幼时见村里的媳妇和婆婆闹饥荒，心想自己长大一定要娶一个理解和体贴家里的人。见面时，我给人家讲妹妹看猪娃的故事。在我和弟弟上学时，学费靠卖猪娃。家养的那头母猪生的仔非常壮实，一窝能下十几只，一只能卖一百元。可是母猪身沉，翻身时老往死压猪娃。八九岁的妹妹终日蹲在猪圈里守候，看到母猪压住猪娃，就把它扯起来。讲的人泪湿眼眶，听的人却不为所动，自然双方都没有感觉。我知道，不能再讲这个故事了，可是又不死心。

阿利那边，一波三折。为了找对象，他付出许多。先学会骑自行车，后学会跳舞，还买了些行头。学骑自行车还是孩童时好学，身子轻，大人在后面把着车座，摇摇晃晃三五天就学会了。像他这样年纪的人，没人扶持，估计要摔很多跤。跳舞也须身体灵巧，像我这样五大三粗的，从来不敢冒下舞池，真是佩服他的勇气。买新衣服倒是应该的，且不说谈对象，平时换洗也方便些。可我感觉阿利步子迈得有点儿大，"不鸣则已，一鸣惊人"，尽买些毛料西装，脏了不能水洗。我对他说："不知道吗？干洗要花钱的。"他说："为了爱情，不管那么多了。"

我感觉到，阿利来看我的次数明显少了。我数说他，他呵呵一笑："忙着呢！哥们儿要理解。"有时在街头相遇，甚至顾不上说话，打个招呼，就飞快地骑车赶场去了。快到夏天的时候，阿利来看我，神情颓唐地说："看来不能好高骛远，城市女孩和咱们不是一路人。"

之后见他，总是满身尘土。我说："你又去工地干活了，现在可是找对象的关键时期，不能因小失大。"阿利憨憨地说："我在走农村包围城市的路子，你等着吧，很快有消息了。"约是周日晚上，阿利风尘仆仆地从乡下回来，给我讲，"昨晚做了一个怪梦，梦到一头油光水滑的白狐狸扑在身上，压得喘不过气来。"我对《周公解梦》不熟，说不出所以然。室友问："你昨晚在哪儿睡的？"阿利说："去乡下看女朋友，在她单位病床。"室友坏笑："你干什么了？"阿利诚恳地说："什么也没干。"我明白了，这家伙最近的地下工作卓有成效。

事不过三，在我最后一次讲妹妹看猪的故事时，一位听众落泪了，这位知音就是妻子。婚后，妻子给我做莜面。我说："为啥做莜面？"妻子说："谈对象时你不是最爱吃莜面吗？每次都请我吃。"我说："你傻啊！那是因为莜面最便宜。"妻子嗔怒："没想到人家说你小气竟是真的！"

写于2014年4月

附：旧作《梦想发财》

许久未通音信的老同学俊林昨晚从呼市给我打来电话，说他要来临河找点事做，或者打工，或者做小买卖……

放下电话，往事一幕幕浮上脑海，尤其是我俩"抓奖"的故事更是记忆犹新……

俊林是与我最要好的朋友，过去在呼市工作时，我和他同住一间小屋。当时我给一家报社当广告业务员，他在一家毛纺厂上班，两个人的收入都很低，生活过得极为清贫。他谈着一个对象，可就是没钱结婚。

一天夜里，我做了一个梦，梦见自己走到一片西瓜地里，随手摘了一颗碧绿的大西瓜，"啪"的一掌拍开，那粉红的瓜瓤和瓜汁四溅开来……

当我把这个梦讲给他听时，他的眼睛陡然间亮了起来，他对我说："好梦！梦见红色意味着财运来了！快去抓奖吧！要是真能抓辆'桑塔纳'的话，咱把它卖了，这生活的问题还有结婚的问题，不都解决了吗？"当时玉泉区正在举办"2000万元福利摸奖活动"，时有某某人抓着"桑塔纳"的消息传来，挠得人心痒痒的。听了这话，我不禁心动，于是一个人乘了环城车向抓奖现场赶去。一路上想着我做的梦、他说的话以及一个小青年抓着"桑塔纳"后晕倒在现场的传闻……我感觉到心脏越跳越猛烈，血液也越流越快，好像马上就要撑破血管流出来了。

然而事实并不像我们所想象的那样美妙，最后我拿着一沓印有子弹图案的奖券（空奖），带着懊丧的情绪走回宿舍（公共汽车票是1块钱，抓完奖我的口袋里只剩下5毛钱了）。

看到宿舍门锁着，我疲倦地打开门，像抛麻袋一般扑到床上，等着他回来，罗织着责骂他的言语。

过了不知多久，他回来了，手里也拿着一沓奖券，我一张张翻开看，都印着子弹。我问他："怎么，你也去了？"他黯然地笑了笑说："其实昨天晚上我也做了一个梦，怕说了后破了财运，所以才没向你讲。"

他说他梦见自己来到一个大湖边，湖水清清的，湖里有许许多多的大鱼，他捞了十几条，用草绳串了起来。

我打断他说："这是好梦呀！"

他叹道："唉！没想到提鱼的时候，草绳拉断了，鱼全掉在了湖里。我抱着试试看的态度去抓奖，没想到果真没有财运。"

这次抓奖我俩把一个月的工资抓了个精光，当时很是熬了一段时间才等到单位发工资的日子。

此后我依旧抓奖，不过每次抓上十来块钱就不抓了，再没有因为抓奖而受忍饥挨饿的痛苦。他呢，却抓得更厉害了，几乎是逢奖必抓，但是每次都是兴高采烈而去，垂头丧气而归。每当与人谈起抓奖话题时，他都抱怨自己最近没有做上好梦……

再后来，我来了临河，关于他的情况我就知道得不多了。这次俊林打电话给我，我故意旧事重提，问他现在还抓奖吗。他在一连串的叹气后支支吾吾地说："不抓了，咱没那命！现在只想一心一意找点活儿做。"

写于1998年3月

124

21. 植树季节

110国道绿色通道工程实行"承包到点，责任到人"，巴彦淖尔盟行政公署下了"树活人活，树死人挪"的死命令，意思是树栽活了可以接着干，树栽不活就要调离岗位。

二百七十七公里的绿化带，剩五原县天吉泰段未落实，盟林业局派办公室主任大张带队完成任务。虽在林业上工作，可我们平日从事文电处理，对造林并不熟悉。大张说："节令不等人，必须赶在植树季节完成绿化任务，大家边学边干吧！"一行九人，大张，大常、大孙、大王、小马、小贾、小王、小张，还有我。

到了现场，发现公路两旁全是白花花的盐碱滩，稀稀拉拉地分布些红柳丛，地表爬着一层碱蒿子。头几年栽的杨树苗死光了，孤零零地矗立在那里，烧火棍一般。怪不得乡政府的人说："我们栽不活，你们来吧！"我对大张说："或许栽红柳要好些。"大张说："盟里要求统一栽新疆杨，我们查看一下地形。"大家分成两组，在公路两侧踏查起来。从东到西十几公里，除了个别农田和村庄外，其他都是种啥啥不活的"鼻僵滩"。

大常说："关键是碱大，必须开沟压碱。"大张说："黄河水五月份才能下来，到时候植树季节已经过了。"造林苗条分春挖苗和冬贮苗两种。春挖苗是从苗圃里现挖的，必须赶在树苗发芽前移植，不然新根未扎，展叶后树干水分迅速抽干，树苗就枯死了。冬贮苗是入冬时将树苗挖出埋藏在渠沟或者地窖里，抑制苗条发育，可以延长造林时间。这几天，一天比一天热了，窖里的苗条开始发沤了。

大张说："树必须栽，苗必须活。"经过一番讨论，决定实行五边工程，边画线、边换土、边造林、边剪枝、边浇水。为了保证林带整齐，我们沿着公路平行方向撒白石灰，把植树地点定好位；造林立地条件差，只能挖坑换土。怕碱水浸泡，在坑里铺了薄膜后填新土，树坑变成花坛；苗子窖藏在附近的渠沟里，其他人栽完一捆抱一捆，大常力气大，每次肩上扛一捆，两腋下各夹一捆。本地干旱，春季几乎不下雨，树苗常常干死。大张请林学院教授帮忙，调来一批保水剂，让大家在植树穴内将保水剂与土壤充分均匀混合后再栽。我们还是第一次接触这新鲜玩意儿，大张说这是一种高吸水性树脂，含有大量结构特异的强吸水基团，在树脂内部可产生高渗透缔合作用并通过其网孔结构吸水，最大可以吸收达到自身体积500倍的水，并且这些被吸收的水分不能用一般的物理方法排挤出来，可以有效蓄贮水分供苗木利用；小贾和小王、小张这三位女同志各拿一把剪子平头，把刚刚栽种的树苗修剪得一般高矮，把侧枝全部剪掉，并在枝上截面涂上红油漆，防止水分蒸腾；大张在后面调运水车，给树坑挨个浇水。

约到正午，日头西斜。大家饿了，可是附近没有一户人家，更看不到小卖店。正埋怨我树栽得不正的大孙，忽然大喊一声："前面鱼塘里有鱼！"心想，这家伙倒是好眼力，栽的树笔直笔直的，竖看树苗与地面呈九十度，横看前后成一条直线。可是鱼塘里怎么会没鱼呢？这不是废话吗？

我们奔跑过去，发现鱼塘里果真有鱼！不知什么原因，鱼塘里漂着一层死鱼，三四寸长，被风吹到岸边了，一伸手就能捞到。大孙折了几枝红柳条，拨开鱼鳃，把鱼一条条串起来，然后捡柴火生火烤鱼。烤了五六分钟，鱼肉焦黄了，大孙撕开鱼肚把肠子掏掉，慢慢咀嚼起来。看我们犹豫，大孙说："都饿得两眼发花了，还假装什么斯文？"在他的带动下，大家开吃了。

小贾的女儿一岁半，寄养在乌拉特草原婆婆家。入春以来，一直没时间看望。说到孩子，小贾的眼泪"哗哗"地往下掉。小王和小张是单身姑娘，没什么负担。大王和小马正让人介绍对象，他俩说："估计让这个植树季节给搅黄了。"小贾说："不用怕，实在不行，可以自产自销。"她指了指旁边的小王和小张，低声说，"我可以给你们介绍对象，保证肥水不流外人田。"小马说："算了吧！两口子全下乡栽树，谁来照看家？"

大王是唱山曲的高手。正聊天时，听到一段脆生生的歌声，"山坡上长着百样样草，你看见妹妹哪搭搭好"，是一位青年妇女唱的。神情颓唐的大王来劲了，直起腰身回应："你妈妈生下你长得袅，毛眼眼瞅得人心嘴嘴摇。"之后的对歌没听到，一辆摩托车"忽"的一声从公路上飞驰而去，开车的是一个小伙子，后面坐着一个小姑娘。大常骂："胡骚情！有劲不如用在栽树上！"大常是球场明星，当初局里组建篮球队专门把他从体校挖过来，三分一投一个准，人称常胜将军。不料这家伙植树和打球一样的生龙活虎，栽完一苗再栽一苗，不喊渴也不喊累，好似一头不知疲倦的蛮牛。

借助烤鱼的力量，天黑时我们把预定任务完成了，大张带我们到村里借宿。太阳落山了，牧羊人赶着羊群回家，踏起阵阵烟尘。放羊老汉一边挥动鞭杆一边唱："娶了花媳妇不让我上炕头，我皱起眉头愁在心，怎么对付她的红裤带……"声音沙哑而凄惨。大王说："又是一个光棍汉。"大张扭头看他，神情严肃地说："过了植树季节就回去，绝对不会让你们打光棍。"

借宿的这户人家是个育苗大户。院里有两排房，南面的一排是凉房，做饭兼储物，地下摆着一张床；北面的一排是正房，屋里有一盘大火炕。主人见了我们很高兴，大张说："又麻烦你们了。"主人说："哪里话，要不是遇上植树季节，哪儿能有这么多的贵客上门。"说完话，主人提把尖刀匆匆出门了，一会儿听到羊的哀号声。大张说："又杀羊了，每次来都这样，真是让人不好意思。"我是在后套土生土长的，知道这里的农民热情好客而且大方淳朴，生人上门都要隆重招待。

羊肉炖熟了，小贾、小王和小张采摘的苦菜也煮熟了。瓜菜奇缺的季节，因为缺少维生素，好多人口腔溃疡，皮肤干裂。小贾埋怨我洗菜时太用力，把许多叶绿素流失了。主人说："去年栽的杨树苗有很多抽梢啦，不知是什么原因。"大张说："明早我们到苗圃看看。"主人说："不急，等你们忙过这一阵。"

吃过饭后，男女分成两组。男主人与男同事睡在北屋的炕上，女主人与女同事睡在南屋的床上。可能是白天的死鱼吃坏了肚子，夜间我起床三五次，每次上厕所都看到南屋的灯光亮着，女主人一手拿面镜子，一手拿把梳子梳头。早晨起床后对大孙讲，大孙说："你看花眼了吧，昨晚我也肚子痛，但没看到对面的灯亮呀！"

大张清晨到苗圃查看，对男主人说："你的苗圃有大青叶蝉危害，要清除杂草、喷氧化乐果、涂防啃剂，等我们栽完树再过来帮你。"男主人说："这些笨活儿，不用操劳你们。"说好让他家孩子给我们送饭送水，可到了中午没来。心想可能人家恼了，因为出工匆忙，我们起床时忘了叠被子。之后我们树栽到哪里，就在哪个村子找农家借宿。

大张一直记挂着这事，栽完树后我们去苗圃里看，发现这户人家的树苗大多数干枯了。院子里空荡荡的，育苗大户呆坐在窗前，一句话也不说。原来那天上午，夫妻俩开着四轮车去镇里加工糕面，准备给我们炸油糕。不料路过一座小桥时发生车祸，四轮车被对向来的大卡车撞在桥墩上，四轮车撞坏了，女主人被撞死了，男主人也受了伤。男主人说："连人也管不来，哪儿有工夫管树？"

我和小马非常后悔。发生事故的那座小桥，之前我俩走过。那里本来是上下两车道，到了桥面忽然收窄，变成上下一车道。我们正在踏查造林线路，忽然看到一辆出租车和一辆面包车在桥上会车，之后听到"砰"的一声，出租车撞在桥墩上，半个车头不见了。出租车司机被撞死了，两名乘客鲜血淋淋地从车厢里钻出来。本来想告诉他们，过这座桥时小心些，可是怕不吉利，当时没讲。

"人误地一天，地误人一年。"大张说，"一年之计在于春，咱们不能这样回去。"着急回去见对象的大王和小马没有意见，天天念想娃娃的小贾也赞同。这个节令，种枸杞还行。大张调来枸杞苗，我们帮育苗大户把空地补栽完。枸杞苗横成列、竖成行，育苗大户说："林业上的人，干事就是不一样。"想到秋夏挂果的鲜红枸杞子，大家多少有些欣慰。

这段公路的绿化任务完成了，大张带我们打道回府。回到局里，办公楼里不见一个人。大张说："磴口的国家重点生态县建设工程、乌拉特中旗和杭锦后旗的退耕还林试点工程都启动了，局里的人都下去分片包干，我们休整休整再出发。"

这是1999年的事，那年我刚到内蒙古巴盟林业局。现在已经从林业上调走十年了，但我至今难忘当年的植树季节。

写于2014年5月18日

22. 花痴杨老汉

记忆中，杨老汉是一个很怪的老头。

他是一个民勤老汉，瘦瘦的身骨，高高的脸颊，两只眼睛深陷在眼眶里，头戴一顶瓜皮小帽，下颌留一绺花白的胡须，左手提一根柳树枝削成的拐杖，右手端一根用羊腿骨制作的烟斗。羊腿骨一尺长短，一寸粗细，可是顶端的烟锅子却只有榆钱叶大小，摁一点儿烟叶进去，点着后吸两口不到便熄了火。于是把拐杖丢在地上，从烟袋里捏出几丝烟叶，从口袋里掏出打火机，再点一次。这时如被村里的顽童看到了，必定有人蹿过去，一口将他的烟嘴含住，三下两下替他吸干。杨老汉看好不容易才装好的一锅烟被人偷吸了，必定气得大骂："你们这些龟孙！"还要捡起拐棍打，可是抽了烟的顽童早跑远了，他只好颤颤巍巍地站在原地不停地咒骂。那时刻，他的山羊胡子一翘一翘的，眼睛一翻一翻的，样子十分好笑。等他骂得累了，俯下身子装烟时，便又有顽童逡巡过去。等他装好了，点着了，再一把抢过烟嘴替他吸了。于是老汉便接着跳骂，顽童便接着四散而逃。

顽童里有我，但我没有抢着吸过他的烟，只在一旁围观。他是我一个堂兄的外公，孤身一个，与女儿一家为伴。河套地区的习惯是孙子称祖父为爷爷，外孙称外祖父为姥爷。杨老汉没有孙子，就让外孙叫他爷爷。听村里的人讲，杨老汉怕绝后，当初嫁女儿的条件有三个：一是不要一分彩礼，二是女婿入赘他家，三是外孙随他姓。叔爷爷家经济困难，儿子多，就让堂伯做了上门女婿。之后堂兄自然没有随他的姓，只是在称呼上做了变化。那时父亲是大队会计，村里的信件都是邮递员送到我家，然后父亲派我送到收信人家。给其他人家送信我提不起神，但是给杨老汉家送信我特别有积极性。每当把信递给他时，他总是伸出手来摸摸我的头顶，然后慢慢地地从炕沿上挪下来，揭开地下摆着的红躺柜盖，抓出一把红枣或者摸出一只苹果放到我手里。

　　早些年，河套地区是很少有水果的。可是地处乌兰布和沙漠边缘的西沙窝却有一处盛大的花果园，这便是杨老汉的功劳。长辈们讲，杨老汉特别爱果树。那时粮食产量低，连社员的基本口粮也很难保证。有了空地，人们首先想到的是种玉米、小麦或者高粱、大豆，杨老汉却异想天开要栽种果树。生产队长讲："水果能填饱肚子吗？这里的土地盐碱严重，能种活果树吗？"杨老汉说："我瞅准了乌拉河渠畔下的一片荒地，种活记我的功，种不活记我的过。"反正那片荒地也是腊月三十的兔子——有它没它都过年。生产队就由着杨老汉的性子，不再多问。

　　俗话讲："猫有猫道，鼠有鼠道。"当着众人面做了保证的杨老汉，还真没吹牛。他用两三年时间真的栽种起了一片占地三四十亩的果园，有香水梨、苹果梨、猪头梨、杏树、桃树等各色果树。春来时梨花白、杏花粉、桃花红，夏有杏吃，秋有梨食，刹那间让西沙窝这个地处塞外的偏僻小村增添了无尽秀色和活力。大人小孩看那果树开花可爱，要挽一枝回去往水瓶里插，好闻一屋香气。杨老汉看到后不高兴了，咒骂不止，说："现在把花折了，到时候去哪儿摘果子？"这时的杨老汉不再和蔼，如果发现谁不听劝阻，他抡起拐杖直接就砸过去。因为这一点执拗，杨老汉得了一个绰号"花痴"。村人劝杨老汉续弦，杨老汉总是推辞。年长者戏谑："老花痴和果树成亲了。"杨老汉呵呵一笑。

　　杨老汉什么时候在西沙窝落的脚，村人记得不大清楚。只记得他从甘肃省民勤县逃荒来的时候就留着一绺山羊胡子，现在还留着一绺山羊胡子。问他多大年龄，他隐而不答，给大家胡乱讲些彭祖活了八百八等传奇故事搪塞。给他送信时我还没有上学，记得父亲说过："这是杨百岁的信。"估计是他的真名，可是这个真名并不出名。

河套地区一向有"烧红柳，吃白面"之说，红柳（学名柽柳）是当地的野生树种，耐干旱，抗盐碱。每年春季，学校、机关单位都要组织学生和干部职工人工种植红柳，将红柳枝条斩到半尺长短，用力将一端插到泥土里，然后用榔头把露在外面的半截钉进去，俗称"钉橛橛"。但是费力不小，收获甚少。红柳这灌木生性奇怪，没人管反而在河川平地上一长一大片，有人管了反而很少成活。杨老汉捻着山羊胡子笑了："红柳扬花撒子，钉橛橛不行的。"于是请他示范，只见老汉两手聚拢一束红柳枝条，在河沿上使劲摆动，那粉红色的红柳花穗顺风而下，顺水而流。不几日，落雨通水处便探头探脑地钻出些许红柳嫩苗，于是"杨摆穗"这一雅号不胫而走。

杨老汉爱花爱树，还爱打快板儿。幼年时村里文化生活极为单调，不通电视，也不通广播，听杨老汉打快板儿是村人少有的精神享受。"从南京到北京，没见过剪子刮钢筋。刮一下刺啦啦，刺啦刺啦冒金花。""剪子刮钢筋"的唱词在赶交流时听到了（赶交流意为赶集，当地称为物资交流会），估计老汉也是从卖剪子的摊贩那里现炒现卖的。

杨老汉一辈子爱果树，临终时村里决定砍伐几株老杏树给他做棺木。老汉坚决不同意，说沙枣木做的棺材才香。沙枣树确实有股清香，但是沙枣木质粗糙，不仅树节粗大，而且树心松软，实在不是什么上等木料。但是老人执意如此，也只能遂了他的心愿。

杨老汉是在我刚上小学时过世的，此间三十余年并无异事。只是听说老汉坟地上长出一大片沙枣林，不知是人工种植的，还是沙枣核落地后天然生成的。前些日乡间传来奇闻，承包花果园的几家农户嫌果树衰老经济效益低下，就挥斧伐之，准备换种其他作物。不料第二日，伐树之人或腿疼或胳膊疼，说当晚众人做了同一个梦，梦到杨老汉骂他们："杨爷辛苦一辈子栽的树，死时做棺材都舍不得用，倒给你们这些龟孙砍了。"

　　翌日，众人决定剩余之树均不再砍，并备香烛纸钱到杨老汉坟上致歉。

写于2015年3月15日

23. 树痴单眼鹰

"单眼鹰"本姓任，是在大集体年代从山东迁到西沙窝的。

他平日里两只眼睛总是睁一只，闭一只，看到麻雀落枝，他捡起一块土坷垃或者碎砖块甩过去，飞鸟便应声落地。不带半点儿夸张，这是我亲眼所见。这还不算最神的，最神的一次是我们一帮顽童与他同行，看到高压线上蹲着一只五彩斑斓的美丽鸟儿，他说："不能把羽毛打坏了，打它的眼睛。"说罢，掏出弹弓，把一粒石子夹在皮囊中间，一只手抓住木柄，一只手用力向后拉皮筋，右眼睁得牛大，左眼眯成一条缝。只听"嗨"的一声，弹子发射出去，那鸟还来不及叫唤就"扑通"一声从高空栽下来。一伙人跑上前去，只见鸟儿一只眼睛被打成稀烂，另一只眼睛还兀自睁着，眼珠瞪得圆圆的，仿佛死不瞑目。

山东人说话"人""营"不分，故称"单眼任"，又称"单眼鹰"。老任虽有猎鸟神技，但他在村里并不是很受欢迎，因为这人爱认死理儿。村里当年缺个护林员，父亲其时正任村主任，认为老任办事认真，就提议选聘了他。不料他拿根针当棒槌使，今天抓了张三的羊，明天关了李四的牛。六叔赶着一群羊在王贵渠畔放牧，不巧被老任逮个正着，说是新造林地不准放牧，交了罚款才能走人。母亲帮六叔说话，不料老任根本不认这个茬，说不管谁违规都要罚，这是村委会交代的，不行就让村主任来找我。老任干护林员的两三年里，村里的树林倒是看护好了，可是执法太严，结怨太多，村人意见实在太大，没办法只好另换他人。

老任虽然倔强得紧，可是村人一般情况下也不敢招惹他。村子里总是无缘无故地停电，要么是电线断了，要么是变压器的羊蹄子（保险开关）掉了。村子距离镇子十几里，电工来检修两三趟便烦躁了，村人也不好意思再去打搅。漆黑的夜空下，人们便盼望老任尽快出马，因为他多少懂些电工知识，而且胆子又大，不戴绝缘手套也敢操个老虎钳子夹电线。听到"丁零零"的自行车铃铛响声，电视看了一半的人心里有谱了。果然十几分钟后光明重返，正把脑袋伸出大门外观望的人便对凯旋的老任致以敬意。但老任不以为然，反而骂骂咧咧地说："有人用电，没人修电。"听他的自行车骑得远了，那探出脑袋的人便大骂老任："电死你个单眼老鹰！"

老任不仅会打鸟，而且会抓兔子。猎枪被收缴了，他在苗圃地和新造林里布下天罗地网。兔子爱啃幼树的树皮，也爱挑拣着吃林地里的嫩草。老任仔细观察兔子的行踪，发明了守株待兔的好方法。他在兔子经常行走的小树根部用细铁丝挽一个个活套，套子碗口大小，兔子觅食时不小心将脑袋钻进去，之后惊慌逃窜，不料越是用力铁丝圈就勒得越紧，最后一个个被勒死后陈尸于野。一帮小伙子看得眼热，也三五成群打兔子。他们嫌老任的方法呆板，组织几台农用拖拉机在沙漠里打夜战。乌兰布和沙漠里水草丰茂，野兔成群。白天去抓，野兔左翻一道沙梁，右翻一道沙梁，一溜烟儿跑得没影儿了。纵使你带十几条猎狗，也无济于事。但是晚间不同，空旷的沙漠里黑漆漆的一片，听到草丛里传来窸窸窣窣的声音，蓦地打开车灯，那兔子竖着两只耳朵、睁着两只眼睛，身体直立着，一动不动。这时抡棒子过去，一打一个准。这般打法，狂野刺激，而且缴获更多。

小伙子们乐开怀，但是老任不高兴了。打兔子的人说："凭什么你能打我不能打？兔子是你养的吗？"老任说："兔子不是我养的，但是树是我种的，你们开车把树压坏了。"有小青年说："树是你爹吗？"老任说："树不是我爹，但是比我爹还亲。"几个人继续吵嚷，老任争辩道："我爹没给我饭碗，但树给了我饭碗！"看老任怒火冲天，而且一只手在口袋里摸索着，大家素知神弹子的威名，只好作罢。

老任对树的痴迷，我深有体会。不知谁家的牲畜没有管好，把老任培育的树苗啃咬得七零八落，老任趴在田里呜呜大哭起来。路人见了说："又不是老婆跟人跑了，哭得这么伤心。"老任边哭边说："老婆跑了能追回来，树死了活不转啊！"一次经过他家地头，看到渠畔的一株小美旱杨树干枯了，就三摇两摇拔出来玩。不巧被他看到了，"啪"地打了我一个耳光。我捂着脸说："已经干死了。"他怒气冲冲地说："没看到根上还有芽吗？栽树没你，毁树倒有你！"

气急之下，几次想伙同玩伴把老任栽的树全拔了。但是想到他那张阴沉沉的脸，吓得没敢动手。单眼鹰为人非常悭吝。幼时我与玩伴从废弃的闸口上凿出四根钢筋，知道老任会锻打刀剑，便请他帮忙。一伙人好话说了半笋筐，经我们再三央求后，老任答应了。三日过去，不见老任将刀剑送来，便上门去取。不料老任说："还没顾上。"我们继续央求，老任说："打铁是有条件的。"问他什么条件，他说："两根归我。"河套有谚："人不亲土亲，河不亲水亲。"乡里乡亲的，怎么好意思克扣一半？我等怒而斥之。老任头也不抬，说不打拉倒。我们说把钢筋还来。老任伸手从躺柜底下摸索，摸了老半天，扒拉出两根来，说其他的找不到了。真是个雁过拔毛的家伙！

我毕业后在林科所工作。早春返乡，适遇村里组织农田绿化。村人抬举，我亦跃跃欲试，准备营建一段儿样板工程。于是沿着渠畔拉线定点，不料栽种之后，树苗依然七扭八歪。这棵弄正了，那棵又不在一条线上，直费了一上午工夫，还是一塌糊涂。父亲说："小将不如老将，请老任出马吧！"老任应声而至，没做半点推辞。他左瞅右瞅，上看下看，双手抓住树杆儿，或者这里踩一脚，或者那里踢一腿，实在不行的，就用铁锹松松土再左右摇晃两下。小半个钟头，横成排，竖成行，好像比着尺子画出来的，直看得我目瞪口呆。

我惊诧他怎么会掌握如此绝招，父亲说，老任迁来后套的时间已晚，其他生产队找不到活干，就把他派到林队植树。他脾气倔强，不善于处理人际关系，林队的人也不想要他，就把他安排到沙漠深处的大碱湖开荒。那里本是一处天然盐场，种啥啥不长。林队人的本意也是让他觉得难待，然后自动走人。不料老任去了后竟然打井、挖渠、育苗、植树，两三年工夫拾掇出十几亩熟田，最后落了户。父亲感叹，人生地不熟，外地人到异乡闯荡不容易啊！在林队植树的年月，老任媳妇小产了两次，老任也累得腰椎间盘突出。别人说他是树痴，我看是树累才对。

乡人有谚："做甚的务甚，讨吃子务棍。"干一行、钻一行、爱一行的单眼鹰，让我明白专业和钻研对人生的分量。时隔多年，让我为他点个赞！

写于2015年3月16日

24. 沙痴三噘嘴

三噘嘴是堂兄的诨名，绰号"水冲沙"。

家中排行老三，嘴唇老厚，而且长着三颗龅牙。

写到这里，忽然有一幅画面在我脑海浮现：黄昏里，一伙儿少年在渠畔奋力割草，砍一束柳树枝条或者蛮粗的一把芦苇草，两头交叉挽成草绳，然后把四处散落的碎草收集起来，捆成一条口袋形状的草棒，力大的自己蹲下来把草棒扛在肩上，力小的等着领头的大个子帮扶。一伙人深一脚浅一脚地在沙地里负重前行，有的人肩膀被压麻了，有的人腰撑不起来。汗水流到眼睛里蜇得生疼，但没有一个人伸手擦，也没有一个人撂下挑子歇口气，因为大个子在虎着脸催促，说必须一口气撑着扛回去，一停就扛不动了。其人便是三噘嘴。

其时家家户户都饲养骡马牛羊，那草捆是扛回去喂牲口的。三噘嘴读书不行，但是对农田里的营生却十分在行，犁田、耙地、修渠、打堰样样精通，惹得父亲常常对我一顿漫骂。更加令人羡慕的是，他逮鱼的技术无与伦比。河套地区沟渠密布，夏秋两季，草甸里、水池里、排干沟里到处是鱼，有棒打狍子瓢舀鱼之说。来水灌溉时，常听到麦地里或者葵花林里传来"啪嗒啪嗒"的声响，农人用铁锹去拍，往往十拍九空。待水渗干，发现那尺来长或寸把长的鱼儿枯死在田地里，令人好生惋叹。倘有三噘嘴在场，便不会有此等遗憾。他不像我们推草棒在河沟里胡乱扫荡，也不用单眼鹰的渔钩、渔网，只两只空手。看水面上浮起一道黑青的脊梁，或者水下有激流涌动，便双手齐用，呈饿虎扑食之

138

势，向那水纹波动的前头狠命摁去。眨眼工夫，三噘嘴两手淋漓，一条或大或小的鱼儿被他握在手心。小一点儿的，他鄙夷一笑，随手丢回水里；大一点儿的，他朝岸上瞅瞅，往观望的人脚下一扔，说收好了。于是我等跟班便把鱼鳃拨开，用芦草或者柳枝一尾尾穿起来，每人拖一串，仿佛一根鱼辫子。

三噘嘴才上初一就辍学，家里也没个正经营生，就让他放羊。说来也怪，三噘嘴对课本不感兴趣，看课外书却非常上瘾。《三国演义》《水浒传》《西游记》《杨家将》《薛刚反唐》《南拳王》等大书小书堆了半炕头。我幼年的阅读，绝大多数来源于此。不知哪本书里的哪一个故事情节打动了他，忽有一天，三噘嘴读书的境界猛然拔高，竟读起医书来。他说乌兰布和沙漠里草木繁多，若能掌握诀窍，则拾草为药，点石成金。此后的日月，听说他一手持鞭，另一手捧书狂读。毕竟医书文字艰涩，非常人能为，三噘嘴坚持一段时间后停歇了。常言道，失之东隅，收之桑榆。三噘嘴在沙漠里放羊的几年时光，读书没有长进，但棋艺精进不少。据说，他后来放羊时改背书包为棋盘，每日左右手互搏，马走日字象飞田。一时之间，西沙窝男女老幼逾百口，竟无人能敌。

若如此行文记述，则三噘嘴必定泯然众人。时光荏苒，转眼到了2000年，国家实施西部大开发，当年的二愣小子全部长大成人。退耕还林工程选了我的家乡杭锦后旗做试点，西沙窝是试点中的重点。老辈人习惯于按住红柳撒穗子，砍下柳枝栽大杆儿，都是农田地里的小打小闹，成千上万亩的连片造林还是头一遭。开始大家没经验，大沙头上扎了沙障再栽梭梭、花棒，水也及时浇了，红胶泥也及时压了，可是成活率总是上不去。几支人马进去，都折戟沉沙，无功而返。栽树工作止步不前，三噘嘴主动请缨，说我来。林工站的人想，反正也是死马当活马医，这小子平日爱琢磨，或许有料。

乌兰布和沙漠靠近套区的只是些矮小沙窝，腹部全部是一架又一架的沙山，相对高度三四百米，坡度45°以上，陡然峭立，蜿蜒回环，好似被刀砍斧劈一般。三噘嘴抽调来几台大马力水泵，租借回十几条白帆布做的水管。水管充水后膨胀起来，仿佛蜿蜒的白蛇在沙山盘旋。他将水管头对着沙坡猛冲，片刻工夫冲出一尺多深的坑来，然后把苗条栽植进去，再用脚踩实。春过夏来，三噘嘴栽种的冬贮苗全部泛青了。问其诀窍，三噘嘴闭口不言，仿佛怕徒弟学会饿死师傅。其时本人正在林业局上班，三噘嘴酒后吐真言："乌兰布和沙漠地下水位高，表皮是一层干沙，但是下面全是湿沙，要想成活就得让苗根和湿沙接上……"一时之间，"水冲沙"声名鹊起，颇有盖过牛二旦的势头（杭锦后旗六七十年代的植树高手，总结出"撵沙腾地，腾地造林，引林入沙，以林固沙"的治沙造林经验，参加过全国科学技术大会，还受到邓小平的接见）。伯父欣喜地说："老天爷饿不死瞎家雀，念书不行，治沙倒开了一窍。"我知道，那些年三噘嘴的成绩不行，伯父确实没少跟着受臊。

一个机缘，三噘嘴暗淡的人生迎来了第二春。再往后，他老兄组织一帮人马成立了专业造林队承包造林，听说乌兰布和沙漠里的临河到策克铁路绿化、公路绿化，都是他搞的。同辈人大多数在城里工作，堂嫂对三噘嘴颇多怨言。一次春节回家，堂兄弟几个聚在一起饮酒。三噘嘴搂住我的肩膀说："你是林业上的人，你说哥哥靠治沙能混出个人样吗？"想起幼时的往事，我捶了他一拳："有你的那股子痴劲儿，准成！"略略有些清醒的三噘嘴拉着我的手说："哥哥真的不想白活一世。"

细看三噘嘴的手掌，指节粗大，指肚上是一个连一个的坚硬老茧，指甲缝里全是乌黑的泥沙。两手被他握着，好像被铁钳夹住了。在炕沿上坐着的母亲说："三噘嘴这些年受苦了，一年三百六十五天钻在沙窝里，每天喝不上一口热水，吃不上一口热饭，睡不上个囫囵觉。沙窝绿起来了，人没少遭罪，虽说和你年纪一般大，可是头发掉得没几根了。"再看三噘嘴的脑门，确实头发稀稀拉拉的，仿佛一处"鼻僵滩"。母亲顿了顿，接着劝慰："三百六十行，行行出状元。不要以为念了书的有本事，咱没念下书的人生照样放光彩。要不是三噘嘴，村里的老老少少哪儿来的务工收入？要不是三噘嘴，光秃秃的西沙窝怎么会变成个绿圪卜（后套土话，意为绿化得很好的地方）。

听到大家的称赞，原本萎靡的三噘嘴刹那间来了精神，酒量也瞬间大了起来。觥筹交错间，我的心底涌起一种莫名的感动。醉眼蒙眬里，仿佛看到三噘嘴正带领着一帮乡亲奋战在一道道沙梁上，在他们的身后是绵延的水龙和片片绿茵。在那横无际涯、茫然无边的广阔大漠里，矗立着一座巍峨高大、绿意葱茏的巍巍丰碑，上面镌刻着三噘嘴一班人矢志不渝治沙止漠的理想信念，还有实现人生价值的孜孜以求，一颗颗不甘平庸的心灵在怦怦跳动。

是啊！每一个中国人都享有人生出彩的机会。西沙窝新一代造林人正怀揣着梦想，在刚烈的西北风里昂首挺胸阔步前进！

写于2015年3月18日

25. 割麦

金黄的麦浪在我眼里没有半点诗意，留在脑海里的只有炎炎夏日挥汗如雨，操镰割麦的火烤和针扎记忆。若非锤炼意志，父亲种麦没有半点理由。因为念书时常常懈怠，暑假收一次麦，浮躁的心就安宁了。

麦田不远，距离村子几百米。下午出工已经四点多，太阳却无歪斜的样子，直射在头顶，脚下看不到半点影子。路上都是浮土，踩一脚冒一股黄尘。许久没下雨了，田头的土壤没有半点水分，板结成块，高低不平，走在上面咯吱咯吱地响。土路两边都是收麦的农民，正弯腰割麦，顾不上抬头看走过来的人。麦子割倒了，套种的向日葵孤零零地在田里矗立着，麻秆般瘦弱。

出门时从压水井里压一桶凉水，先把脑袋埋在桶里喝个饱，然后提起水桶往身上浇。浑身湿漉漉的，鞋子里也灌了水，走路吧唧吧唧地响。风大而干燥，到田里时衣裤全干了，舒舒爽爽。弟弟不学我，活还没干，已经满身汗水。弟弟说："真不如早上出来割，好歹没有这样晒。"父亲驳斥："说得好听，哪次能把你们喊醒。"其实父亲骂人有些过分，清晨天麻麻亮我们就出工了，回家吃了口饭，就匆匆返工了。中午我和弟弟小睡一阵，母亲煮完饭喂猪，父亲沾水磨镰刀，没有休息。

可能镰刀没磨快，割起来很费力。麦苗受旱了，比膝盖稍高一点。从麦子根部割，铲着土了，还是挽不成"麦腰"。"麦腰"是捆麦的草绳，割一镰刀麦子分成两把，在麦穗处打结。割倒麦子后顺茬放在麦腰上，用力拉紧，将剩余的两头打结，就成了麦捆。只能选粗壮些的拔，泥土坚硬，拔起来很费劲。拔了几束，手掌磨红了。汗水流到眼睛里，蜇得生疼。天上没有一丝云彩，明晃晃的太阳在眼前寸步不离。也是小麦套种葵花，父亲和母亲各割一行，已经走远了。我和弟弟落在后面，他比我稍快些。不能丢人现眼，要迎头赶上，我在默默为自己打气。眼前除了麦子，其他的什么也看不到。我奋力挥镰，麦子一大片一大片地倒下，再躺在麦腰上。距离地头已经很近了，再加把劲，很快就超过他们了。那一刻，我忘记了腰疼、腿疼、胳膊疼，忘记了太阳晒，忘记了麦芒扎，心里只有一个念头——割麦！

在我挥汗如雨、亢奋不已的时候，忽然听到"咯噔"一声，镰刀碰到一株粗壮的芦草，弹跳起来。之后左手食指钻心地疼，麦子抓得太低，镰刀割在手指上，从指甲割到指根，一大片白肉翻出来，像张开的贝壳。浓稠的血流出来，我用右手握紧左手，两只手都染红了。母亲用头巾帮我包扎，说："剩一行了，你们回家吧！"麦田里找弟弟，怎么也找不着。母亲着急了，田边是一条大河，是不是掉水里了？我穿过麦田寻找，发现弟弟躺在田埂上睡，脸上手上脚上，叮满蚊子，个个吃得血饱。母亲把弟弟抱起来，父亲把刚割的几捆青草铺在骡车上，让弟弟睡在上面，那天我们提早收工了。父亲没有尽兴，恋恋不舍地离开那块麦田，说才三五天就割完了。

第二天拉麦，换了四轮车。弟弟的驾驶技术好，由他开车。父亲装车，母亲和我用黄叉挑麦捆。母亲力气大，每次挑四五捆，像举一串糖葫芦。我力气小，只能挑一两捆。停车等待的时候，弟弟也下车挑。妹妹还没上学，拿不动黄叉，用手提，穿行时压倒不少葵花苗。

麦捆摞麦捆，四轮车斗成了一个立起来的长方体。父亲让我们把两根绳子挂在车斗后的铁钩上，再用力甩上去。他接住后把绳子放平，把绳头从车斗前垂下来。我把搅椎用力从车斗栏杆下插进去，搅椎是一根前尖后粗的大木棒，一米多长。弟弟把绳子绕在搅椎上，挽一个活扣套在一根小木杆的顶端，用力转起来，像提水的辘轳。母亲在后面拽绳，父亲在上面紧绳，我抽出手来帮弟弟转木杆。绳子拧紧了，弟弟把木杆别到铁栏杆里，开车出发。

麦子被堆成一个粮仓似的圆锥山包，麦客的脱粒机在场面上候着。打麦是按小时计费的，为省钱，父亲努力用最短的时间完成这场战斗。家里大小五口人，再喊五六个"遍工"就够了。叫"遍工"而不叫帮工，是因为帮工要付工钱，"遍工"不用。这次你帮我家干活，下次你家忙了我去还工，彼此省去雇人。打麦的活儿分好几摊，有在麦堆上从远处向近处挑麦捆的，苦比较轻，一般小孩干。大人抢上去，会被人瞧不起；有坐在脱粒机上往脱粒机口塞麦子的，有在脱粒机口前把麦捆解开，给坐在脱粒机上的人递麦子的。这些活儿苦比较重，须成年人干；有挑麦草的，麦子在脱粒机身里摔打后，麦粒从脱粒机肚底的铁网漏下，秸秆从脱粒机尾部飞出，须一叉一叉地挑到远处，可以稍事休息，大多由女人担当；最后一活儿，便是最苦、最重的挖"稚子"。"稚子"是麦粒和麦子空壳的混合体，麦芒最多，灰尘最大，稍有不慎，麦粒和其他杂物就飞到眼睛里。必须随时清掏，如果堆满，麦粒无法下落，大家就要停工了。这活儿别人不愿意干，只能主家干，家里一般我来。那时眼睛里渗进多少汗水，鼻孔里钻进多少灰尘，都不管不顾。偶有皮带落地，就小跑到水桶边洗把脸，擦擦鼻涕，里面全是黑泥。

日头西坠，母亲说："歇会儿再打吧。"父亲坚持打完再歇。母亲说："周扒皮也不能这样。"父亲说："怕下雨。"母亲说："哪儿来的雨？"父亲说："农历六月的天，娃娃的脸，说下就下了。龙口夺食，不能耽搁。"当晚午夜，果真下了暴雨。好多人家吃了"烙饼"，麦子在场面上生芽了。望着库房里摞着的鼓鼓的蛇皮袋，父亲颇为自豪。经此一夏，白嫩的浮华皲裂脱落露出黝黑的本真，如同淬火的铁条褪去锈迹，钢劲更加坚韧。

父亲种麦，还有一层用意。那时粜粮分定价和议价两种，议价是市场价，自愿粜粮。定价是任务粮，价格不到议价的一半，但必须交售。个别人不愿粜定价粮，几经动员没有效果，担任村主任的父亲就把自家的麦子拉到粮站顶任务。

为这事，父亲受了家人许多数落。今春，家里又种了十几亩麦子。我说："您十年前就不当村主任了，现在还要替人枭粮吗？"母亲骂道："真是不近情理的犟脖头！麦子最不值钱，他偏种！"父亲说："种惯了，一年不痛痛快快割一次麦子，难受得很。"母亲说："真是天生受苦的命！"

　　看来父亲种麦，还不是一句"手里无粮，心里发慌"能说清的。农人的镰刀文人的笔，已经渗入自己的汗水和体温，操持时抱怨辛苦，日久不摸心里想念。孩子也说，从超市买的馒头和面包，总不如奶奶蒸的发面馍馍香甜。这麦子，父亲愿种就种吧！

写于2014年5月4日

26. 发面馍馍

"民勤人翻得很，蒸的馍馍酸得很。"

为什么一道普通的民间主食，会让我和我的老乡背上一个"翻"的称呼（意为犟），如此不近人情、不可理喻又无法言说。

深究其意，实是民勤人的制馍过程太过复杂。这种馍馍是发面的，不像起面，临时加一点泡打粉就可以做。必须有"面种"引活，一般是从刚刚蒸过馍馍的人家要一小块儿面团，再一点儿一点儿地兑面粉加水。不能一下兑得太多，否则酵母太少引不活一盆面，使其成为铁嘴钢牙都咬不动的死面；也不能加一点儿面粉和好后就扔在一边不管，要时时刻刻密切关注面的发酵程度，及时加面添水，直到总量合适、恰到好处时，或蒸或煮。否则面会发过头，酸涩得令人难以下咽。满村子跑着借"面种"，不是个体面事儿。资深的发面高手发明了一种叫"面糟子"的东西，把蒸馍馍剩余的发面捏成酒盅大小的圆团，自然阴干后放在橱柜里，啥时用了掰半个泡在碗里，泡软了再兑面粉和。

发面对温度特别讲究。后套的冬天，寒风凛冽。在这种情况下，酵母是很难自然繁殖的，必须保证足够的热量。我家有一盘大火炕，每到冬天，最暖和的炕头都被发面盆占据了。母亲给发面盆盖上厚厚的围巾，半夜起床查看面的发酵程度，觉得合适了端到厨房里兑点儿面粉和水，之后再恭恭敬敬地端着放到炕头，每晚如是三五次，好似在照料一个娇气的婴儿。

发面对火候和蒸煮时间也有要求。若蒸时，火不能太强，也不可太弱。因为中途不能揭盖加水，扬汤止沸蒸馏水会把馍馍打成硬疙瘩。太强则炼干锅，馍馍外焦里生；太弱则如霜打的茄子，落大大小小的疤点。若煮时，不仅要求热水持续沸腾，而且待下锅的面条要用胡油一根根搓抹，不知道是为了保证民勤拉面的独特香味，还是防止发面粘成一团。

为什么要把一个简单的面食搞得如此复杂，敬神一般？有人分析，是因为民勤人生活条件困难，瓜果蔬菜短缺，一年四季只有面粉可以常吃，所以刻意搞多些花样，好满足口腹之欲。好似塔尔寺里的酥油花，因无鲜花可以供佛，只好用酥油捏花，倒成了一项绝技。也有人说，后套地区pH值高，属碱性土壤，所以民勤人多吃发面馍馍可以助消化。后套的汉人绝大多数是在走西口的年代从邻近省份迁来的，陕西、山西等省来的人似乎不蒸发面馍馍，但他们并没有高发的肠胃炎症。前几年，我从后套搬迁到广东，温润的南方并不缺乏瓜菜，可肠胃老是觉得不舒服。每次和家里人通电话，胃里的酸水就不住地翻腾，嘴里的口水就不住地分泌，好似看到一个又白又大的发面馍馍正裂着一道道细细的裂纹，那微微带点酸味的清香正扑鼻而来……

来广东过的第一个节日是中秋节。同事讲，广式月饼是最好的，制作精良，配料讲究，种类丰富。按照口味分有咸、甜两大类，按照月饼馅分有莲蓉月饼、豆沙月饼、五仁月饼、水果月饼、叉烧月饼等。月饼馅料的选材十分广博，除用芋头、莲子、杏仁、榄仁、桃仁、芝麻等果实料外，还选用咸蛋黄、叉烧、烧鹅、冬菇、冰肉、糖冬瓜、虾米、陈皮等二三十种原料，近年又发展到用凤梨、榴梿、香蕉等水果，甚至还使用鲍鱼、鱼翅、鳄鱼肉、瑶柱等名贵海鲜。近观油光闪闪、色泽金黄，食之皮薄馅多、美味可口，蓉沙类馅细腻润滑，肉禽类和水产制品类口味甜中带咸。然精则精矣，却少些民勤月饼的天然芬芳和霸气豪爽。那民勤人的发面月饼，锅有多大月饼就做多大，圆圆的像一个向日葵盘，面饼一层盖一层，一层上面撒着金黄的葵花瓣粉，一层上面撒着嫩绿的香豆子粉面，一层上面撒着黝黑的胡麻籽，每一层中间都涂抹了香油，四周都捏成像葵花瓣一样的面耳朵，一个挨一个，一个压一个。那种天地人和的气势，绝非小家碧玉或者"愿秋天薄暮，吐半口血，两个侍儿扶着，恹恹地到阶前去看秋海棠"的才子所吟诵的闭月羞花所能比得。

偶有家乡来人，打电话问带些什么，我就嘱咐带几个发面馍馍。可是发面馍馍在乡间好找，在城市难寻，他们只好帮我买些回民烤馍。一样的沙，一样的酥，一样的清甜可口，唯缺些许酸味。去冬，母亲要带半蛇皮袋发面馍馍来看我。弟弟说，飞机托运超重后要收很多钱，不如带些"面糟子"去那边蒸。老人听了他的建议，行李箱里装了更值钱的羊肉。一进家门，先是把羊肉斩碎冻在冰箱里，接着掏出"面糟子"泡在碗里，还鼓动媳妇学习她的手艺，啥时想吃可以啥时做。不料走了法眼，母亲蒸出的馒头个头齐整，大小均匀，唯独缺少一种味道。母亲怪我挑食，让父亲吃。父亲吃了也说味道不对。"真是奇了怪，按说这里足够热了，煤气灶也挺好用的。"蒸了四五十年发面馍馍的母亲满脸困惑。莫非离了炕头，离了柴火灶，离了西沙窝，就真的不行了？

"橘生淮南则为橘，生于淮北则为枳。"难道发面馍馍和故乡的云一样，只有飘在故乡，才能载动乡愁？没有蒸出称心如意的馍馍，母亲整个冬天闷闷不乐。她说："能不能蒸出一锅好馍馍，关系到民勤妇女的声誉和家庭地位。"我似乎有了记忆，爷爷是民勤人，奶奶是银川人，奶奶因为不会蒸发面馍馍，好像没在爷爷跟前高声说过一句话。伯母是府谷人，也不会蒸发面馍馍，和村里人交往总有些羞涩的样子，和伯父说话也总是小心在意。

自爷爷移居后套，我家已历四代。父亲和我都是在后套出生，儿子没上小学就和我来到广东。小家伙已经六年级了，可是还和我们一样，管馒头叫"馍馍"，每每把餐厅服务员搞得懵懵懂懂，不知所云。前几天，我从老家带回几个发面馍馍。吃到最后半个，儿子不让动了，说放在冰箱里珍藏起来，再想的时候闻闻味道。

　　看来发面馍馍的酸和民勤人的"翻"，已经渗入我们家人的骨子里了。

写于2014年4月19日

27. 瓜会

早春的河套，乍暖还寒，甚是寂寥。

带了一点儿礼物看望村中长辈，遍访老者后还剩一颗西瓜。母亲说："请村里在家的人吃了吧。"

我知道，阳历三月的西沙窝，菜蔬极其贫乏。终其一春，农家饭碗里都难见绿色。幼时的记忆里，一般是甜水煮面条，条件稍好时会拌一碗红油葱花。

按照河套人大碗喝酒、大块吃肉的习惯，盛夏季节开瓜是用掌劈或者锤砸的。一掌劈开，每人捧一半狂啃。或者一锤砸开，拣瓤口好的吃。那个时候是西瓜的世界，田间地头到处都是一望无际的瓜秧和海海漫漫的碧绿西瓜。路人饿了，渴了，随便摘一颗吃，不用给钱。如果你给种瓜人钱，人家还说你小瞧他，怎么吃个瓜还给钱。有种多西瓜的人，会赶个骡车走村串户换西瓜。为什么叫"换"而不叫"卖"，因为所有的买卖都是以货易货，不见钞票。通常是一斤小麦换三五斤西瓜，或者不论斤称，直接用一蛇皮袋西瓜换若干斤小麦。买瓜的人不看也不挑，觉得好了，就扛着回家。

也有不为牟利，完全是为朋友的。把骡车拴在村口的大柳树上，和当地人抽起旱烟袋。大家都是农民兄弟，什么事都好说。有人说："家里麦子不多了。"卖瓜人说："瓜先扛去吃着，麦子明年给。"我亲眼见过一个卖香水梨的，用小四轮拉来整整一车，说梨快坏了，要和村里人换秋收后的萝卜。我家也换了几筐，可是等了三个秋天也没见他上门来要……

河套农村的瓜菜季节性非常强，要么是多得泛滥，要么是少得可怜，此时正是一丁点儿也没有的时候。屋后的三爹先是抱来一块案板，又气喘吁吁地拿来一把切刀。我说："三爹切瓜吧！"或许是瓜皮太厚，三爹拿刀的手竟有些颤抖。三四刀切开了，大的大，小的小。正请大家吃瓜时，村西的二姑和村南的三嫂却扒开人群，快步跑出院子，我们以为什么地方说话不小心，得罪了她们。村东的张大哥也扭捏起来，说他吃了西瓜肚子疼。我开他的玩笑，夏收时一天三顿西瓜泡馍馍也没事，怎么现在学得这么娇气。经我再三劝说，十几个人好不容易才把切开的瓜吃完，还有半个西瓜在太阳底下闪烁着光芒，红得耀眼。

没办法，我再度调侃："莫非真成了小学课文里学的上甘岭，一个连的战士吃不完一颗苹果？"

大家轻松起来，一边吃，一边聊起家常。这个说："沙窝的地墒情好，应该多种籽瓜。"我知道，那是一种专为打籽的瓜，比西瓜略小些，也是一样的碧绿和椭圆。收获时，我们把瓜蛋一个个从藤蔓上摘起，再用笒筐拾成一堆，放在一块砧板上一颗颗压成稀烂，把瓜水挤出，把瓜瓤掏走，筛出瓜籽晾干卖钱。一般都是酸的，偶尔也有几颗和西瓜混种变甜的，于是掏一块吃一口扔一颗，颇有孙大圣吃蟠桃的风范。那个说："还是种些西瓜和华莱士好，娃娃们回来能现摘现吃。"我知道，现在大多数人家有冰箱，冰冻西瓜的口感不错，有点儿雪糕和冰激凌的味道。华莱士更不用说了，是河套地区特产的一种香瓜，瓜身比西瓜小许多，味道也比西瓜香许多，乌兰布和沙漠日照长，昼夜温差大，糖分积累多，此瓜入口绵甜、清纯爽口、满嘴留香，不食此瓜实不为河套人，不种此瓜亦不为河套农。

瓜会热烈时，刚刚跑出去的两个人拎着大包小包回来了。二姑提着一包发面馒头和一包油果子，三嫂提着茶食和麻花。都说："带回南方让媳妇和娃娃尝尝，好几年没回来了，一定想了。"

实在不好意思，先前吃得太慢，刚才又吃得太快。案板上已经空空如也，只剩一地瓜皮。离别时，吃到西瓜的眼里是泪，没吃到西瓜的眼里也是泪。

不敢像伟人一样，自称："我是中国人民的儿子，我深爱着我的祖国和人民。"但我敢说，也永远会这样说："我是西沙窝的儿子，我深爱着生我养我的这块土地和这里的乡亲！"

有什么样的种，生什么样的苗；吃什么样的瓜，长什么样的人。生活在西沙窝这样的环境里，想不混出个人样来，都难！

写于2014年4月8日

28. 锁子

我怎么也想不到锁子会成为著名屠夫，而且混了一个"拳打牛"的绰号。

"拳打牛"的来历大约有两个版本：一说，锁子擅宰牛。宰前一拳打向牛的心门，使牛心血凝结，然后一刀捅去，将牛放倒，既减轻牛的痛苦，又减少杀牛的麻烦，滴血不洒，片毛不沾，潇洒利落，一个人便将一头壮牛屠宰得干干净净，分割得整整齐齐。另一说，村中有疯牛狂奔，即将一幼童踏于蹄下，锁子见之，一拳将牛打倒，颇似太极门人杨露禅掌劈金钱豹，比武松打虎还要神奇三分。

早先，村中有个单臂控马的传奇。说的是一位在民国保过镖的武师，只手擒住一匹受惊的烈马。马欲狂奔，因马鬃在彼手而动弹不得。据说该前辈硬功过硬，每逢练武则土墙震动、门窗扇响，七旬翁扎马步，三壮年动其不得。据说该前辈轻功了得，上房从不用梯，只需"噌"地一跃。锁子是和我同年的堂兄，长我三月。幼年皆随风闻，习拳练武。不料事隔多年，他竟练得这般武艺。前日返乡，我上门看望这位"绿林好汉"。

锁子和婶娘住在一个院子里。村子不大，还没进村口，邻居们就知道了我回来的消息。三五分钟，婶娘的小院里已经挤满了人。

婶娘说："锁子上学时不好好读书，长大了成天疯跑，你这么远回来一趟，还见不上他的面。"

锁子确实学习一般。小学和我同班，经常因为背不上课文被老师责骂，大约上到初二就退学了。可是婶娘的说法，邻居们并不认同。

有人说："锁子可厉害了，小四轮、手扶车、拖拉机、圆盘耙、机耕犁、收割机样样都会用，样样都会修理。咱们村要是没有这么一个人，这一两千亩地都不知道该怎么种。"立刻有人附和："锁子力气大，现在那些铁疙瘩真难发动，摇把沉、机器硬，没有锁子帮助摇车，出地时连车也发动不了。"

有人说："锁子会杀羊，一把手把羊摁倒，另一把手持刀朝脖子上一抹，然后拿一个搪瓷盆接血，之后把羊吊在木杆上，刀尖朝肚子上轻轻一划，拳头朝羊皮里侧左右伸，三五分钟，就把一只六七十斤重的大山羊开剥得齐齐楚楚。"有人说："咱杀羊的工龄超过锁子的年龄，可就是没有人家杀得好。"还有人说："是呀，咱们杀羊怎么也得刨闹半天，还没有人家年轻人杀得干净。"

有人说："锁子还是个好木匠，村子里盖房的橡檩、门窗都是锁子帮助弄的，案板开裂了，也是锁子给修补好。"

锁子确实是个多面手。我知道他还是一个下棋高手。退学后背着棋盘、棋子在沙窝里放羊，有人就和人对弈，没人就一个人比画。几年下来，村里大大小小没有一个能赢了他。

我知道，他"守株待兔"的方法运用得非常好。退耕还林后，沙窝里野兔丛生，锁子摸索到兔子的踪迹，在树苗根部系一个个用细铁丝绑的圆圈，拴成活扣，三更半夜兔子经常误打误撞钻到铁丝圈里不得脱身。据说手气好时，凌晨出发，一次可以捡回十几只。在临河住时，锁子托人给我送来一只这样缴获的野兔，灰白色，很肥很大，有七八斤重。

婶娘说："说破天也不如念书人好，锁子大字不识一箩筐，成天就会受笨苦。"

邻居们不干了，都说："念出书的人都去大城市了，几年也见不上一面，更别指望干活。锁子守家在地，不仅能帮你们，还能帮我们。"

"也是，村里都是些七老八十的了，年轻人只剩他一个，这些活儿他会干也得干，不会干也得干。"婶娘勉强同意了大家的观点。

说到这里，母亲特别伤感。我们兄妹三个离乡在外，特别是我，遥居数千公里外的广东，别说为父母尽孝，父母和我聊聊天都难。我明显地感觉到，婶娘那有儿女陪伴在身边的喜滋滋感觉，远胜过在我考学后父母去乡中学开庆功会的当年。

看着身边头发花白的父老乡亲，我悲从中来，愧从心生。是的，我曾是西沙窝一带大人娃娃的骄傲。大人教育孩子，都说要向我学习。也有学生，把我的名字刻在床头作为激励。可是这么多年来，我除了自我奋斗外又为家乡做了些什么？

爷爷常说："满肚子的文章顶不了肚子里的饥，浑身的武艺挡不了身上的寒。"说老实话，像我这样百无一用的人，西沙窝出去一百个也不会少。而像锁子这样的青壮年劳力，西沙窝一个也不能缺。环视破败荒凉的西沙窝，因为有了锁子，而感觉暖意融融。

因为还要赶着回去，看望了村里的几位老人后，我匆匆告别了。在去机场的路上，有个陌生号码不停地给我打电话。我发了条短信，问他是谁，他不回，一直执着地拨号。没办法，只好接听。不料是锁子打来的，他说："你快把我急死了，晚上在食堂订了一桌饭，快点儿返回，一块儿坐坐。"我说："已经到机场了，下次吧。"锁子说："你们城市人真小气，连电话也舍不得接，不就是长途加漫游嘛！"说到了痛处，我无语。

手机收线，细细琢磨。锁子身上有太多值得我学习和思考的地方，而我从来没有认真对待。怎样使自己从百无一用，变得对乡亲们有点儿用处，少文气而接地气，这不是单凭学习和思考就能解决的，更要靠具体实践和手足连心。

在快登机的时候，我拨打了锁子的手机："下次一定带孩子回乡，让他和你聊个痛快！"锁子说："嗯……"

听到了那边的哽咽声，我也泪满双颊。

写于2014年4月7日

29. 二舅包子

　　二舅究竟干过多少行当，我不记得了。只记得他常说的一句话："营生做遍，穷死没怨。"

　　二舅早先是村里的木匠，一边种地，一边带一群徒弟。印象最深的有两个，一个叫六二子，是在他爷爷六十二岁那年出生的，所以得名。他父本来是村里资格最老的木匠，二舅也师出其门。可老木匠不让儿子跟自己学手艺，让他跟二舅学，说师兄的手艺远胜师父。另一个叫小李子，是个河北人，不知从哪里打听到二舅的手艺，扒火车皮来到后套，一个十四五岁的男孩硬是帮助二舅把我家的全套家具打完才回家。六二子脾气很好，我和弟弟管他叫"二流子"，他从来不恼。小李子哥哥也不错，不仅给我们做了许多木刀木剑，还教我们画王八，先画一个椭圆，在椭圆上横横竖竖打些方格，再添上四足和头尾就成了。我们几个顽童想抢他手中的墨斗玩，他争扯不过，就爬在墙头上求救，上气不接下气地喊："二舅，二舅……"

　　小李子回老家后，给二舅邮来他结婚的照片，还专程跑回后套看望他的师傅。六二子等一干徒弟，更是任凭二舅指挥，说往东就往东，说往西就往西。其实二舅当时也不过是二十出头的单身，不知道他为什么会在徒弟们心中有那么高的威信。有一年春节，二舅盯着父亲屋里的家具发呆，说那时候我们干活真的很有灵性，你看这漆油的，二十多年了还这么光鲜。我仔细观赏二舅那班人马在组合柜上手绘的熊猫抱竹图，憨态可掬，清新明丽，实为民间佳作。

后来由于手工木制家具不流行，二舅又开加工厂、跑长途运输、开出租车、开农资公司，等等。不论干什么活儿，身后都有一班追随者。弟弟写过一篇《二舅当老总》予以调侃。二舅自我解嘲，嘴边常说一句话："甚也干不成，混下一家人。"

前次返乡，专程去看望二舅。不料他老人家搞了一个更大的动作，在太阳庙乡开了一家"习二农家大饭店"，对面又开了一家化肥销售店，左右开弓，统筹兼顾。

二舅是种地的行家，也是销售生资的老手，开化肥销售店并不为奇。奇怪的是他怎么学会下厨？后套男人向来鄙视做饭，认为那是女人干的活儿，丢脸面。

二舅把我们请进餐厅，只见窗明几净，地下摆着两溜微微泛点儿青绿色的餐桌餐椅。枯黄的季节里，让人感受到一股浓郁的春天气息。舅妈给我们端上几笼热气腾腾的包子，一个个有拳头般大小，白白嫩嫩，咧着小嘴，散发着浓浓香味。咬一口下去，清爽舒畅，惬意无比。不一会儿，舅妈又端上几碗虾皮紫菜汤，碧绿的葱花，银白的虾皮，晶莹透明的条条紫菜，把这个乌兰布和沙漠边缘的小镇生活勾画得无比幸福，无比美满。

我们都夸舅妈的手艺好，舅妈说："是你二舅的创意好。"二舅一边陪我们吃，一边陪我们聊。二舅说："习近平都吃包子，开包子铺能不火吗？"舅妈说："我刚开始也不相信，没想到开张后生意特别好。"

说话间，进来许多顾客，二舅连忙端茶倒水，上汤上饭。忙乱一阵后，二舅接着和我聊："干哪一行得有哪一行的套数，开饭馆就得质优价廉态度好，人家上门是来吃饭的，又不是来受气的，放不下身段就别干服务行业。"

聊天时，化肥铺又来了客人，二舅跑到对面卖化肥。二舅好说话，哪家钱紧了，没关系，先赊下，秋收再算账。"做买卖不能光盯着眼前利益，要算大账。"这也是二舅的生意经之一。

更为离奇的是二舅还实行"一家两制"。包子铺的法定代表人是舅妈，化肥铺的法定代表人是二舅。两个铺子两本账本，两项收支，盈亏各计。二舅说："不能像大集体一样吃大锅饭，打混工，不然一年下来，不知道哪儿亏，也不知道哪儿赚。"

多年没见，二舅的厨艺和口才都发展到相当的水平，真有一种士别三日当刮目相看的感觉。

二舅说："现在的年轻人，高不成低不就，赚钱多的干不了，赚钱少的不想干，真是让人没办法。"

二舅虽然只有小学文化，半辈子离乡不离土，但是触觉敏锐，头脑灵活，以变应变，始终走在西沙窝一带同龄人的前头。或许，这正是这么多年来，那么多的徒弟唯他马首是瞻的原因。

眼活的二舅认为，啥时都不缺活儿干，哪里都有饭碗。关键看你想干还是不想干，想端还是不想端。

写于2014年4月9日

30. 三姨铺子

童年最大的快乐莫过于去三姨家，因为三姨开着一家杂货铺。

铺子在旧米仓县城三道桥，面朝南开，五乌线路边，一间很大的起脊瓦房，前半部分是店面，后半部分是仓库。店面里摆着一个折尺形的玻璃柜台，柜台里摆放着各种让人垂涎欲滴的糖果小吃，柜台后是高高的货架，各种货物堆放得满满当当。

做生意的都说："大买卖怕赔，小买卖怕吃。"可是三姨好像从不怕吃，任由一帮贪嘴的侄子、外甥东挑西拣、胡吃海喝。我喜欢吃糖块，水果糖、牛奶糖、泡泡糖，来者不拒。表弟说："糖吃多了牙疼。"张嘴让我看他的牙，果真全部烂掉了，门牙、齿牙都黑乎乎的，残缺不全，惨不忍睹。我问他："那我们吃什么？"表弟说："吃方便面吧！"于是我们各自撕开一袋方便面狂啃起来，啃了几口感觉味道寡淡。表弟说："把调料撒上会好一些。"洒了调料感觉味道是好一点了，可是方便面袋子太小，跑到街上玩一会儿就吃光了，还得回来取，实在麻烦。急中生智，就地取材，利用那时小孩衣服上口袋多的有利条件，将几袋方便面揉成颗粒，把褂子和裤子都装得鼓鼓囊囊的，外出玩耍一天不用回家取干粮。而且人气极旺，附近的小孩为吃方便面都主动和我们交往，连贪吃的鸡和狗也时时刻刻跟在我们的身后。

三姨纳闷："怎么你们一整天不回家吃饭？"我们说："吃了方便面。"怕把肚子胀坏，三姨整晚没让我们喝水，差点儿渴死。用后套话说："是一顿吃伤了。"从那以后，我再没干吃过方便面，闻到方便面调料的味道就想吐。

店面里不想玩了，几个顽童就在仓库里胡折腾。忽然有一天，表弟高呼："有宝贝！"他发现墙角摞着几箱摔炮，这可是我们的至爱啊！先是一个一个地摔在地下"叭叭"地响，后来一包一包地往墙上打，听"轰轰"的声音。再后来学习董存瑞炸碉堡，拿整包的摔炮往猪身上扔，一个个肥头大耳的公猪母猪被我们炸得狼狈逃窜。平日里总是"哼哼"着顶门要吃的，这下好了，见到人影就躲避。

一天，来了一个买炮的。三姨到仓库里取，发现她年前进的几大箱货只剩火柴盒大的一小包了，于是怒气冲冲地抄一根柳条打我们。当然她是打不着的，因为我们看到情形不对，早撒丫子跑了。

我们在外面游荡了一天，天黑才回来。发现三姨不在，姨夫在。姨夫说："她出去进货了。"我和表弟庆幸躲了一顿打。当晚来了几个小青年，买了几瓶啤酒，又买了几斤糖果下酒。我们在一旁看得眼热，直舔嘴唇。打烊了，姨夫提了几瓶啤酒回家。用牙咬开瓶盖，邀请我们干杯。当时我和表弟上小学二三年级，正放寒假。小孩子当然喝不了多少酒，没喝几杯就口渴难耐。从水缸里舀水，可是水缸被一个大冰盖冻住了。看到桌子上摆着一个铁塔雕塑，就用它往开砸，砸了几下砸开了，可是铁塔也被砸碎了。三姨回来追究责任，姨夫替我顶了。三姨怒骂："这么大人，不长脑子，那是我前几年去西安大雁塔买的纪念品，怎么可以砸冰！"

母亲兄妹六个，只有三姨没有上学。三姨非常挂念在乡下种地的姐姐，每到麦收季节就带着大批的水果蔬菜帮我们干农活。三姨心直口快，每每边干活边抱怨："给你割一天小麦误的钱，比这些小麦还多！"母亲也不让人："谁让你来了？嫌耽误买卖就回去！"如此你来我往，总是空费口齿，三姨最后还是帮母亲把麦子拉上场面才回家。割麦子是最苦最累的活儿，后套有俗语："女人怕坐月子，男人怕割麦子。"炎炎夏日，站在麦田里如烈火般烤，如针尖般扎，但龙口夺食，不敢有丝毫耽搁，只能早出晚归，挥汗如雨，奋力收割。在三姨不能来的时候，三姨就委派姨夫上门帮助干活，邻居们总是羡慕母亲有这么贴心的妹妹。其他季节，三姨也总是托人把吃喝东西送到家里。每有面包车或者三轮车经过，车上的人总喊："快来拿你姨姨捎来的东西！"

三姨和二舅年轻时是"死对头"。三姨给二舅起了个外号叫"二猪头"，二舅给三姨起了个外号叫"三妖精"。两个人不和时，总是叫我们几个小孩添拳。二舅说："帮我骂她，给你们做木刀木剑。"三姨说："帮我骂他，给你们吃糖果。"于是，"蚌鹬相争，渔翁得利"。两个人的好处都得了，而且还被我们骂了个稀里哗啦，一会儿一个被骂一通"二个二，二猪头"，一会儿另一个又被骂一通"三个三，三妖精"。不过，我们几个小家伙也在大人心中落下坏影响，背了一个"两面派"的坏名声。

二舅是以变应变，看到方向不对立刻转行。三姨是以不变应万变，一根筋，死磕到底。三十年前铺子里摆着一个折尺形的玻璃柜台，前次回乡发现还是原来的老样子。我给三姨提建议："现在时髦开架式售货，您是不是也改改？"三姨说："我老了，不想改了。"看她的头发，猛然发现全部花白了，脸上也全是皱纹，当年在西沙窝以"妖精"著称的三姨，年轻时的样子一点儿也找不到了。几个顾客说："确实该改了，但这铺子开了几十年了，不来这里买东西还有点儿不习惯。"

姨夫说："我的工资调高了，现在铺子的收入可以忽略不计，继续开门就是为了让你姨姨有事干。"三姨说："最大的麻烦是清静得慌，你们住在外地，孙子们也不在身边，没事的时候，我经常回想你们小时候在这里捣乱的情形。"

"过去总怕娃娃们把糖吃光，现在有糖却没有人上门吃了。"三姨长长地哀叹道。看着三姨湿润的眼圈，我在应答时也有些哽咽。

写于2014年4月16日

31. 铜手镯

说起威子我就来气。

威子是我的表弟，小时候非常淘气。具体情形如下：一是满地打滚。如果他想买什么东西但是大人不给买的话，就卧倒在地，四蹄翻飞，滚来滚去，不管地上有无泥水，也不管身穿什么衣服。二是长号不止。所谓长号就是干哭不流泪，目的一样，手段不同，如果大人给他买了糖果，就立刻停止。三是怪罪他人。假使他走路不小心摔跤或者碰到墙角，如果周围没人也就罢了，有人的话他就怪怨别人，要旁边的人给他赔偿。四是拦路"抢劫"。姥娘家住路边，我们上学赶集都必须经过。这个小霸王秉承"此树是我栽，此路是我开，要想过此路，留下买路财"，经常收"过路费"。有一次妈妈到乡里买东西，不巧被他拦住。妈妈问他："你向我要钱，知道我是谁吗？"威子说："你是利元妈。"妈妈假装恼怒说："你不叫我姑姑，我不给你钱。"这家伙没办法，只好叫了姑姑。

最可气的是，他弄丢了姥娘的手镯。姥娘有一个磨得薄薄的银手镯，一直藏在包裹里，在聘三姨和娶舅妈时都没舍得用。威子出生后由姥娘来带，姥娘对他十分疼爱。一个银匠上门，姥娘让打成一个小手镯给威子戴上了。可是这个调皮的家伙不是爬墙就是上树，不知道在哪里玩时把手镯给弄丢了。

威子是姥娘的家孙，我们叫姥娘他也跟着叫姥娘。只是口齿不清，把姥娘叫成老狼。他看到电视上播映《狸猫换太子》，忙喊："老狼，快看野猫换太子！"看到电视上播映《杨家将》，上气不接下气地对姥娘讲："死了一个羊，还死了几个狼。"人们听了大笑不止。

过了一段时间，一个货郎来姥娘屋里买东西。姥娘和一个邻居老太太挑拣，我们一帮孩子围着看热闹。夏天中午，十分炎热。威子满脸通红，额头冒汗。姥娘要威子脱衬衣，威子死活不脱。过了一会儿，货郎挑着担子走了。威子让姥娘把他的袖子卷起来，卷到肩膀处发现胳膊上戴着一个黄亮黄亮的铜手镯。姥娘问："哪儿来的手镯？"威子不吭声。邻居老太太说："肯定是从货郎担里拿的，没想到一个四五岁的娃娃就会偷东西。"威子边哭边说："这是给老狼的手镯。"

从威子的胳膊上往下取手镯时很费劲。原来威子偷偷戴上后怕货郎发现，使劲往里抹，一直抹到腋窝处，手镯被深深地勒在肉里。此后，姥娘不论去哪儿，都戴着威子给她偷的手镯。

前些年，街上冒出一伙"跌沓子"诈骗犯。姥娘出门买菜，发现路边有一捆钞票就走过去看。两个小伙子对姥娘说："大娘，我们把这捆钱分了吧。"姥娘说："你俩拿去，我不要。"这两个家伙骗不成就抢，先抹姥娘的戒指，再抹姥娘的手镯。在争抢中把姥娘的手镯折断了，掉地后发现是铜的，扬长而去。

金戒指被抢，姥娘没怎么心疼。铜手镯断了，姥娘心疼不已。逢人就讲，可惜了威子的心意。

写于2013年4月8日

32. 骑墙鬼

上小学时经常读白字。

当时看得最多的课外书是《故事会》，《故事会》里讲得最多的是吝啬鬼。没学过"吝啬"两个字，猜测应该是小气的意思。手上没字典，秀才识字认半边，就把吝啬鬼读成骑墙鬼。

课间活动，老师让我和弟弟讲故事。我先讲一个骑墙鬼，弟弟再讲一个骑墙鬼。对我们骑墙上树的行为老师已经习以为常，所以见怪不怪。至于骑墙鬼究竟是什么鬼，老师没有理会。

无知者无畏，读白字读出勇气。预习课文时把气喘吁吁的"吁吁"读成"于于"，旁边同学羡慕我识字多。不料老师讲课时说读"嘘嘘"，让我很没面子。不识"梭梭"二字，读成"俊俊"。老师说，乌兰布和沙漠里到处长梭梭，怎么连这两个字也不认识。

犯这样错误的不光我一个。同村的六子看故事书也比较多，经常给我们讲一个捕快的故事，说主人公叫"来杀头"。我们不明所以，跟着他乱喊"来杀头"。有一次借到他的书，辨认之后才知道是"菜菩头"。班里有姓郝的同学，我们一直按后套方言读成"黑"，直到上了初中，才知道"黑"同学原来是"好"同学。

农村学生很少带干粮。偶尔有个别带了馒头的，也是一个人偷吃。四年级下半学期，一个城里孩子转到我们班。他与我们有着本质的不同，不仅天天上课带面包，而且非常大方。有人肚子饿了，他就撕一半面包给对方。临放暑假的那天，这位城里来的同学没带吃的，肚子饿得厉害，央我分些馒头给他。小气成性的我，不仅没给人家分，而且用迅雷不及掩耳之势，三口两口把馒头给吃光了。看我狼吞虎咽的样子，这位同学咽了咽口水，说了一句"吝啬鬼"。发音很清晰，我听得很清楚，是"令色"而不是"骑墙"。我的脸"唰"的一下红了，明白了自己的错误。暗下决心，下学期一定请他吃一个馒头。

可是这个愿望没实现，这位同学转走了，再没有回来。

写于2013年4月

33. 清明

　　故乡的清明缺乏诗意，此时冬天已经远去，可是春天还没有到来，四眼望去，一片枯黄。妈妈带我给姥姥、姥爷的坟头点纸，她说："你姥姥去世后，我天天来这里放羊，远远地看着他们。"纸火熄灭了，我抱紧瘫坐在地上满是泪水的妈妈，不停地劝慰着。

　　我对妈妈有很大抱怨。村里每有年龄较小的人去世，她总爱说一句话："不让老的死，偏让小的死。"我每每反驳："那些年纪大的犯了什么罪？非要人家死？"妈妈也不以为然，她说："是老辈人遗留下的一句话，我也不知是怎么回事。"姥姥去世了，我埋怨她："就是让你们这些无知的人把姥姥咒死了。"妈妈一脸伤悲，她说："我一个字也不识，别人说就跟着说，谁知那句话那么要命。"当时舅妈得了重病，吃什么吐什么，身体一日不如一日。姥姥常常在无人处念叨："我无论如何也要走在她的前头。"舅妈手术后能吃饭了，姥姥紧锁的眉头打开了。其实舅妈的病已到晚期，是在勉强度日。给表弟娶过媳妇后，舅妈就去世了。后来我看过表弟结婚典礼的照片，舅妈骨瘦如柴，心细如发的姥姥心事重重，满脸凝重，身子骨看起来还算硬朗，可眼睛里全部是苍茫的神色。舅妈病故，姥姥纠结于心，三个月后也去世了。村里的人都说："不经受这个打击，老太太再活三五年一点儿问题也没有。"

　　姥姥在世时常对我说："我谁也不亏欠，就亏欠你妈。"姥姥说："六个娃娃就没让你妈念书，从小和我下地劳动，十四岁的女孩和壮劳力一样挣满工分。"我知道，大集体时计工分，满分是一个工，是由体

166

质乘以农活的轻重程度计算出来的，青壮男子干挖渠、割麦等苦活重活满一天才能挣到。大部分人一天只能挣半个工或者多半个工，当然苦也比较轻，如平地、打堰、除草、赶车等。姥姥说："你妈一年能挣400多个工。"我说："是会计不会算账，还是您老糊涂了？"姥姥说："怎么回事？"我说："一天最多挣一个工，一年365天，您算算。"姥姥说："你不知道，你妈和队里的几个丫头晚上还加班编箩筐，又计半个工。"

我此前听人讲过一个"铁姑娘队长"的故事，说是在二十世纪七十年代挖排干的时候，妈妈受大队书记的鼓动，要学大寨的郭凤兰，做"铁姑娘队长"，立誓不把排干挖通，不回家结婚！当时妈妈和爸爸已经订了婚，是介绍人到工地上做工作，才把妈妈劝回家。姥姥对我说："你妈打小就受重苦，身体累下病了。"我方才明白，为什么妈妈走路总是慢腾腾的，腰总是不自然地弯着，两腿总是不自然地呈罗圈儿状，可是每当荷锄下地或者挥镰割麦的时候，她总是虎虎生威，我和弟弟两个人都赶不上她一个。

姥姥常说："你妈没念过书，你们一定要好好念书。"每次放寒暑假，姥姥总往我们的书包里装些鱼肝油、奶粉等类的补品，说让我妈补补身体。如果表弟有人照料了，姥姥就让舅舅把她送回西沙窝，帮助妈妈喂猪、喂鸡、喂羊。妈妈有一次去舅舅家看姥姥，内急想上厕所，可是不敢上。以往她是跟着别人走，这次等了三五分钟不见人来，就贸然闯了进去，不料进了男厕所。回家后抱着姥姥痛哭，说为什么不让她念书，哪怕一天也好。当时我不在场，我想那个时候的姥姥，想到的可能是给这个没念过书的女儿更多补偿。因为家庭经济原因，我没能上高中考大学，总抱怨妈妈。妈妈说："像我这样的，又该如何抱怨你姥姥呢？"我闻言羞愧。

姥姥有许多绝技，不知是没教舅舅和姨姨们，还是他们不屑于学，反正姥姥都教给妈妈了，妈妈也全学会了。姥姥养一头大母猪，在姥爷去世后靠卖猪仔养活大一家人。妈妈也养一头大母猪，每年冬夏生两窝猪娃，一窝十个左右，一只能卖一百元，正好凑够我和弟弟的学费。妹妹和妈妈不同，她上学了。家里的这头大白母猪有千般好处，可有一点不好，就是身子沉，一不小心就把猪娃压在肚皮下捂死了。妹妹每日钻在圈里看猪，发现猪娃被母猪压住了，赶紧把母猪扯起来。猪圈里冬日寒风凛冽，夏日恶臭难闻，生性好动的妹妹不知学了哪门法力，上小学三四年级的人，竟有如此耐力，能从猪娃出生守候到猪娃满月。

姥姥是发面高手，妈妈的发面馍馍、油果子、民勤拉面做得也非常棒。姥姥经常对舅妈说："做民勤人家的媳妇，一定要会发面。古人说传儿不传女，家传手艺，外姓人都学会了，你们却不会。"姥姥会做"油茶"，妈妈也会。此"油茶"非彼油茶，"油茶"里没有半点茶叶。用柴火把铁锅烧红了，撒半碗面粉在锅里来回炒，炒得发红发黑了，把暖壶里的水倒进锅里，再撒点儿盐末，加一铲羊油，沸腾后舀来喝，满嘴余香，回味无穷。既是待客的饮品，又是止饿的食物，较之于冲奶茶粉，更惬意、更爽快、更实用。姥姥晚年喜欢和妈妈一起住，因为妈妈的热炕头既可以暖脚，又可以放发面盆。

在姥姥最后的日子里，妈妈陪在她的身边。没能让我和姥姥通一个电话，妈妈很内疚。妈妈说："一是不想让你知道，二是你姥姥当时说话已经很困难了。"我知道，妈妈说的后一句是假的。因为姥姥在临终时，给守在身边的儿女再一次讲了他们的生辰八字，怕她走后搞错了。妈妈说的前一句是真的，她怕我知道了要跑回来看望，从广东回到后套，要花很多路费……

一字不识的妈妈，年幼时跟姥姥在地头，年老了送姥姥到坟头。想想冬日里穿着羊皮袄站在沙坡上顶着寒风凝望姥姥的娘亲，看看西装革履的自己，终日游荡在浮华的街市，十几年没帮家里扶过一次犁，割过一次麦，却对她老人家有那么多的抱怨，扪心自问，有什么资格？真是可耻可恨！

那一刻，我明白了清明是什么。清明不单单是到先人的坟头烧几张纸、填几锹土，是对故去亲人的眷恋与牵挂，是打断骨头连着筋的血脉传承，是"打虎亲兄弟，上阵父子兵"的守望相助，更是无尽乡愁的寄托回归和藕断丝连。

又一阵风从乌兰布和沙顶刮来，卷起阵阵沙尘。我扶起妈妈，拍拍她衣服上的尘土说："我们回家吧！"

写于2014年4月27日

34. 喊夜

　　那一年暑假放得很晚，我和弟弟从学校赶回时麦子已经割完了。正是黄昏时分，母亲在厨房里忙活，灶膛里燃着一炉柴火，不时从炉口蹿出火苗，把地下的麦草引着了。母亲一边扑打地上的火星，一边揉面，案板上沾了许多乌黑的炭灰。看我和弟弟进门，母亲长出了一口气，说你爸爸昨天就进山找羊去了，按说该回来了。

　　昨晚倾盆大雨下了一整夜，我们回来的路上到处水汪汪的。我和弟弟说，我们去接父亲吧！母亲脸上露出欣慰的神情，对我们说："饭先留着，等你们回来再下面。"村子后面是乌兰布和沙漠，沙漠的后面是阴山山脉。村里人和山里的牧民关系好，草黄时牧民赶羊到村里过冬，草青时农民赶羊到山里过夏。说是放牧，其实是散养，羊群赶到山里，人就回来了，剩余的时间由当地牧民照料着。秋霜来得早，山里的草场开始泛黄了，羊群追着吃草籽，到处乱跑。山里人怕把羊跑丢了，捎话让父亲进山赶羊。村里到山里不过几十里的路程，往日当天可以打来回。不巧的是赶上了暴雨，想起山洪暴发的恐怖，别说母亲紧张，我和弟弟也把心揪到嗓子眼儿。

　　沙丘湿漉漉的，沙山四周的丘间低地是一汪接一汪的海子，一丛丛高大茂盛的芦草分布期间，黑魆魆的，不时从草丛中飞出大大小小的水鸟，发出"扑棱棱"的声音。经过雨水的滋润，红柳和白刺也出落得秀气十足。红柳枝条上结着嫩绿的叶片，绽放着朵朵粉红的花蕊，正迎着风晃动。而趴在沙堆上的白刺有一种虎踞龙盘的气势，一根根尖刺张牙

170

舞爪，枝叶里暴露着一颗颗硕大的泛着青绿的浆果。若不是父亲阻于归途，落日余晖里的金色沙山实在是一处绝妙风景。

我和弟弟是在沙漠边上长大的，知道这里的习性。那一团连着一团的水洼看起来挺吓人的，其实很浅，因为丘间是如砥的平地，不会有很深的积水。两人脱掉鞋子，卷起裤管，涉水而行。一边是脚掌"唰啦啦"拨水的声音，一边惊起片片飞鸟。太阳落山了，夜色越来越浓。眼前的沙丘渐渐模糊起来，在微弱的月光照耀下，我和弟弟依着平日的记忆，努力辨别着向北的方向。

风兀自刮着，吹动草叶发出"呼呼"的声音，沙丘渐渐没了轮廓，前方是一片乌黑。怎么办？再这样摸黑走下去，不仅接不到父亲，连我俩也会走丢的。不知什么时候，弟弟"啊呀"叫了一声，把脚崴了。我连忙搀扶他，发现他的半条腿陷在沙梁里。奋力把他拽起来，发现是一处浅坑，里面长满了沙蒿。端详了几眼，我知道是怎么回事了。乌兰布和沙漠深处是一处天然墓地，常有下葬后又迁移的，迁坟后没掩坑口的，便长满野草。弟弟显然也知道了，但是谁也没讲。弟弟说："喊老爸吧，这样摸黑找不是办法。"我说："不能在这里乱喊，万一草丛里应一声，就吓死人了。""墓虎"的故事幼时就听过。说是个别埋在沙地里的尸体积年不腐，渐渐成了鬼怪精灵，想吸人魂魄。有迷失方向的人在沙漠里呼喊亲人的名字，若是被他听到了，他就胡乱应答。倘若中了计，那与之应答的人就成日迷迷瞪瞪，傻了一样。熄灯后若有孩子高声说话，大人往往教训："小心把夜猫子招来！"这样的忌讳，可能源于此处。

弟弟嗓门大，老师给起了个绰号"喊塌天"。不料临场却怯阵了，搀着我的衣袖说："哥，你先喊一声。"没了退路，我鼓足勇气，深深吸了口气，胸腔憋得满满的。快要张开嘴巴的时候，忽然看到前方有一团明明灭灭的东西，像是萤火虫，又像是传说中死人骨头发出的磷火。即将爆发的惊天巨响，瞬间颓了气势，仿佛一针刺破的气球。弟弟还在身旁期待着，我擦了擦迷离的眼皮，再呼一口气，努力把口腔张到最大，可是气流好像卡在喉结里了，怎么挤也挤不出来。周遭黑压压的，压迫得人喘不过气来。

我低头对弟弟说："咱们一起喊吧！"弟弟说："好的！"两个人一起发声，天空中响起"嘎"的一声，鸭子叫一样，干瘪无力。声音太小，父亲肯定听不到。想起掩耳盗铃的故事，两个人把眼睛闭上，双手把耳朵蒙上，扯开喉咙大喊一声："啊！"虽然沙漠里没有回音，但是依然感觉自己的声音很大。发出了第一声，再叫第二声就没了心理障碍，我和弟弟你一声我一声地尖叫起来，心想若是在山谷里，肯定声震山岳，回声荡满沟壑了。几嗓子喊过，壮了胆色。

接着再喊，还是听不到回应。估计是地势低的缘故，我俩爬到沙丘顶部继续大喊。估计父亲距离我们还远，继续往前赶吧！我和弟弟深一脚浅一脚地在沙漠里穿行，一会儿从这座沙丘爬下来，一会儿再向那座沙丘爬上去。沙丘顶端没有其他隔离物，长啸声顺风而行，传得很远，感觉整个乌兰布和沙漠都被我俩的尖叫笼罩了。

不知道这样管不管用，但是在旷野无垠的大漠里，再也没有更好的办法。嗓子发哑了，嘴唇发干了。站在高天下，我和弟弟相视无语。弟弟说："空喊太没劲，咱们唱歌吧！"无聊至极，也只能如此，于是我一首《蒙古人》，他一首《五星红旗，迎风飘扬》，全无往日五音不全的羞涩与胆怯。有歌声做伴，仿佛忘了劳累，也忘了恐惧，内心增添了许多温暖和力量。不知过了多久，风声里传来"唰唰"的声音，好像是羊群在涉水，还有一个中年男人在"吭哧吭哧"地赶路。估计是父亲，我和弟弟张开喉咙大喊："老爸！"对面传来应答："唉！"

正是父亲，我和弟弟欣喜地迎上去。羊群在前面，父亲在后面，正抡着长鞭赶羊。半年多没见父亲了，感觉他又瘦了。弟弟问："听到我们的叫喊声吗？"父亲说："听到了，我就是顺着声音赶过来的。"弟弟责问："听到了为什么不应一声？差点儿把我俩喊成哑巴。"父亲不好意思地低下了头。

会师了，人有了精神，羊也有了生气，迈开四蹄"唰唰"地走路。

到了水洼前，不用人怎么赶，蹚着水就过去了。弟弟在前面领头羊，我和父亲在后面赶掉队的羊羔。父亲说："亏是你们来接，不然今天准迷路了。"他说，走出山口后就进了沙漠，走到孙队濠时迷了路，老是赶着羊在原地转圈圈。不知道什么时候，眼前出现一群穿戏服的，"咿咿呀呀"唱大戏，走到跟前就不见了。正犯迷糊时，听到前方传来人声，就顺着声音赶过来，一时之间着急，竟忘了回应。

回家后已是深夜，灶台里的柴火还没有熄灭，揉好的面团被抹了香油，在搪瓷盆里盖着，母亲正在灯下纳鞋底。看到我们父子平安归来，母亲脸上露出笑容。

那一晚，每个人都吃了好几碗面条。父亲对母亲说："要不是这俩愣小子高喊二叫，我还真难找到回家的路。"母亲说："养儿防老，关键时候就靠那两嗓子。"

写于2015年5月11日

35. 乡村年事

羁客孤旅，平日里还好，只是过年时难挨。常常埋怨春节的发明者，没来由地制造这劳什子干啥，偏偏让人牵肠挂肚。一次小聚，不知谁说了一句，城里年味太淡，还是回村里过年有意思。说到了自家痛处，压抑许久的心湖再也不能平静，那浓浓的、暖暖的回忆宛如涟漪，泛起层层波澜。

办年货

社改乡三十多年了，村人依然把集镇叫公社。后来撤乡并镇，乡政府被撤销了，村人还是把那里叫公社。公社是村人最向往的地方，也是我幼时脑海里天堂的模样。

公社究竟有什么稀罕玩意儿，我不知道。反正大家都爱往公社跑，母亲骑自行车去公社，我和弟弟一个劲儿猛追。母亲回头呵斥："要什么东西给你们买回来，别跟着了。"我们也不是磨着大人买东西，只是觉得公社的人多，那里热闹。父亲籴粮，我和弟弟趴在胶车上一动不动，像块粘牢的泡泡糖。反正也得人看车马，父亲勉强同意带我们去。父亲坐在车辕上赶车，我和弟弟看路两边的风景。过乌拉河了，过大桥了，土路变成沙石路了，能看到汽车了，能看到供销社了，车马越来越多了，人也越来越多了。现在去看，绝对觉得嘈杂，那时却感觉无比幸福，甚至被面包车喷一股黑乌乌的尾气也很自豪，好歹多了一次体验。

腊月里，"去没去公社"成了村人的问候语。"去公社了吗？""去了。""你去了吗？""还没呢。"去了公社的人喜气洋洋，没去公社的人听语气就可以看出口袋的干瘪。村人收入无多，去公社也买不了多少东西，无非一两条纸烟、一两箱白酒、三五斤糖块、四五张红纸、五六卷麻纸、十几个麻雷（二踢脚），还有一些咸盐调料。买的东西不多，并不代表村人的年货不丰富。自给自足、自产自销的生活，是从老辈人手上留下的，不知传了多少代。杀一口猪，炼板油腌猪肉，架个火炉把猪头、猪蹄子的毛燎干净，然后慢火熬炖，可以压制五花肉，也可以熬皮冻，都是极好的下酒菜。

倘以为这就是办年货，那就大错特错了。一出大戏怎么可能只有配角，没有主角呢！看那矮矮房舍的缕缕炊烟吧！听那锅碗瓢盆相互碰撞的协奏曲吧！闻那酸里带着甜、甜里带着香、香里带着纯真的质朴味道吧！锅盖已经揭开，压轴的素面朝天，没有粉墨登场的装腔作势，却有着王者归来的雍容大度！锅一般大的发面馍馍出笼了，圆乎乎的，胖嘟嘟的，一个个咧着小嘴，绽着道道细纹，村人的喜悦全部写在脸上，真是过不尽的团圆年，说不尽的丰收话！

贴对联

贴对联首先要写对联。

老辈人不识字，不会写对联。怎么办？有字的对联有寓意，没字的对联照样有喜气。墨汁倒在盘里，用碗底一个一个扣，上联七个碗坨，下联也七个。还有横批呢，当然是四个碗坨。字不识，数是识的。

新社会识字人多了，但是会写毛笔字的人不多。旺旺会写毛笔字，年前半个月就忙上了。把红纸放在炕上铺平，四开八开再十六开对折，轻轻用手掌压一压，上下捋出一条直线。本以为可以撕了，主人又找出一条细线，让女人拽一头，自己拽一头，两个人同时用力。"刺啦"一声，红纸被切割开来，茬口极为齐整，没有半点儿缺口，也没有半点儿毛边儿。可以写了吗？不行。旺旺忙着呢！几十户人家排着队呢！不像城里，过年只贴一副对联，而且不管具体内容，只要吉祥喜庆就行。大门是大门的，房子是房子的，粮仓是粮仓的，拖拉机、水井和牲口圈、农具上也要贴呀，人要过年，它们也要过年！水井上是"井水长流"，拖拉机上是"日行千里"，马圈羊圈上是"六畜兴旺"，农具上是"五谷丰登"，各有各的寄予，各有各的期盼，不能将就，更不能马虎。旺旺浓眉大眼，大高个子，左手摊铺纸张，右手紧握狼毫。他在一边写，村人在一边嘱咐，这是在哪里贴的，那是在哪里贴的。旺旺说，错不了，你家有几个窗子几扇门我知道。

字不能错，纸也不能错。什么人家用什么纸是有讲究的。平常人家贴红对联，有丧事的人家第一年贴黄对联，第二年贴绿对联，第三年贴粉对联。三年服丧，第四个年头才能贴红的。爷爷去世两年后奶奶也去世了，姥姥上门说，每年都看不到红颜色。我懵懂无知，信口开河，说贴什么对联没人管，那就贴红的呗！母亲当头棒喝，胡说八道！孝敬先人的事，哪能随意改！

贴对联的时间也有讲究，早不行，晚也不行。太早了，人家说你是傻货；太晚了，人家说你是懒货。年三十的清晨，父亲总是第一个起床。他用扫帚在墙面上来回扫，把上一年的旧对联纸皮清除干净了，然后清扫院子再熬糨糊。准备工作就绪了，喊我和弟弟拿对联。父亲把笤帚摁进面盆里，然后在墙壁上来回涂刷，我和弟弟一边递对联，一边埋怨父亲为什么要粘那么多的糨糊，不仅浪费，而且给下一年贴对联时带来许多麻烦。父亲说，这是一年的熬盼，粘牢了才能和来年接上。

上　坟

对联贴好，该上坟了。

上坟用的东西，母亲早准备好了。一卷麻纸，一瓶白酒，一盒纸烟，两个馒头，两个油果子，还有一碗刚出锅的猪肉勾鸡。母亲吩咐，点完纸回来吃饭。

父亲在前面走，我和弟弟在后面跟。爷爷奶奶的坟就在附近，天生河下的小沙头，有几株沙枣树，还有一大丛红柳。父亲在坟头跪了，我和弟弟跪在他身后。父亲用食指在沙地上画了一个圈，圈里画了一个十字。父亲从塑料袋里取出麻纸，然后小心翼翼地划火柴。奇怪了，上坟的时候总是刮风。父亲划一次点不着，再划一次还是点不着。我和弟弟聚拢过来，为父亲挡风。父亲再划，仍然点不着。弟弟说，多取些。父亲拉开火柴盒，取出一大把火柴，使劲一划，"嘭"的一下燃起一大堆火花。麻纸点着了，父亲的嘴唇轻轻动着，喃喃地说，爹收钱来，妈收钱来。我和弟弟在后面跟着说，爷爷收钱来，奶奶收钱来。

纸火熄灭了，父亲拧开瓶盖把白酒洒在坟前的空地上，把馒头和油果子掰开撒在坟的四周，转身对弟弟说，给你爷爷点几支烟。我不吸烟，弟弟吸烟，常挨父亲的责骂。弟弟说，爷爷抽了一辈子旱烟，带把子的烟他抽不惯。弟弟将过滤嘴一个个抠掉，点燃了烟头，一根根码在墓碑前。香烟袅袅，我又回想起爷爷在煤油灯前抽旱烟锅的模样。

父亲说，放个炮吧！让你爷爷奶奶知道过年了！翻翻塑料袋，里面并没有炮。父亲说，我带来了。说罢，从口袋里掏出一枚二踢脚。弟弟说，借爷爷的烟放炮吧！弟弟从坟前取来一支烟，抠出炮捻后将二踢脚立在沙堆上，将烟头对中炮捻，然后迅速捂着耳朵跑开。"咚咚"两声，二踢脚在天空开了花。

时隔二十年，父母来南方过年时带我们去郊外给爷爷奶奶点纸。孩子和我当年一般大，我已到了父亲当年的岁数。母亲跪在江边，一边哭，一边向她的公公婆婆诉说，老人受了一辈子苦，什么福也没享上。我与妻子和儿子跪在母亲的身后，妻子紧紧扶着瘫软的母亲，眼睛里闪耀着泪花。

过年上坟，不光是追思先人，更是在传承孝道和亲情。

拢旺火

不知道父亲哪儿来的精神头，白天忙一整天，晚上熬年，初一天麻麻亮就起床了。实在不想起，可是架不住父亲一个劲儿地喊："拢旺火了！"

我和弟弟揉着惺忪的睡眼出了门，发现父亲早将柴火堆好了。虽是新春，但塞外依然寒风凛冽，冻得伸不出手。可是父亲却不怕冻，光着脑门，捋着袖子，在那里热火朝天地忙活着。"嚓"，父亲用一根火柴就点燃了柴火，坚毅、沉着、冷静，全无上坟点纸时的慌乱。

先点着的是麦草。父亲一边拨弄火头，一边往火头上加细碎的干草。火头渐渐大起来，父亲往火堆上加干柴。风很大，刮得树枝呼呼响。我和弟弟一会用双手捂耳朵，一会儿揉搓冻得发麻的脸皮。父亲好像感觉不到寒冷，两脚蹲在地上，把身子深深地弯下去，全神贯注地伺候那一堆火苗。风助火势，火焰越来越旺，柴火堆熊熊燃烧起来，映红了父亲满是皱纹的额头和脸庞。父亲说："跳过去。"我和弟弟一前一后从火堆上跳过去，再跳过来。我知道，这是父亲质朴的祈愿，希望烧掉旧年的不顺利，迎来新年的好运气。

回望四周，房子、树、墙都黑乎乎的。村里的旺火渐次升腾起来，染红了半个天空。

拜　年

好吃不过饺子，大年初一当然要吃饺子。

我们在外边拢旺火，母亲和妹妹在屋里包饺子。妹妹跟了母亲，会包像耗子一样的饺子。右手拿筷子，左手托面饼，夹些馅子放在面饼里面，然后从头到尾把饺皮捏合起来。一边捏一边掐，面皮捏完了，一条脊梁上布满花纹的小老鼠也现形了。我的动手能力差，母亲老是骂我跟了父亲，只会干粗活。其实我比父亲还笨，父亲包的饺子好歹有饺子样，而我包的饺子个个像包子。像包子一样的饺子煮起来很费劲，其他皮薄得都快化汤了，它还沉在锅底浮不起来。

父亲是个急性子，吃饺子时也是这样。本打算斯文一下，慢慢品尝，无奈他老人家一个劲儿地催："快点儿吃！不然拜年的来了咱们还没收饭桌！"不是父亲小气，怕拜年的来了吃我家的饺子。这是民勤人的讲究，民勤人以勤为荣，开头的第一天，一定要赶早。拜年的来了要另摆酒席，如果客人上门你连饭也没吃完，人家会认为你不够勤快。

话音未落，拜年的呼啸而来。一群半大小子，都是我的堂兄弟。屋里跪下一大片，有六子、俊子、锁子、果园、后生。磕一个头，齐声说："三爹过年好！"再磕一个头，齐声说："三妈过年好！"民勤人家的孩子，就是这样给长辈拜年的。没吃饱也只能放下碗筷了，因为他们是拉我入伙的。于是一帮人走东家串西户，集体大拜年，整个大年初一没个停歇的时候。去了长辈家就磕个头，去了平辈家就问个好。

后来成家了，各自单干。有时间就多走几家，没时间就少走几家。能够年年坚持挨家拜年的，只有一个人，那就是二猴。他是我的远房堂兄，有些智障，一直单身。2011年春节，我回家过年。因为有急事要赶着回来，买了初一下午的飞机票。机场离家远，早晨吃过饺子就出发了。刚出村口，看到二猴戴着一顶大棉帽走过来，帽檐忽扇忽扇的，不住地上下摆动。妻子问："这个人是谁？怎么这么面熟？"我说："这是二猴哥，每年出门拜年最早的。"二猴对送行的父亲叩头，对妻子说："兄弟家过年好！"紧紧拉着我的手说："哥养了一群羊，回家给你杀羊。"

写于2015年5月31日

第三辑：那人那事

36. 领航者

　　"北京"这两个字，我是从四爹那里知道的。在我没上学的时候，四爹经常对我讲，他有一个同学在北京，但是北京是什么样子，我根本不知道。那个时候我去过的最大"城市"是太阳庙乡，而且也没去过几回，每次都是死缠硬磨，父亲的卖粮骡车在前面跑，我在后面跟，县城陕坝在我心中也是一个遥不可及的影子。

　　上小学了，课文里学到《我爱北京天安门》。四爹对我讲，他的那个同学就在天安门附近工作。四爹学习非常勤奋，他在生产队一边铲草一边读书的故事在西沙窝一带广为流传。四爹是全家族第一个到城里工作的人，四爹工作的陕坝是我们家乃至西沙窝一带所有小孩心中的共同梦想。四爹的一言一行我们都刻意模仿，甚至也是西沙窝一带所有小孩的学习对象。有一年春节，四爹带着家里人到爷爷家过年，带来二尺长的一条冰冻大鲤鱼，还有十几本《小学生作文》。奶奶煮了一锅面，四爹把鲤鱼斩成小人书一样大的方块放到锅里和面一起煮，煮好后给每个人的碗里夹了一块鱼肉。家里平时也吃鱼，但都是我们这帮小孩下河沟摸的几寸长的喂猫鱼，不仅肉少而且刺多，嚼来嚼去，没尝到鱼味反被扎了一喉咙鱼刺。四爹带来的这条鱼可是不同了，不仅肉厚，而且刺少、刺粗、刺硬，咬起来竟有一种啃猪骨头的爽快。

　　爷爷家的人口多，三代同堂，每人一碗鱼肉面下去，已见锅底，我们只能吧咂着嘴唇，细细回味大块鱼肉的香味。我对四爹说："我还想吃鱼肉。"四爹说："好好学习，将来进城自己买吧。"说罢，四爹摸了摸我们几个小孩子的光脑壳，站在爷爷屋子里一进门摆的那张红躺柜前，指着上面悬挂的相框里的一张黑白双人照说："这是我和志今上学时照的相，人家念的书多，一毕业就在北京工作，你们一定要多念书。"

春节过了，四爹回陕坝上班了，我的心中空落落的，好像丢失了什么东西。在同伴们约我外出玩耍的时候，我摇头拒绝，终日趴在爷爷的红躺柜前端详照片。四爹是清瘦的，四爹说的那个志今叔叔也是清瘦的，两个人都是颧骨突出、棱角分明，但是挨着四爹的志今叔叔似乎更有个性。"陕坝""北京"，这几个距离西沙窝遥不可及的名词，一个个像我所熟识的黄萝卜、青萝卜一样有了具体的形象，时而沉浮，时而跳跃，在我的大脑里翻江倒海地滚动起来。

上小学三四年级时，我问父亲："太阳庙乡一年能考出几个学生？"父亲说："也就一两个。"我心里紧张了，默默地盘算，全乡有十几所小学，而我在新建小学也很难考到一二名，怎么能考到陕坝和四爹所说的志今叔叔工作的北京呢？于是我非常惶恐，怕自己继续留在村里种地，怕自己永远都去不了四爹给我们讲述的那个地方。

小学毕业，大人安排我到陕坝上初中。这是我人生中第一次真正意义的进城，也是第一次体验城市的生活。四爹带我逛街，看着陕坝的车水马龙，我驻足于街头不忍离去。四爹单位是一栋两层楼，我不停地爬上又爬下，台阶宽楼梯平，脚掌踩在上面"嘎登""嘎登"地响，比平日上房掏麻雀爬梯的感觉惬意多了。陕坝百货大楼外面看像是六层楼，可是在里面爬楼梯却只有四层，不知道是我数错了，还是没有爬对。

四爹拧了一下我的耳朵，对我说："不要来个陕坝就扬扬得意，你志今叔叔现在去深圳工作了。"我问四爹："深圳在什么地方？"四爹说："在广东，是经济特区，究竟是什么样子，我也不知道。"

尽管受到四爹的训斥，但是我也有一个意外的收获。在上地理课时，相当一部分同学把"深圳"读为"深川"，而我却读出了正确发音，由此而受到老师额外的鼓励和称赞。在初二学期末组织的历史地理会考中，我成为全年级分数最高的人。

为了能早就业，减轻家里经济负担，大人让我考了中专。四爹送我到呼和浩特上学，他看我神情有些落寞，鼓励我说："你还有一个围墙外的大学可以上。"我问四爹："是什么大学？"四爹说："是自考。"帮我办完入学手续，四爹要去火车站坐返回的车。我要送四爹到车站，四爹说："时间还早，你不熟悉路，我一个人去吧。"看着四爹缓缓前行的身影，看着身边一片陌生的街道和人群，我的眼泪忍不住往下掉。在我快要哭出声来的时候，四爹掉转身来对我说："记住！这里离北京已经不远了！"然后，他大踏步地向火车站方向走去，再没有回头。

在我上学时，我们家经济非常困难。爷爷、奶奶同时瘫痪在床，生活完全不能自理。大爹、二爹、父亲一边种地，一边伺候老人，四爹在工作和生活上都遇到一连串的打击。他们当时没有同我进行过交流，但是我知道他们的苦楚。按照四爹的嘱咐，我一边上中专一边参加自考，在读中专时拿到中文自考专科毕业证，随后又拿到中文自考本科毕业证，在围墙外实现大学梦。之后又自学法律，通过国家司法考试，拿到国家法律职业资格证(A证)。记得在我自学"中国现代文学作品选"这门课，看长篇小说《黄河东流去》时，四爹对我说："你志今叔叔和这本书的作者一块儿工作。"于是我把书放在枕边，呆呆地想，和著名作家在一起工作，会是什么感觉？

尽管我从来没有见过志今叔叔，可是在我心目中，他已经是一位至亲的亲人，他和四爹一样，都是我的指路明灯，一个在远，一个在近。2000年10月，我第一次进京，住在国家林业局招待所，考察一种叫"北京2000杨"的树种，打的本不必经过天安门，我对出租车司机讲，你带我们在天安门广场兜一圈，费用我出。同行的人都说我想看天安门，不知道我其实是想看志今叔叔工作的地方。2006年7月，我到西宁参加西部五省区机关党建理论研讨会，适逢青藏铁路开通，一行人乘火车进藏参观。在车厢里我看到一张人民日报，上面登载着一条消息，全国文代会召开。仔细阅读，发现志今叔叔当选为全国文联副主席、书记处书记。我目不转睛地把这条消息前前后后看了三遍，然后给四爹发了一条短信，开头是"告诉您一个好消息"。2008年8月，我参加公选从河套调到广东工作，报到后的第一件事是带家人到深圳参观，看看四爹当年常对我们讲的志今叔叔待过的地方究竟是什么样子。

有人说："选择和谁同行，就选择了行走的方向，与谁一直同行，你就会成为谁。"可能是冥冥中自有安排，当年懵懵懂懂的小屁孩，成年后竟然和四爹、志今叔叔干同一项工作。前几日到北京开会，忽然萌生了拜访志今叔叔的想法。可是仔细一想，又觉得不大妥当。且不说志今叔叔身居高位、公务繁忙，就算畅叙乡情，可我也与他从未谋面呀！

打电话不妥，到单位门口打听更冒失。眼看会议期满，我的心情越来越焦急，在上午临下班的时候，我发了一条短信。短信的内容是我十年前就想好的："志今叔叔您好！我是杭后太阳庙乡的晚辈，到北京开会，想去看看您……"

不管志今叔叔能不能看到，但是我的心愿表达了，也算是对引领我前行将近30年的两位长辈的一个汇报和交代。本以为人海茫茫，杳无音讯，不料在下午五时许，我接到部办公厅的一个电话，说："志今同志邀请你明天下午四点到部里做客，看你有没有时间？"

没去过部里，第二天中午两点多，我就打的从酒店出发了。一路畅通无阻，到了部里还不到三点。在大院里转了转，看了看风景，就到传达室办理出入登记手续。秘书对我讲，我去看看领导忙不忙。一会儿，他回来了，对我说，领导请你现在就过去。

原来志今叔叔的办公室就在对门。推开门，志今叔叔已经站在门口迎接了，一位身材高大、文质彬彬的中年人，既没有我幼时看的黑白相片上那么年轻，也没有我想象中这个级别的领导那么老。也许离乡太久，志今叔叔的家乡话已经不是很流利了，但是他对家乡的关切和对晚辈的关心完全溢于言表。聊学习、聊工作，一大一小聊了一下午家常，不知不觉聊到下午五点多。在五点十几分，秘书敲门进来，拿进一叠待签的文件，并对志今叔叔说，有一个人让他回电话。

我也是在机关工作的人，知道事情的轻重，连忙起身告辞。临别又向志今叔叔提了一个非分要求，想和他合个影，回家让家里人看看，志今叔叔愉快地答应了。志今叔叔说："今晚还有任务，下次找机会再聊吧，顺便代我向家里人问好。"于是我轻掩房门，离开志今叔叔的办公室，此时已是五点二十分。

四爹和志今叔叔也是布衣之交，而且由于距离遥远，多年没有见面。更何况我这个从没有见过面的同学侄子，一个基层文化工作者。说实话，在见到志今叔叔前，我的心情是忐忑的。

或许是心有灵犀，没想到相差20岁的两代人，竟如老友相逢，一见如故。感谢领航的长辈！你们永远是激励晚辈前行的不竭动力！

写于2014年4月3日

37. 我买《西游记》

《西游记》是我买的第一本书。

小时候非常喜欢看书，但是没钱买书。在不识字时，每当爸爸从外面借来《呼延庆》《薛刚反唐》等评书，我就缠着让他讲书里的故事。后来上小学了，识俩字儿了，就给那些有小人书的高年级学生做跟屁虫。为了借人家的书，厚着脸皮不停地向人家说好话，不厌其烦地叫人家哥哥姐姐。但是农村学生手上的书籍资源毕竟有限，全校学生也就那么十几本，没过多长时间就没得看了。偶尔的一次，我发现乡供销社有一排货架上摆了几层书。那时不像现在的开架售书读者可以自由取阅，在书架前有一个宽约一米的柜台，柜台中间站着一个售货员，柜台外买书的人与书之间约有两米的距离，只能睁大两个眼睛看书皮。我每次都是假装买书，央求人家把书拿下来给我看。翻阅几十页后售货员就连连催问，娃娃你买不买，不买就别看了。然后我就涨红了脸，再怯生生地把书还回去。不过还好，这些书我大多数都看不懂，也没有造成太大的遗憾。

大约是在上小学三年级的寒假，我发现供销社里来了上下两册的《西游记》，厚厚的，像两块砖头。我又厚着脸皮假装去买书，趁乘人家不注意看个痛快。可是售货员识破了我的心思，说总共是两块七毛钱，不买就别看了。那时《西游记》电视剧正在播出，虽然我们村没有通电看不到，但是四姑家住的村子通电了，我去四姑的邻居家看过。《西游记》这本书对我的诱惑力实在是太大了，有一天晚上我居然做了一个梦，梦到我像孙悟空一样缩小身体钻进了供销社的门缝，从书架上取下了《西游记》，正当我欣喜若狂打算把书带回家的时候却发现法术不灵了，书也塞不出去，人也钻不出去，着急得就像热锅上的蚂蚁，出了一身大汗，最后从梦中惊醒。

那个寒假我对玩都不感兴趣，终日想念着上下两册的《西游记》。过年的时候，终于有了转机。正月初一姥姥给了我一元压岁钱，可还是不够。于是我盼望爷爷也能给我压岁钱，可是爷爷没给。在初三的晚上，二舅看到我和大舅家的表弟在一起玩，给了我一元钱，给了表弟两元钱。我心里有些委屈，为什么两姑舅不同样看待呢，如果也给我两元，我就能买《西游记》了。唉！表弟还比我小九个月呢，就因为我是农村娃娃，人家是城里孩子。正当我暗自悲伤时，二舅又出乎意料地给了我一元钱。哈哈！买《西游记》的钱凑够啦！第二天清晨我从姥姥家骑着自行车一路狂奔来到供销社，可是等到下午也没开门。之后的几天我都是住在姥姥家里，生怕回家后压岁钱被妈妈收缴。每天早早地赶到供销社，生怕《西游记》被别人买走。终于有一天，供销社开门了，我买到了《西游记》！回家后妈妈发现了书和我兜里的三毛钱，问了情况后居然没有责骂我。

那个春节过得实在是太幸福了！我天天都捧着吴承恩写的这本著作看，尽管古白话文有些看不明白，但无大碍，因为孙悟空的形象早就跃然纸上，浮现在我的脑海里了，不消用太大太多的工夫去琢磨。大约是在正月十五的时候，表弟约我一起到供销社买东西，他用他的全部积蓄买了一个鸡肉罐头，说是看到别人吃得很香，一定要买一个尝尝。罐头瓶是玻璃的，我俩用菜刀把罐头盖切开后放在板凳上开始小口小口地吃。表弟一只手翻《西游记》，一只手用筷子夹罐头里的美食，结果不小心把罐头从板凳上碰掉了下来。我俩的心情十分紧张，估计玻璃罐头瓶掉在地上肯定打碎了。不料天佑馋人，罐头瓶竟然掉在了板凳中间的横梁上，稳稳当当地立住了，没有打碎。经此一劫，我们不敢再大意了，把书放在一边，开始专心致志地吃罐头。

表弟回家时把我的《西游记》借走了，后来又转借给了二舅。在我向二舅索书的时候，二舅说《西游记》放在煤油灯下，夜里耗子把煤油灯蹬翻了，煤油把书背浸泡坏了，胶开了，书全成散页了。我不相信，以为二舅要霸占我的书。到二舅家的窗台上查看，我的《西游记》就像在通天河里打湿的经卷一样，一页一页地在那里晒着。

　　这该死的耗子！

写于2012年12月7日

38. 追电影

　　在我小时候，能看一场露天电影是最大的享受，那种喜滋滋的感觉甚至超过过年。

　　我们村是在我上小学三年级的时候才通电的（二十世纪八十年代中期），平日村子里在晚饭后就死寂寂的漆黑一片了，听不到半点声响。遇到电影队来放电影的时候，村子里就立刻闹腾起来，锄地的早早收工了，放羊的在使劲鞭打着牲畜，生怕羊群走得太慢耽误了看电影。八九岁的孩子连家庭作业也不写了，早早地跑到放电影的晒谷场上抱一个土坷垃占座位，生怕来迟了挤不到前面看不清楚。电影还没有开始放映，银幕前就挤满了人，本村的全体出动了，邻村的能走动的能跑动的也全来了，霎时间鸡飞狗跳，人声鼎沸，村子里变成了一个欢乐的海洋。

　　我看过的第一场露天电影是《嫁不出去的姑娘》，故事大约说的是村子里有一个长得很不错的姑娘，但是她家里人老是向提亲的小伙子家要财礼，最后搞得这位姑娘嫁不出去了。放这个电影时正是冬天，我还没有上小学，故事情节对小孩子没有什么吸引力，我坐在一个大土块上迷迷糊糊地睡着了，先是觉得西北风吹得身上很寒冷，后来又觉得很温暖，醒来发现是我们村的一个邻居家孩子的三姑把我搂在怀里。河套农村的孩子嘴甜，娃娃对大人是没有直接称名道姓的，对和自己爷爷同龄的就叫爷爷，对和自己父亲同龄的就叫伯伯叔叔，这位姑娘是我的玩伴的三姑，我也跟着叫三姑。正好这位三姑家里的情况和电影上讲的很相似，有同村的一位男青年经常到她家里帮忙干农活，可是因为拿不出财礼，女方就是不肯许聘，人们也私下里叫这位三姑是"嫁不出去的姑娘"。可是我看三姑和电影上的人一点也不像，纳闷三姑怎么会嫁不出去呢？

我看过的第二场露天电影是《少林寺》，那个场面真是震撼，我们这群孩子都是挤到放映机跟前看的。我们对少林和尚崇拜得简直是五体投地，村子里的几个大孩子从家里偷了钱，坐上火车跑到郑州去学武艺，我的二堂兄也想去，可是没有搞到钱只好作罢。我们这些小屁孩也想到少林寺学武艺，可是一不知道少林寺在哪里，二是手上连一毛钱也没有，偷大人柜子里的钱又没有胆量。于是我们都让大人剃成光头，忍着剧痛互相让对方用烟头子在头皮上烫点点，先是每个人在头上烫了三个点点。过了几天，比我小九个月的姑舅兄弟说他发现电影里头顶烫三个点点的都是坏和尚，烫五个点点的才是好和尚，于是我们又开展了第二轮的烫头行动。可是时隔不久，又有伙伴有了新发现，说方丈是烫的九个点点。前面烫了两次已经忍受了极大的疼痛，再烫四个点点我们实在没有勇气，只好暂时不当方丈，从普通小和尚做起先把功夫练好。没有什么练功夫的器具，就用手掌砍土坯、砍砖头，绝大多数人是砍不断的，偶尔几次有人把砖头砍断了，也立刻被大人狠骂一顿。说砖头是用来铺地用的，谁要再胡闹，就把谁的屁股打得开花。没办法，只好空手对练，但是没有老师教，只是胡乱地摩拳擦掌，终是不成章法。到上初中的时候，看到一篇文章说唐朝时和尚头上是不烫香疤的，才知道我们的头都白烫了。这个李连杰，整整忽悠了我们一茬人！

露天电影是我们的免费大餐，但是那个时候放露天电影生产队要向电影队付钱。在生产队不向电影队付钱的时候，电影队就在旧学校教室里放电影，进去一个人收两毛钱。旧学校已经废弃了，椽檩已经全拆了，没有屋顶，和在空地上露天放映是一样的，只是多了四堵墙。我当然是没有钱买票的，但是对旧学校教室里的"咚咚"声又十分向往。爸爸耐不住我和弟弟的死缠烂磨，就带我们两个去看电影。当时爸爸当了村委会主任，放电影的人认识他，没让我们买票就把我们放进去了。记得教室里黑压压地挤满了人，放的是《解放石家庄》，枪声炮声打成一片，像炒豆子一般响个不停。

看到放露天电影能挣钱，姥姥村里的一个青年农民花了五百多块钱买回一台十四英寸的黑白电视机摆在自家院子里放电视，还买了电瓶隔几天去城里充一次电。他守在门口收门票，看一次一毛。电视的节目天天都是新的，收费又便宜一半，他的生意当然很有竞争力。我们这帮孩子仍旧没钱，不过没钱并不影响我们看电视。我们等他在门口收钱忙不过来的时候，就从他家粮仓下的洞口里钻进去。河套地区为防止粮食受潮，农民在地下垒许多砖石，把粮仓建在砖石之上，砖石之间有孔洞，鸡狗和小孩可以钻过去。那时正播放《射雕英雄传》，在郭靖黄蓉的感染下，我们这帮小家伙又掀起了新一轮的练武高潮。成年后我调到广东江门市工作，谭咏麟、黄日华组成的明星足球队好几次到江门踢足球，可是每次我都是在人家踢完后才看到新闻报道，非常懊恼主办部门为什么不提前发消息，害得我误了和"郭靖大侠"见面的机会。

这个青年后来和他的电视机一同搬迁到其他地方发展了，我们村又恢复了从前的沉静。队里没钱，不能经常放电影，我们就成天打听周围的哪个村子放电影。打听到了不管路途遥远，也不怕野狗撕咬，十几个孩子结伴同往，呼啸而来，呼啸而去。有一次听说邻村放电影，可是我们去了之后把这个村子的前前后后都找了个遍也没有发现放电影的踪迹。这个村的大人以为我们是来偷西瓜的，询问我们要干什么。我们说来看电影，大人说放电影得花多少钱，哪能给你们天天放电影。我们村后的林队主要是育苗造林的，只有十几户人家，凑不起放电影的钱，这个村的大人娃娃就沾我们村的光跑到我们村看电影。但是我们是不会让他们白白看电影的，往往是三五成群站在村口把他们挡住。因为他们村的树林多、柴草多，平日总不让我们村的人在他们村砍柴割草。没办法，电影的诱惑力实在太大，林队的人屈服了，跟我们村的人讲，你们同意我们看电影，我们同意你们割草。于是两个村子多年都没解决的纠纷被一场电影化解了。

或许是冥冥中的安排，2008年我参加公选考试从内蒙古调到广东省江门市文广新局竟然分管了广播电影电视工作，其中农村电影放映工程就是由我亲自抓的。想想儿时追电影的一幕幕，看到今天流动银幕下农民和外来工那一张张满足的笑脸，神圣的感觉油然而生，这使我不敢有片刻懈怠，激励自己一定要尽最大努力落实国家文化惠民的要求，一丝不苟地做好广电公共服务工作。

写于2012年11月18日

（获广东省总工会南方工报社"十年巨变有你有我——学习宣传贯
彻党的十八大精神"主题征文三等奖）

39. 偶遇"钻山豹"

前次应摄制组之约，我到开平半岛酒店参加大型电视连续剧《浴血重生之碉楼传奇》开机仪式。

说好是上午11点开始，我怕路上堵车误点，九点零几分就从江门出发了。没想到迟起之人竟赶了个早，等我赶到半岛酒店三楼中国厅时才十点半。大厅里空荡荡的，几位工作人员正在收拾会场，主位上坐着两三位客人，坐在正中间的那位留着板寸，穿着黑毛衣外套蓝色羽绒服，身体特别结实。我走近一看，餐桌的水牌上写着"申军谊"。

这个名字太熟悉了！刹那间，关于钻山豹的种种印象全部翻江倒海般在大脑里滚动起来。皮肤黝黑，脸色阴沉沉的，连打电话的声音也阴沉沉的。没错！就是儿时看的电视连续剧《乌龙山剿匪记》里的那个阴险狡诈、冷酷无情的土匪头子！

他正坐在椅子上接听手机，我站在旁边一边等一边仔细端详。脸比"钻山豹"胖了，人也比"钻山豹"老了。一会儿，他接完电话了，我走到他身边做自我介绍。他站起身来握着我的手说："你们是不是也参与投资了？"我说："我们是行政单位，是搞服务的。"

过了两三分钟，与会人员基本到齐。在主宾落座的时刻，我回想起当年看《乌龙山剿匪记》的种种情形。当时我正上小学，村子里刚刚通电，电视上正在播放这部连续剧。我家没有电视机，我和弟弟天天跑到邻居家看电视。村里有电视机的人家只有两三户，每天晚上跑来看电视的大人娃娃都把屋子挤得满满的。主人为方便来看电视的观众，只好蜷缩在炕角。

刘奶奶对人非常热情，每次早早打开电视把频道拧到放《乌龙山剿匪记》的那个频道上，还给看电视的人沏好热茶，准备好纸烟，我们这帮混的看电视的小孩饿了，还给烙烙饼。高婶婶对我们也非常宽容，我们趴在电视机前看多久也不管，她看得累了就歪在炕头上睡，等我们看到电视上说"再见"的时候，再帮她把电线拔了，把门关好走人就可以了。屋后的胡阿姨态度较差，看我和弟弟隔三岔五来看通宵电视，就向我们唠叨起来，说你家大人早就说要买电视机，可是两三年也不买，每天扰得人睡不好觉。于是我和弟弟愤而离席，发誓再也不去她家看电视。过了两三天，又到了《乌龙山剿匪记》开演的时间，刘奶奶和高婶婶家都锁着门。怎么办？不去吧，就把几集误了，谁知东北虎和钻山豹、田大榜打得怎样了；去吧，我俩是发过誓的。最终还是冲动战胜了理智，我和弟弟又厚着脸皮跑到胡阿姨家看电视。本以为会受到耻笑，不料胡阿姨竟然拿出一碟白糖让我俩吃，她笑着对我们说："《乌龙山剿匪记》早开了，还以为你俩不来了。"

在神游间，我忽然想到应该和他合个影。于是我再次走到他身边，对他说："麻烦和您合个影吧。"他从主桌旁走了出来带我走到背景板前，在拍照时我才发现，他个子很高，足比我高半头。我一边拍照一边给他讲儿时看《乌龙山剿匪记》的故事，他呵呵笑了笑说："我们在开平拍片的时间长着呢。"

约十一点半，开机仪式开始了，在主持人介绍来宾时，他向我点了点头。随后的酒会中，我给他敬了一杯酒，对他讲："申老师，我们这一茬人真的是看您演的电视长大的。"他还是和上次一样，呵呵笑了笑说："时间长着呢。"完全是一位宽厚长者的模样，感觉和那个凶险的钻山豹根本不搭边。

酒会匆匆散了，在返回的路上我仔细回想，时间到底有多长？在不知不觉中，那个电视里的彪悍匪首已经成为和我母亲一般年纪的人，而我这个当年追着看电视的小学生也成为有着同样年龄的小学生的爸爸。

不同的是，那个时候电视机很少也很小，这个时候电视机很大也很多。那个时候的电视剧经久难忘，这个时候的电视剧则大多如过眼烟云，转瞬即逝。

向在光影流年里赢得永恒的艺术家致敬！祝愿申军谊老师领衔的《浴血重生之碉楼传奇》同《乌龙山剿匪记》一样精彩！

写于2014年3月11日

40. 游之泳之

说起游泳，我就是半瓶醋。

说不会呢，有点儿脸红。土生土长的后套人，打小就在沟渠里泡着。没老师也没教练，反正到了水不凉的时候，一帮顽童像下饺子一般扑通扑通跳下河，没见哪个淹着，也没见哪个呛着。说会呢，也有点儿尴尬。毕竟是师授无门，不成体系，只会程咬金的三板斧。一是扎猛子。闭上眼睛深吸一口气，猛地潜在水底，手脚并用乱扑腾，身体奋力向前，而身后溅起水花一大片；二是狗刨。一个猛子扎个六七米，实在憋得受不了，只好探出头来换口气。这时候再扎猛子已经没了力气，只好双手向后刨，两脚向后蹬。狗刨是谁命名的，不得而知，反正从北到南的人都是这么个叫法。既为狗刨，自然没什么技术含量，在水里划拉十几下，也就没了力气，只好另换动作。这时咱的看家功夫就派上了用场，那就是死人漂水（规范名称应该是仰泳）。这死人漂水虽说名号不雅，但对于初学游泳的人来说却极其重要。相较于前两种，这个游泳姿势是最省力的。如果游至一半体力虚脱，可以伺机把身体仰过来，尽力把四肢潜在水里，仰起头来把鼻孔和眼睛露在水外。但是要绝对掌握好身体平衡，必须四肢伸展平躺在水面上，如若心里恐慌乱扑腾起来，则极有可能鼻腔进水，灌个肚皮朝天。不是吹牛，在上初一时我就遇过险。炎夏里和几个同学溜到排干沟里游泳，初时逞能，用狗刨姿势游到对岸。本想歇一歇，不料同行的几个家伙转过身就往回游，怕人家看出胆怯，也硬着头皮下了水。不料游到河中央时腿抽筋了，一动不能动。

197

想换作仰泳，慌乱中倒喝了几口水。只好再换回原来的姿势，用两只胳膊拼命划水，瞧着距离岸边不远了，把身子沉下去探底，踩了几下都没踩着。原来是刚刚开挖过的河道，没有边坡。在岸上歇着的同学紧张了，高喊："危险！"在水里的我更紧张，那个时候满脑子只想一个问题，无论如何必须游出去，否则就成了水鬼的替身。划拉到岸边，两条胳膊酸麻得一动不能动。好歹捡回一条命来，此后二十多年不敢下水，更不敢野泳。

　　游泳的时候，身子很苗条。多年不游，脂肪一日一日地积累，竟发展成为远近闻名的大胖子。看碧波中荡漾的身影十分艳羡，但想到先前的遇险经历，还是害怕。深水不敢下，找了一处娃娃池从头练。池长25米，水深1.4米。池中有熟人，为了证明自己不是旱鸭子，又使出当年的三板斧。基本技巧依然记得，可是动作起来却力不从心，才划拉三五下，就四肢无力，胸腔憋闷。看来，游泳不单纯是力气活儿。若论力气，同事当中我应该是最大的。虽说没有比过掰手腕，但是从饭量上可以看出来。单位游得最好的那位，每餐只吃两朵西兰花加小半碗米饭，食量不及我的三分之一。这位同事给我讲，关键要学会换气，一定要在水中呼气，水外吸气，他说的是蛙泳的注意事项。

　　初中升学考体育，游泳是其中的一项，要求中途不停歇，一次游够两百米。大家都说这个项目好拿分，所以在中小学生中掀起了一股学习游泳的热潮。我鼓动儿子学，儿子说不敢。我对自己不会的东西向来恐惧，所以在劝说儿子时也底气不足。为了增强自信，在赶他下水时更有说服力，先逼自己真正学会游泳。

　　咱这把年纪，再请一个二十来岁小伙当教练就太矫情了。一边乱扑腾，慢慢往回找感觉；一边瞅水里的人，偷师学艺。一位精瘦的长者游得最好，他一个猛子扎进去，双腿向后一蹬，两脚上下微微摆动，身子像梭镖一样在水底穿行，好像开弓后射出的一支箭。约到泳池的中央，他探出头来换口气，再在水里摆动几下，继续向前蹿。一眨眼的工夫，就从这头游到那头。老者当年是全市游泳比赛的冠军，为人非常热心，说我游得慢是因为没有挖到水，胳膊要由内向外划，脚掌要撑开来向后蹬，这样才能用上力。老者抽空教导我几句，没等我回过神来，他又潜到水底蹿出去了，身子黑黑的，远瞅着像一条乌油油的鲇鱼。

一位四十多岁的壮汉也游得不错，露在水外的是一颗硕大的头颅，还有两只突起的眼睛和两条粗壮的胳膊，极像猿人泰山。技艺虽没有老者精绝，但是四肢收放自如，游得逍遥自在。另有一位中年妇女，脑袋始终不进水，乍一看像狗刨，可是四肢舒展的动作和我所熟识的狗刨相去甚远，能一口气游十几个来回。而我用尽全身力气，也只能从这头游到那头。好多时候游到三分之二时就气喘吁吁，心里直打退堂鼓。每逢此时，脑海里就会浮现幼时在排干沟里遇险的情形。暗自威胁自己，恐吓自己，下面就是深渊险滩，中途停歇就沉底了，于是振奋精神继续向前游去。

以情感之，以利诱之，以险挟之，为了给儿子当好游泳榜样，我用尽威逼利诱之能事，奈何收效甚微。某日泳毕更衣，发现猿人泰山兄出水后如一条直立的鳜鱼，身子微微倾斜，双腿轻轻扭动，两只脚掌落地"啪嗒啪嗒"地响，仿佛在摆动着尾鳍。武侠小说中有这样的描述，练猴拳者终似猴，练蛇拳者终似蛇，莫非学习游泳必须形似起来？

行有月余，而技艺停滞不前。向同事请教，他说他最初也是这种情形，最多游个几十米就上气不接下气，但是练了几年后可以游到一千米。讨教秘诀，他说关键是要自然。我问怎么个自然法，他说就像走路一样自然。于是我努力使自己心平气和起来，双手并拢，双腿伸直，让身体慢慢在水下自由滑行。可是老感觉太慢，身边已经有好多人蹿过去了，于是四肢乱扑腾起来，又进入先前的慌乱状态。老者开导，没人和你比赛，着什么急？

是呀，游泳就是图个自在，干吗着急上火呢？游贵自由，泳在自得。我按照老者教导的那样，缓缓舒张双臂，轻轻摆动双腿，一起一落，果真收放自如，逍遥快活。吸口气潜入水中，呼至一半伸出头来吐掉嘴里的余气再深吸一口，感觉自己的臂膊和腿脚仿佛玳瑁的四肢，慢悠悠地在水里划来划去。不知不觉间，竟然在池中游了六七个来回，两百米的合格线绝对是突破了。看墙上的钟表，简直创了大纪录，原来游五六分钟就筋疲力尽了，这次居然游了半个多小时。

带着一股兴奋劲儿，我继续在泳池里漫游。换衣服时碰到一位老友。老友说游泳减不了肥，他游了三年没见效果。猛然间我想到了什么，问他游泳水平怎么样，他说还可以。我明白了，在我初学游泳时每天累得胳膊酸麻，浑身大汗淋漓，身体仿佛虚脱，要连饮七八杯补充水分。此番牛刀小试，仿佛闲庭信步，不喘气，也不怎么出汗。

看来游泳的健身效果，就在会与不会之间。

写于2015年5月1日

41. 灭鼠三计

我对老鼠的痛恨是从上小学一年级的时候开始的。那年冬天父亲从广州旅游回来给我和弟弟每个人买了一件皮夹克，我和弟弟穿着新皮夹克到姥姥家炫耀。晚上在姥姥家睡了一觉醒来，发现我俩的皮夹克衣兜都被老鼠咬成了蜂窝，原来我和弟弟在衣兜里装了馒头，老鼠偷吃馒头时把我俩的衣兜咬坏了。从这件事起，我对老鼠痛恨至极，从此开始了与其近三十年的不懈斗争。

灭鼠计一：用一颗葵花子支砖头，坐等老鼠上门挨拍，一打一个准，灭鼠的第一重境界是设置陷阱无害化灭鼠。老鼠狡猾又机灵，很难打。用鼠药来毒又有许多后遗症，村子里经常有猪狗猫吃了药死的老鼠口吐白沫痛苦死去的，惹得死了牲畜的人家当街大骂。舅舅教我一个无害灭鼠的办法，拿许多块砖头回来，在晚上睡觉前摆在地下老鼠经常经过的地方，每块砖头用一颗葵花子斜支起来，老鼠闻到葵花子的香味必然来偷吃，它用嘴一衔葵花子砖头就"啪"地砸下来。第二天早上起床来看，凡是倒地的砖头下面必然压着一具老鼠的尸体。我的家乡内蒙古河套地区盛产向日葵，向日葵子（俗称葵花子或者瓜子）大约有两厘米长，半厘米宽，外面的皮层很硬，足以支撑一块斜立的砖头，而且葵花子炒熟后香味四溢，对老鼠特别有吸引力。用这个办法我消灭了很多老鼠，到后来发现，晚上睡觉前立的砖头在第二天早上居然没有一块倒地的，或许是老鼠变聪明了，不敢冒着到虎口拔牙的生命危险来偷吃瓜子，但是自从我连续一个多月用砖头埋伏阵对付老鼠以来，家里的老鼠确实很少见了。

灭鼠计二：天网恢恢疏而不漏，多行不义必自毙，灭鼠的第二重境界是用正义把老鼠逼进死亡的墙角。2008年夏天我由内蒙古调到江门工作，单位安排我在彩虹城七楼的一套住宅里临时居住。彩虹城是一栋老式商住楼，没有小区和物业管理，卫生较差。在搬进去的第一晚我就发现房间里好像有两只老鼠邻居，它们每晚在房间里快乐地唱歌、跳舞，还肆无忌惮地上蹿下跳。我用扫把打过，用拖鞋砸过，都没有伤及老鼠半根毫毛。想过用支砖头的老办法，但在住处附近没有找到砖头只好作罢。有一天晚上我开启空调的时候忽然听到一阵"吱吱呀呀"的叫声，感觉空调外机转动得很沉重，过了几分钟又恢复了正常，我也没有在意。第二天闻到家里好像有死猪的味道，第三天更浓，家里人说可能是露台上死了动物。可是走出屋外又闻不到异味，于是我想到可能是悬挂在卧室窗外的空调外机出了问题。叫电工来检查，结果发现在空调外机里绞死了约有半斤重的一只老鼠。又有一晚，我听到电脑柜里扑腾扑腾响个不停，可是拉开抽屉又找不到东西，我判断是老鼠钻到电脑柜的立柱里了，于是我烧开一壶水，对着电脑柜立柱的开口倒进去，立刻听到几声"吱吱"的叫声。我用一支细钢筋棍捅进去，从底端捅出一只被烫得煺了毛的老鼠。自此之后，家里再没有老鼠出现。两只夜夜扰我清梦、让我无可奈何的可恶老鼠，因为作恶太多，最后都自寻死路。但说实话，用正义的力量请鼠入瓮的方法偶然性实在太大，对老鼠来说无异于对牛弹琴或者与虎谋皮，实际上行不通，顶多是对老鼠痛恨至极又无计可施的一种诅咒吧。

灭鼠计三：及时清理杂物，搞好卫生清洁，灭鼠的最高境界是无鼠可灭。2010年我搬到了新买的房子里，这里有小区有物业管理，公共卫生搞得比较好。我听从了同事不在家里堆积杂物的建议，防盗门由栅栏式的换成不锈钢玻璃全封闭的，凡有读过不用的书报刊或其他杂物都及时清理掉，垃圾随时清扫，剩饭菜及时倒掉并随时装袋清运出去，不给老鼠留半点口粮和生存空间。在新房里居住四年多没有见过老鼠，也再没处心积虑地思考如何和老鼠做斗争，可谓是达到了美美与共、各美其美、人鼠和谐、各居其所、各得其乐的至高境界。

写于2012年6月20日

（获江门日报社江门市爱卫会办公室"我的灭四害故事"征文大赛

二等奖）

42. 灭蚊三境界

提起蚊子，恐怕没有人会为它说好话。1958年中共中央、国务院发出《关于除四害讲卫生的指示》规定的"四害"是苍蝇、蚊子、老鼠、麻雀，后来由于科学家为麻雀"平反"，将"麻雀"改为"臭虫"。但对蚊子这个身材纤细、贪婪狠毒的吸血鬼，迄今为止尚没有听过有一个人为它平反，人人无不欲灭之而后快。

境界一：生物灭蚊。捉蜻蜓到屋里，用蚊子的天敌消灭蚊子，理论上成立，实际上行不通。

小时候在农村住，蚊子很多，和我一起玩耍的孩子胳膊上、腿上个个被蚊子叮得脓包挨脓包，但蚊子好像不咬我。我经常向伙伴们吹嘘，你们的血蚊子喜欢吃，我的血蚊子不喜欢吃。后来发现，人多的时候蚊子确实不叮我，只剩我一个人的时候蚊子照叮不误。一天傍晚，我独自到野外割草，被蚊子狠狠地叮了一顿。脸、耳朵、胳膊、腿、脚丫，只要是皮肤裸露的地方蚊子没有放过一处。蚊子叮得实在受不了，我割了半捆草就往家里跑，跑回家大人没回来开不了门，没办法只好钻到粮仓里，用麦子把全身盖住，只漏鼻孔在外面呼吸，这才躲过一劫。痛定思痛，从粮仓里钻出来想到的第一件事就是报仇。当时村子里对付蚊子的主要方法是点着一堆湿柴火，让它慢慢煨，见烟不见火，用浓烟熏蚊子。但这种办法只能把蚊子熏走，并不能杀死蚊子。我想到了老师在自然课上讲的蜻蜓是蚊子的天敌，蜻蜓的幼虫吃蚊子的幼虫，蜻蜓的成虫吃蚊子的成虫。于是我捉回许多蜻蜓放在屋里，期待蜻蜓为我报仇。但过了几天，发现屋里的蚊子好像既没见多，也没见少，蜻蜓灭蚊的效果并不明显。这些蜻蜓在屋里反而像没头苍蝇一样的东碰西撞，惹得大人极不高兴，于是我的蜻蜓灭蚊计划只好作罢。

境界二：化学灭蚊。药物喷杀，灭蚊效果立竿见影，但药味难闻，对人体有影响。

到后来，"克星"等灭蚊药剂在市场上大量供应了，我灭蚊有了新工具。发现屋里有蚊子，拿起"克星"一顿猛喷，蚊子立刻死得干干净净。有机会向蚊子报仇了，每次三五瓶地往回买，即使是户外的蚊子也照喷不误，对购买"克星"花掉的钱毫不心疼。我不心疼钱，可是老妈心疼钱，老妈老骂我神经。有一天，儿子头晕恶心，去医院检查医生说是化学药剂的影响。老妈说，就是你天天喷药给闹的，闻着那个味儿我都恶心，更别说孩子了。从此吓得我不敢再用喷雾剂了。

境界三：物理防蚊。搭蚊帐、安窗纱、勤清扫、清积水，防蚊重于灭蚊。

人们常说："人不犯我，我不犯人。"可是蚊子这家伙根本不理这一套，它把我停止用喷雾剂的好意施惠当作驴肝肺，甚至是软弱可欺。怎么办，蚊子叮人的习性并没有因为我对它态度的改变有一丁点儿改变。药物不能喷了，就在屋里实行全方位防范，拒敌于家门之外。在卧室挂了蚊帐，装了纱窗，把蚊子钻进来的概率降低到零。清扫卫生，清理积水，鱼缸里的水常换常新，不给蚊子留半点繁殖的可能。这下我和蚊子打了几十年的拉锯战终于暂告一段落，蚊子很少叮我，我也很少去招惹蚊子。

有伟人说过与天斗其乐无穷，与地斗其乐无穷，与人斗其乐无穷。亦有先贤说，居庙堂之高则忧其民，处江湖之远则忧其君，然则何时而乐也？则曰先天下之忧而忧，后天下之乐而乐。我说，打蚊无乐灭蚊亦无乐，唯无蚊，则怡然可乐也。

写于2012年6月

43. 小白

　　阿黄拖个大肚子在大门口转来转去，脖子上的链子"哗啦啦"不停地响。刘奶奶一边倒狗食，一边自言自语："该生了，怎么拖了这么久？"

　　阿黄脾气温顺，毛色油黄，生的狗仔非常结实。每次狗仔尚未出世便被邻居们预订一空，这次也不例外。围观的人说："慢工出细活，没准会生出只狼狗来。"刘奶奶说："只要不是怪物就好了。"不料，竟被她说中了。阿黄这胎竟然只生了一只，纯白的，从头到尾没有一根杂毛。人提倡独生子女光荣，谁知这狗竟然也学着少生优生。令人遗憾的是，阿黄难产死了。

　　刘奶奶身体胖，特别怕热，肩膀上总搭着一条毛巾，不时地擦汗。她为人非常宽厚，待人非常热情。村中孩子放学后挤到屋里看电视，她从来不恼。口渴了，我们要舀凉水喝。她说："喝凉水闹肚子，暖壶里有开水。"倒半杯水后还往搪瓷缸里撒许多白糖。看我们肚子饿了，她就和面给大家烙烙饼。人多，一块烙饼每人撕一小块就分光了，刘奶奶擦一把汗继续烙。

　　刘奶奶在这条小狗身上倾注了与我们同样的爱心，炖的羊肉，煮的鸡蛋，甚至还有在远方工作的女儿捎来的奶粉都喂给了它。这条小狗疯了一般地长，才几个月就和成年狗一般大小，刘奶奶给它起了个名字——小白。

　　小白身子非常灵巧，跳跃起来能够扑到矮墙上站立的麻雀。只是一样不好，这家伙脾气暴躁，听到人声就张牙舞爪狂吠不止，非常令人讨厌。我们去刘奶奶家看电视总要结伴而行，怕被它咬到，得手提棍棒进行防范。刘奶奶后来将拴在它脖子上的皮绳换成铁链，不料它更加狂躁，挣脱不得居然啃咬起铁链来。我们不明白，它这样疯咬是为了什么？是为了表示它看家护院的忠心，还是因为我们争夺了刘奶奶对它的宠爱？

小白毕竟是条狗，不知道凡事要见好就收。后来居然逞能到扑咬路过的小鸡，院子里养的鸡苗被它咬死大半，刘爷爷几次打算棒杀这个孽种，都被刘奶奶拦下了。这时四爹给老爸捎话，想从村里抱领一只狗。老爸找刘爷爷，刘爷爷爽快地答应了。刘奶奶说："阿黄只剩这么一根独苗了，怎么可以送人？"刘爷爷说："它往死咬咱家的鸡还好，咬了别人的鸡谁赔？再说了，人家就向咱们张这么一次口，怎么好意思拒绝？"

老爸正好要开四轮车到城里拉东西，刘爷爷就把小白拉到车斗上，还用铁链把它牢牢拴住。我和弟弟也要去四爹家玩，但是怕狗咬，就坐在车头上。临行时，刘奶奶把小白摸了又摸，还跟我俩交代："不是你四爹要，我真是舍不得，路上要小心它从车斗上掉下来。"四轮车突突地开走了，刘奶奶站在大门口一动不动，眼睛里饱含着泪水。

老爸说坐在车头上不安全，让我和弟弟到车斗里坐。我和弟弟虽然怕狗咬，可是为了进城，也只能硬着头皮与狗为伍了。不料上车斗后，小白变得异常温顺了，脑袋瓜不停地在我们的裤腿上蹭，往日的凶神恶煞模样一扫而光。我和弟弟大胆地摸它的头皮，它竟然伸出舌头舔我们的手心。车子开了四五里路，到了大爹家。大爹说："你四爹刚刚捎来话，说他已经逮着狗了，这条狗不用带去了。"老爸说："那就把狗从车斗上拉下来吧，把拴狗的链子卸下来，刘爷爷还要用。"

小白不再受铁链的束缚了，完全自由了。我们赶它走，想让它自己回家，可是它紧紧地跟在我们身后，寸步不离。四轮车从西沙窝开到太阳庙，走了十几里，小白一步不落地跟在后面。真是好体质，换其他狗早就累趴下了。又走了十几里，到大树湾了，小白开始喘气了，跑几十步就累得低倒头。我和弟弟喊一声，它振奋精神又快跑起来。如是十几次，我们看到小白已经累得上气不接下气了。快到三道桥的时候，小白被我们抛在身后三四百米。我知道，再喊它一声，它会再一次加速奔跑起来，可是我实在不忍心看它活活累死，就没有继续喊。突突向前的四轮车一刻也没有停歇，小白距离我们越来越远，最后消失在一大丛红柳林后。很多年后，我和弟弟讲起这件事。弟弟说，在四轮车转弯的时候，他看到小白从路基上跑下去了，旁边有一户人家。我觉得他说得不准确，因为当时我一眼不眨地盯着小白，小白伸着血红的长舌头，喘着粗气，两只眼睛睁得圆圆的，正哀哀地看着我们……

　　本来进城是件非常令人高兴的事，可是那次我们却没有一点儿兴高采烈的感觉。接下来的路途中，我和弟弟一句话也没说，都在默默想着心事，感觉对不起小白，对不起它对我们的那份信任和倚赖。

　　从城里回来了，刘奶奶问我们小白怎样了。我和弟弟撒了谎，说把小白送到四爹家了，它在那里过得很好。刘奶奶说一定要善待小白，它是个孤儿啊！我和弟弟说，是的。趁刘奶奶不注意，我俩转身擦了眼泪。

写于2014年6月2日

44. 剪纸

有人说，剪纸是妇女创造的。常听老辈人讲："找媳妇，要巧的""不问人瞎好，先看手儿巧"。一看窗子二看帘，看窗子是看剪的窗花，看门帘是看绣花的本事。

母亲不识字，可是对剪纸特别有灵性。那时很少有年画，母亲把红纸折叠整齐，笔走龙蛇般左右开剪，眨眼的工夫抖落纸屑，一个大红喜字或一树梅花便展现在眼前。将剪纸提在手里端详，满意地贴起来，不满意的丢掉重剪。村里没有通电，夜晚黑漆漆的。院里挂起灯笼，昏黄的灯光穿过剪纸变成淡淡的红色，白日里剪的那些花鸟个个灵动起来，好似迎风绽放，振翅欲飞。

鞋子是母亲手工缝制的。做鞋须有鞋样，母亲用报纸剪出鞋底和鞋帮的样子，粘在粗布上裁剪。用糨糊粘几层布，用缝纫机扎的是鞋面，用针锥一针一针纳的是鞋底。粗布纳的"千层底"不能回收，塑料的可以重复使用，鞋底后来改剪车胎。不明白母亲是怎样练就眼力的，从没用尺子量过我们的脚板，可是做出来的鞋子不差毫厘。

农闲时候，村里的妇女聚在一起切磋技艺。西沙窝地理偏僻，交通闭塞，走西口过来的人们对生活有更多想象和憧憬。你剪一个"柿子和如意"，表示四时如意，平安幸福。我剪一个"喜鹊登枝"，寓意喜上眉梢，喜事盈门。她剪一个"双喜"，配以双飞蝴蝶，象征双喜双福，喜气祥瑞。还有人剪一个"四喜莲"，四朵莲花，周边配饰美丽的回形纹，寓意"喜事连连"。一个个造型严谨，富有张力，淳朴、粗犷、简练、明朗，饱含着浓郁的泥土气息和强烈的感情色彩，没有丝毫的矫揉造作。

比我大两岁的堂姐润桃也是剪纸的高手。她幼时发高烧留下后遗症，不会说话，没有上学。和我们交流，总是"呜呜哇哇"地喊，或者用手比画。看我们实在不明白，就拿剪子剪。"噜噜"几下，图案出来了。想说什么就剪什么，剪什么像什么。上劳技课，老师教剪纸。我买了一把刻刀，一沓彩纸，还有一块塑料板。刻来刻去，徒留一地废纸。父亲说，刻啥不像啥，念书的还不如不念书的。我知道，润桃的工具很简单，一把裁缝剪，还有一沓旧报纸。

在2014年江门机车动漫嘉年华(缤果总站)，偶遇展示纸雕艺术的小李。小李说，他在剪纸的基础上推出纸雕。我仔细观赏，发现全是贺卡形式，合上是一个平面，打开是立体的。有用一张白纸剪成的桥梁，折叠立起是一幅轴侧图。有用一根根小纸条搭建的轮船或古建筑模型，不仅要保证迎风不倒，还要保证协调连贯，收放自如。还有在拱门里举行婚礼的青年男女，两个人各站一边等待仪式开始，合上贺卡便拥吻在一起。小李是长沙人，建筑专业出身。我问，做起来难吗？他说，很难，前几年曾向山西乡妪学剪纸。最难学的是她们那个潇洒劲儿，剪纸仿佛不用构思，什么时候都胸有成竹，图案就在脑海里，剪子挥动几下就出来了。不像我们，得一边剪一边构思。

"知之者不如好之者，好之者不如乐之者"。生活是艺术创作的源泉，村里的妇女不懂高深的艺术理论，不知道什么叫刀味与纸感、线条与装饰、写意与寓意，但她们每一天都在用心感悟和表达。她们在裁剪纸张，更是在裁剪生活。我们所追求的境界，不正是这样吗？

写于2014年5月6日

45. 那道坎

因为不会讲普通话，我上学时背了一个沉重的思想负担。

东北来的同学听不懂我的话，只好写纸条和人家交流。我的英语成绩还可以，常被点名回答问题，结果是答案正确，可是发音不标准，老师说"后套"味太浓。我本身内向，再加上语言障碍，愈发羞怯起来。起初是不敢和女生说话，话未出口，人已面红耳赤。后来发展到不敢和陌生人说话，话到嘴边，可是心"咚咚"地跳，根本讲不出来。再后来严重到见了老师也不敢说话了，交流范围局限于本宿舍的几位爷们儿。

这可怎么办？这辈子铁定打光棍了。我祖辈是从甘肃民勤移民到后套的，后套的汉人以山西、陕西籍的居多，我们在那里属于"少数民族"，民勤话是不入流的"小语种"。老师用后套话讲课，我们几个民勤娃子用民勤话背课文。大约用了10年时光，我才真正融入后套话的语境中。从后套考来的其他同学普通话都说得"叭叭"的，还有做了学校播音员的。相形见绌，让我愈发难堪和自卑。常常暗自悲伤，为什么上帝要给我设置这么多的难关呢？

学校里找不到乐趣和自信，到野外放放风吧。早就听说呼和浩特往西十公里的地方有一个乌素图召，上周曾步行前往，可是走了七八公里日头已经西斜了，只好原路返回。这次我租了一辆自行车，向大青山方向骑去。沐浴着和煦的春风，没了校园的抑郁，内心有种说不出的轻松和畅快。我一路狂奔，宛如脱缰野马。前面一伙结伴骑行的中学生被我超过了，几辆拉砖的农用拖拉机也被我超过了。十几公里的路程我没有停歇片刻，一口气骑到目的地。

乌素图召在大青山脚，庙宇很小。随便逛了逛，向寺庙后的山坡爬去。刚开始坡很缓，如开阔的扇面，稀稀拉拉分布几个人，几乎听不到人声。越往上越陡，爬到半坡竟变成一条只容上下两人通行的狭窄台阶。拾级而上，人越来越多，有往上爬的，有往下走的。一个个大汗淋漓，大口大口地喘着粗气。相逢于此的人并没有我想象的拘谨，尽管素不相识，可是都热情地互相打着招呼。爬到前面的人不停地呼喊后面的人："这里的风景更好！加把劲上来吧！"在这样的氛围里，我也增添了许多勇气，一个劲地往上爬，直到能看到呼和浩特全貌时才停下来。

感觉饿了，遂原路返回。在先前的窄路上碰到一对恋人，正犹豫着要下山去，嫌这里太晒了。我大胆地对他俩说："再往上不远有一片茂密的松林，可以到那里歇。"两个人听了我的话，欣喜地手挽手继续前进了。等他们走远，我暗自思忖，怎么如此冒失呢？可是仔细想想，也没什么不妥。刚才是用普通话讲的，并不费力，而且对方也没有嘲笑我的意思。我敢和陌生人说话了，不经意间打破了那坚冰般的心理障碍，轻松地跨过了往日难以逾越的那道坎。继续往山下走，在缓坡上碰到一位老伯，我主动打招呼说："您来爬山呀！"老伯高兴地说："爬山好呀！"山谷中回音响亮，那字正腔圆、浑厚有力的声音不停地在我耳边回荡。

返回的路上，我一边骑车一边琢磨。其实很少有人考究你讲话的口型对不对，发音准不准，过去是我太在乎了。语言这东西，关键看你敢讲还是不敢讲。敢讲，你就可以役使它；不敢讲，你就要被它役使。这世界没有爬不了的山，也没有过不去的坎。

此为二十年前旧事，警之励之。

写于2014年8月10日

46. 菜园墙下

　　我至今记得四爹二十年前手绘的那张地图。

　　按照地图指示，沿着庆丰街水保站东挨着厕所的小巷往南走到菜园墙，再沿着墙根往西走到一条短巷口，发现了并排的两座大门，东边的大门敲了好久也听不到人声。过了一会儿，西边的大门斜斜地拉开了，一位瘦弱矮小的老太太从门缝里探出头来问："你找谁呀？"我说："找我四爹，他在科委上班呢，这里是他家吗？"老太太说："是的，你四爹可能没下班，你来我家等吧。"

　　我向来畏惧城市人，觉得他们冷酷、自私，缺乏人情味，而且高高在上，看不起乡下人。四爹搬家到临河，我一直没来过。他怕我找不着，所以专门画了一张地图给我捎回来。其实临河我也是第一次来，此前都是直接坐汽车到火车站，没有在城里逛过。正怕找错门呢，不料遇到一位好邻居。老太太对我讲："你四爹可忙了，每天回来都很晚。"我询问了一些四爹家里的情况，老太太很了解，看来他们交往得不错。老太太问我："你吃饭了吗？"我其实肚子正饿，可是萍水相逢，怎么好意思吃人家的饭，就谎称吃过了。老太太说："那就吃瓜吧！"转身从凉房里抱来一颗大西瓜，一刀切成两半，从橱柜里找出一把不锈钢汤勺递给我。我一边吃瓜，一边听隔壁大门的响动，可是瓜吃完了四爹还没回来。我要到单位找四爹，老太太说："外面太晒了，你在这里午睡吧，你四爹肯定回来的。"我清晨从村里出发搭四轮车到乡里，从乡里坐车到旗里，又从旗里转车到临河，下车后步行问路，四处辗转，确实有些累了，就脱了鞋上床躺下。睡得迷迷糊糊的时候，听到一些响动，以为四爹回来了，连忙翻身下床。走出屋子，发现老太太正推自行车，准备上班去。我赶忙对她说："不等了，我要去火车站了。"老太太说："那你就去吧，等你四爹回来我告诉他。"

出门后我招了一辆人力三轮车，三轮车夫带我找到四爹单位。可是四爹不在办公室，单位的人说家里有急事，接到一个电话后回乡下了。我知道是什么事了，我就是为这事来的。全身瘫痪的奶奶连续三天不吃饭了，以前喂些甜食她会多少吃一点儿，这次喂水果罐头也不吃了。暑假结束了，我要去呼和浩特上学，父亲让我到临河后找四爹，让四爹回趟家。估计奶奶病情严重了，所以父亲在我出发后又跑到乡邮电所给四爹打了电话。离家时父亲给我安顿，家里的事由大人处理，到临河找到四爹之后就去上学。四爹已经回家了，我不用在临河耽搁了，赶忙走到火车站买车票。下午的车票没买到，买了凌晨的43次列车，一个人坐在候车大厅里慢慢等候，心想幸亏在邻居老太太家吃了半个西瓜，不然根本熬不过来。

到校不久，收到弟弟的来信，奶奶果真在我出发的那天上午过世了。放寒假了，我从呼和浩特回来第二次来到四爹家。这次四爹四妈在家，邻居老太太也在。四妈介绍说，这是邻居大娘。我才知道老太太原来姓温，是二十世纪六七十年代从外省来到内蒙古的兵团知青。刚上班时我住在四爹家里，她常过来和我们一起看电视。四爹、四妈不在时，她还煮饭给我们吃。温大娘嫁女摆酒，四爹、四妈带堂妹、堂弟和我参加喜宴。邻居办喜事，全家吃席外带侄子，估计是临河城的首例。

菜园墙一带是城中村，菜园墙南是大片的菜地，墙北是大片的平房，墙下是一条窄窄的土路。我下班骑着自行车回家，一帮顽童"呼啦"一下围过来，争先恐后地管我叫三哥。堂弟生气地把他们左右推开，强调我是他的三哥，别人不能乱叫。这帮小家伙不知玩什么游戏，"呼啦"一下又散开了。过了一会儿，四爹家的地窖里传来哭喊声，我跑到地窖口看，堂弟和几个邻居家的孩子钻到地窖里爬不出来，我伸手把他们一个个拉上来。

　　河套地区一直有这样的习俗，孩子出生后把他的胞衣埋在自家院子里。我孩子出生时，护士说胞衣要保管好，将来孩子生病了可用来治病。正租房住，就把胞衣挂在炭仓里。不料孩子啼哭不止，四妈得知胞衣在外面冻着，对我说大冬天让人家在外面受冷，怎么能不哭呢？租房的小院是混凝土地面，根本凿不开。四妈说埋在我家院子里吧，这里的泥土能挖开。于是我找了两个大碗，把胞衣放在碗里上下合住，用铁锹挖了一个一尺多深的土坑埋进去。开春的时候，妻子挖来一株桧柏栽在那里。土质好，水也浇得勤，长得非常旺盛。

　　再后来，我在菜园墙附近买了楼房，妻子经常抱小孩找四妈聊天，也和菜园墙一带的邻居成为好朋友，也跟我一起管邻居老太太叫大娘。平房不供大暖，冬天太冷。我从临河搬家到广东后，让四爹从平房搬到我的楼房里住。四妈打电话说，尽管从平房里搬走了，但老邻居还经常来往，特别是温大娘，每次串门都询问你们的情况。2010年冬天回家探亲，雪下得很大，我站在5303工厂门口等公交车，温大娘推辆自行车走过来，看到我后欣喜地问，媳妇回来吗？我说，回来了，在楼上呢！温大娘兴奋地说，我上楼去看看！

　　中午我办事回来，和四妈聊起来，才知道温大娘也不在菜园墙下住了。温大娘家的院子挺大的，屋子只占了北面的一角。儿子结婚了没地方住，温大娘对院落进行了大规模的规划改造。原来院子是个"二"字形，南边是门朝北开的凉房，北边是门朝南开的正房。现在改造为"三"字形，将南边的凉房扩建，在院子中间盖一间房。"安得广厦千万间，大庇天下寒士俱欢颜"。大娘一家终于住有所居了，我连连称好。四妈说，房子盖好没几天，温大娘的外孙上小学了，女儿女婿在乡下，只能老太太接送。学校离家远，温大娘只好在学校附近租房住。温大娘每次来串门都说楼房好，既暖和，又干净。一帮老邻居聊天的话题只有一个，那就是盼望菜园墙下能够早日拆迁改造。

　　过了不知多久，街坊们终于打听到了拆迁的消息。为了多计算些面积，温大娘将院落由"三"字形改造成"E"字形，在靠边的地方加盖走廊，将上中下三间房连接起来。老两口每天用皮尺丈量房屋占地面积，老头子说老太太量得不准，老太太说老头子量得不准，两个人为此不停地争吵。祖孙三代七口人其实是三户人家，老两口一家，儿子儿媳一家，女儿女婿一家。可是不论怎么丈量，也只够换两套房。怎么办？要么把院子改造成"日"字形，可是一边挨着四爹家，这样就挡了邻居的光，只好作罢。女儿一家怎么办？虽说"嫁出去的女儿泼出去的水"有些生硬，但是儿子和女儿毕竟不同，到时候能争取三套算三套，争取不到也只能另想办法了。

今春我回家探亲，又一次来到菜园墙下。那道矮墙还在，墙下的平房已被拆得七零八落，四周还围着隔板。我沿着土墙西行，走到尽头终于发现一处豁口。钻进去发现，不仅四爹当年给我画的那张地图上标注的小巷踪迹难觅，连四爹家所在的位置也找不到了，遑论妻子当年栽种的那株桧柏。居民区中间一带被铲成一块大平地，往北和往东还有一些零散的断壁残垣，可是距离菜园墙已远，那些地方估计没有我的足迹。

这次没见到大娘，四妈说，可是给害惨了。房子拆掉几年了，可是因为房地产行情不好开发商迟迟不开工。拆迁时两家人都能补两套房，咱们要了一套，剩余的要了钱。大娘全部要了房，到现在新楼房不见影，光租房就花了十万多。

菜园墙下，不仅有街坊们的安居梦想，更有邻里守望的美好回忆。想起大娘兴冲冲想住新楼的样子，我十分难过。

写于2014年5月1日

47. 难忘乌拉山

　　参加工作以来不知出差多少次，或者开会，或者考察，或者参加培训学习，鲜有记忆深刻者。但是乌拉山林场这个名不见经传的地方，却深深地印在我的脑海里。尽管调离林业行业十多年了，但是至今久久难忘。

　　那是1998年夏天，我分配到内蒙古巴盟林科所不久，在科研办化验室工作。标本好多年没更新了，单位领导安排主任带我和几位同事到乌拉山林场采集标本。乌拉山林场在乌拉特前旗境内，主峰大桦背的风光十分优美，此前曾在摄影展览上看过图片。面对生平的第一次出差任务，心情非常激动。主任是当地人，临行前特别交代我一定要多带几件衣服。心想炎炎夏日，热得浑身冒汗，何必多此一举。

　　第二日清晨，我们从临河乘公共汽车出发了，主任看我一身短打，没再说什么。行至中午，车子在一个小镇停了下来。主任说到站了，我迷迷糊糊地跟着他下了车。抬头看路边的站牌，写着"白彦花"三个字。我不解地问他，不是到乌拉山林场吗？怎么在这里下车了？同行的人哈哈笑了，我方才知道乌拉山林场并不在乌拉山镇，而是设在白彦花镇。下车后没走多远，就到了乌拉山林场。场部设在公路边，距离110国道路牙不过十几米。门朝南开着，院子里绿意盈盈，花香馥郁，挺立着几十株高大的柳树和油松、桧柏，栽种着许多花灌木，一前一后坐落着两大排平房。场长是位蒙古族老人，听到我们的脚步声后急匆匆地从办公室里走出来。他紧紧攥着我们主任的手说："等你们一上午了，快去吃饭吧！"

吃饭的地方就在场部大门口，是迎街的一家小店，店铺里摆着三四张桌子和十几把椅子。心想素昧平生，冒昧来扰，能接待就不错了，不能苛求太多。主任看出我脸上的犹疑，呵呵笑着对我说："有一样河套名菜，你听说过吗？"我问他："什么名菜？是河套硬一盘吗？"所谓河套硬一盘就是腌萝卜，河套地区种庄稼一季有余而两季不足，偏偏这萝卜的生长期短，夏收小麦后翻地撒子即可大获丰收。乡人有谚："割了麦子种菜，球事不害。"一不占地，二不担产（交税费），故种植面积极广，产量极大，当然价格也极其低廉，甚至比草还便宜，所以饭店食堂大量腌制，用之免费待客。主任莞尔一笑："是猪肉勾鸡！"亲不过的姑舅，香不过的猪肉。我忽然想起来，白彦花最出名的就是猪肉勾鸡这道菜。闲聊了十几分钟，堆得满满的几大盘子猪肉勾鸡上桌了，泛着清白的粉条，金黄的土豆，切成方墩方墩的豆腐，还有被油煎得外焦里嫩、闪烁着诱人光泽的猪脊骨和鸡大腿，晃得人连眼睛也睁不开。阵阵香气扑鼻而来，直让人食欲大动，恨不得即刻大快朵颐。老场长招呼大家说："走了一上午，大家都饿了，快吃东西吧，下午还要赶路呢！"于是我们不再客气，拿起筷子大吃起来。

猪肉勾鸡平日也吃，却很少有白彦花这里的香味。猪肉和鸡肉倒也无奇，奇是奇在这豆腐上。吃豆腐好似吃肉一般，需要牙齿稍稍用一点儿力才能咬开，特别有嚼劲，不像一般的豆腐软绵绵的一团，吃起来味同嚼蜡。含在嘴里咀嚼几次咽下，口齿留香，香通肠腹，直让人暖洋洋、意绵绵、醉醺醺。老场长说："这里的猪肉勾鸡好是好在这豆腐上，豆腐好是好在这里的水上。"同桌的森林公安派出所所长老班说："这家小店做的豆腐是最正宗的，磨豆腐的水是从山上运来的。因为你们远道而来，所以我们专门在这家店准备了饭菜。"

我知道，这里有好几家矿泉水厂，其中最出名的一家品牌为"大桦背"的就是乌拉山林场创办的。想起身上没带水，就向老场长讨要几瓶矿泉水，以备口渴时饮用。老场长又呵呵笑了："带个空瓶就行了，背上水怕你们走不动。"无非是几瓶水而已,何必如此推辞,心想这老头真是抠门。饭后老场长对我们说:"时间不早了,你们抓紧时间上山吧!"他还有别的事,让班所长开着一台吉普车带我们去。车子从镇里出发,经过一大片戈壁滩,崎岖而行,一路向北。大约半个小时后,车子七扭八扭地开到一处呈扇形分布的缓坡上,班所长说:"前面没路了,咱们步行吧。"

下车后发现眼前的山坡光秃秃的,不长一棵树,也不长一株草,暗地里思忖,莫非走错地方了?班所长看出我的狐疑,笑着对我说:"干旱地区就是这样的,山外无树山里有树,阳坡无树阴坡有树。"一行人踏着块块碎石,缓缓前行。班所长边走边介绍山里的树种,我看着他偷笑,估计他带我们走的这条山沟比他谢顶的脑门好不了多少。走过一座山,转身向后一看,班所长所言果真不虚,各色的灌木乔木,高高矮矮,密密麻麻,生机葳蕤,而脚下泉流淙淙,俨然一幅绿色画卷。我要动手采集标本,班所长说:"前面更多,现在采了背进去还得背出来。"

只好听他的话,继续往前赶路。平日不怎么爬山道,山沟里走了一阵,竟出了满身汗。午后的阳光,兀自毒辣,晒得人愈发口渴。想起老场长只给空瓶的吝啬做法,更加恼火三分。班所长用手掌擦了一把额头上的汗水,问大家是否渴了。我们几个说:"出门时忘带水了。"班所长咧开大嘴,哈哈笑道:"水就在咱们脚下!"原来"大桦背"矿泉水就是采自这条溪流,怪不得老场长让我们带空瓶。大家先俯下身子洗脸,然后手掬流泉痛饮起来。清泉自口入而畅及全身,清甜!甘洌!痛快!舒爽!这种感觉非亲饮者不得知!

喝饱了肚子,大家坐在一块大石头上休息。阵阵山风吹过,两三只鸟儿在"啾啾"地鸣叫着,感觉身上的皮肤全部张开了,每一个毛孔都在幸福地享受着大自然的赐予。我羡慕地对班所长说:"你们真好!"班所长不以为然地说:"你是刚进山的缘故,多待两天你就知道了。"一句话惹得班所长不高兴,望着他阴郁的脸,我不敢再出声。

一行人又走过了一架山梁，班所长指着前面的一排棚圈说："这是我们的一个护林点儿。"望着棚圈，少言寡语的老班打开了话匣子。原来这里是一处羊盘，牧民倒场后林场派人修缮，做了护林员值班室。本来就是羊圈，所以羊粪积累特别多，院子里是一两尺厚的羊粪，屋子里也是两三寸厚的羊粪，林场六个青壮年用了三天时间才清理干净。就这样还不行，还是满屋子的羊粪味，因为当地缺乏建筑材料，牧民就把羊粪踩实了当砖头盖房子。老班说："夏天还好办，冬天就麻烦了，天再冷也不能生炉子，火花溅开会连人带房全烧了。"我是河套长大的，知道塞外冬天的寒冷。听了老班的话，我默不出声了。

　　班所长顿了顿，继续给我们讲："冷不算可怕，可怕的是狼。"一听有狼，我紧张了。班所长说："狼那家伙真瘆人，两只眼睛蓝幽幽的，盯着你一动不动，看把你吓傻了，它才扑上来。"我问他遇到过狼吗，他说："遇到一只孤狼，不过那次我们是两个人同行，狼和我们对峙一会儿跑掉了。"班所长指着门板上的挠痕说："这就是狼爪子挠的，想撬开门找东西吃。"看四周的树木黑压压的，我们都打起了哆嗦。班所长为了舒缓大家的紧张情绪，说这山里的狼是夜晚出来活动的，白天很少见。

　　空山里的回声很大，我们怕把狼招来尽量小声说话，采集标本时也特别地小心翼翼。班所长看我们紧张过头了，做起导游来，指着一座像手掌的山峰说这是五指峰，指着一汪碧波说这是望月潭。身处险境，游览风光的心情已经一扫而光，只盼早早出山。班所长也懊悔起来，说早知这样就不说这些了，他们天天爬山头难得碰到个人，所以啰唆多了些。

　　返回的途中，我方得知班所长家在临河城里，在这大山里工作十几年了。老场长是大城市下来的知青，按政策本可以回城的，因为舍不得这片山林，所以留下了。班所长说："乌拉山是河套平原的绿色屏障，这些年盗采盗挖的人特别多，看护工作稍稍松懈，就会涌进一大片。"天色渐渐暗淡，山风一阵大过一阵，感觉身体一会儿比一会儿冷。主任说："不听老人言，吃亏在眼前，让你多带衣服，偏偏不听。"说罢，脱下他的外套披在我身上。

行至山口，红日西沉。望着无尽的苍穹，我默默思考，是什么让班所长他们甘守清贫甘守寂寞，与鸟同栖与林为伴？是什么让班所长他们以苦为乐，在茫茫群山里度过一个个难挨的白天和夜晚，直把乱石踩平直把一双双胶底鞋磨穿？是因为夙夜在公的信念支持和那份沉甸甸的绿色情怀，更是因为林场人心同此情、情同此理的守望相助和亲情慰藉。

出得山去，星斗满天。望着山下灯火，"荡胸生层云，决眦入归鸟"的诗意油然而生。月光下班所长那拖曳前行的身影，使踉跄行走的我明白了一个道理：扎紧腰带才能迈大步子，系好扣子才能暖住身子。只要心中的信念火炉不熄灭，暖流就涌动全身，光明就永在眼前。

写于2015年3月9日

48. 夜宿梨园

近读晏殊"梨花院落溶溶月，柳絮池塘淡淡风"，回想起当年夜宿梨园的一段往事。

那是1998年秋，我分配到内蒙古巴盟林科所工作半年多。领导看我手上事情不多，就安排我随一个项目组下去做试验。我本身是在农村长大的，所以对下乡一事并不感觉新鲜。没问干什么工作，也没做任何准备，就稀里糊涂地随几位年长的同事上了车。心想不过凑个人数而已，管他去哪儿呢。

出城往北走，车子沿着柏油马路行驶了一个多小时到了小召镇，出镇后拐上一条土路又摇晃了十几分钟，在一处农家小院门口停了下来。这里只有一户人家，矮矮的一座腰线青砖白灰房，窄窄的两扇木门，周遭扎着用杨柳枝条和沙枣刺搭成的柴草院墙，典型的河套农家院落。大门朝北开着，刚才我们走过的那条蜿蜒土路经过这里向远处延伸去了。主人是一对老夫妻，听到我们推动大门的声音，连忙从屋子里跑出来迎接。进院后发现，虽然房子很小，可是院子很大。屋前是一亩见方的一块平地，虽然没有铺砖也没有抹水泥，可是地面非常瓷实，光泥地上不见半点儿尘土，应该用碌碡滚压过多遍，可见是一户勤谨人家。院子前方用葵花杆儿扎着栅栏，再往里是偌大的一片果园，有果树百多株。细瞅多为苹果梨，还有海棠、山丁子等小杂果。苹果梨又名中国丑梨，个大、汁多、肉脆、味甜，是在杜梨根部嫁接苹果枝条后形成的一种独特树种。该树耐盐碱，抗风沙，御干旱，春开花，夏挂果，秋成熟，河套地区广有种植。早春季节塞外一片枯黄，唯有梨花绚烂，千里飞白，堪称漠南一景。我家庭院也有，只是种不得法，叶黄枝衰，树弱果稀，且多为食心虫所蚀，不似这户人家院里长得齐整。树干高有丈余，胸围逾尺，树冠剪成心形，一个个碗钵大小的梨果，绿油油的、胖嘟嘟的，在晨风里不住地晃动着，不时闪耀着诱人的光泽。

项目组长是位女同志，时年三十多岁。看我看梨看得傻了，呵呵笑着问我："这梨好吗？"我连连应答："好！好！"她说："那带你来就对啦！"此时方才明白，原来所里在这里搞一个名为苹果梨植株产量统计的科研项目，他们是带我来摘梨的。

一行人带着兴奋劲儿，衣服也没换，直接下了田。那结得矮的，就站在树旁摘下来。结得高一些的，就用凳子把脚垫高或踩在梯子上摘。还有一些高高地挂在树冠上，怎么够也够不着的。组长说："年轻人爬树，我们在树下接。"苹果梨千好万好，有一样不好，就是不耐磕碰。对付它不能用打沙枣的办法，如果一竿子打过去，梨果一个个掉下来都摔成稀巴烂。爬树倒也不怕，只是梨树枝条娇嫩，怕踩折了。老大爷看我犹疑，哈哈笑着对我说："不用爬树的，有家伙呢！"他一溜烟儿跑进凉房，取出一根长长的竹竿来，只见那竹竿顶端挽了一个铁丝圈，在铁丝圈上扎了一个蛇皮袋。老人家举起竿子，用铁丝圈轻轻触碰梨柄，"扑通"一声，梨果便掉在袋子里，落得安安稳稳，毫发无伤。

摘了一两个小时，已到中午时分。老大娘招呼我们吃饭，端上桌的是满满的几大盆猪肉烩酸菜。此菜是将刚宰杀的新鲜猪肉片油煎后，加酸菜、粉条、土豆炖熟的。酸菜一般秋后腌制，不过想吃的话，初秋来腌也无妨。粉条和土豆也是现成的，只是这新鲜猪肉就难得了。因为河套冬季寒冷，适合贮藏肉食。所以当地农民杀猪都要等到腊月，那时大地封冻、滴水成冰，猪不肯吃食了，人也需要进补些油水，所以村村摆起杀猪案，户户办起"猪事宴"。河套农民养一口猪不容易，杀猪对农家小户来说是件大事情，所以杀猪时一定要请远亲近邻吃一顿饭，不仅上烟上酒，而且摆满桌子的凉菜热菜，搞得十分隆重，颇有办喜酒的气派，所以称之为宴。这"猪事宴"，压轴的便是猪肉烩酸菜。

受到此等款待，一行人都过意不去。老大娘说："你们辛苦半年了，帮助我们修枝、打药，还给梨套袋，不仅没向我们要一分钱，还尽贴钱，杀口猪有什么？"说话间，老人的儿子、儿媳也带着小孩从城里赶来了。一来吃杀猪菜，二来分享丰收的喜悦。

有生力军加入，我们的速度快了许多。组长吩咐我别再摘果，按照植株号数分别称重，以便计算单株产量和平均产量，并对比套袋和不套袋的果树产量差距。晚间上灯时分，一群人收工回营。新问题出现了，此地前不着村后不着店，只能在老人家借宿一晚。但是人多卧具少，没法睡。老人家里只有一间正房，屋里一盘炕，还有一张单人床。同行的男同事说："想睡的睡，不想睡的玩麻将。"一听玩麻将，劳累了一天神情有些委顿的老大爷忽地来了精神，兴奋地说："半年没打了，手早痒了。"于是支起方桌，噼里啪啦地干起来。起初是一伙人打一伙人看，后来看的人累得受不了，一个劲儿地打哈欠。老大爷说："你们想睡的就睡吧。"于是女同事和老大娘及其儿媳、孙子在炕上睡了，我躺在单人床上。

天麻麻亮的时候，我睁眼一看，老大爷父子和两位男同事战斗尤酣。心想，这帮人真有精神。往炕上一瞅，一群女人娃娃正呼呼大睡。起床洗脸时，打麻将的几个人还不停地咋咋呼呼，吆五喝六。女同事说："你们真有水平，白磨爪子还能打通宵（意为不赌钱）。"闻听此言，我为昨晚的沉睡感到惭愧。几个打麻将的人是为了给我们腾出睡觉的地方，才这样硬拼的呀！

晨曦里，我一个人溜进果园，想提早多摘一些梨，好缓解我内心的愧疚。不料，老大娘厉声呵斥老大爷："有打麻将的力气，没有摘梨的劲儿，快去干营生！"老大爷放下手中的麻将牌，用手掌揉了揉眼睛，羞红着脸下了地，一边追我一边高喊："不着急，不着急，你还是称重吧！我来摘！"看老大爷下地了，一屋子人都跑出来干活。老大爷的儿媳和我们聊天说："林业上的人真好！一门心思干工作，人与人之间的关系纯洁简单，互相体谅，互相帮助。不像我们单位，文人相轻，一个瞧不起一个，一个不帮另一个，一点儿凝聚力也没有。"

约至中午，计划内的果树植株产量全部统计出来。临行时，老大娘特意让老大爷从凉房里拖出来几筐香水梨放到我们车上，说是他们的一片心意，如果不拿就说明看不起人家。车子发动的那一刻，老人家依依惜别，眼里满是泪水，同事们的眼眶也都湿润了。大伙儿齐感叹："多好的人家啊！"

是啊！常言道："我用真心换此心。"只有你把群众当亲人，群众才把你当亲人。你敬群众一尺，群众敬你一丈。你爱群众一分，群众爱你十分。时隔多年，每当想起那个借宿梨园之夜，身上就不住地涌动暖流，一种难以名状的感动就直往头顶冲，工作中稍稍有了松动和懈怠或者心里有了些许不干净的想法，就感觉头皮发麻、耳朵发烧、面皮发红，整个人羞愧得无地自容。时时警醒自己："捧着一颗心来，不带半棵草去！"

写于2015年3月12日

（获内蒙古自治区网络信息办公室内蒙古自治区妇女联合会共青团内蒙古自治区委员会内蒙古网络文化协会"中国梦·尽责圆梦——梦想进行时"征文优秀奖）

49. 老倔头的承诺

　　"老倔头"这个绰号的名气实在太大了，以至于人们说不上他的真实姓名。谁也没想到，他会因为一句话护林40多年。

　　那是大集体年代，县委书记骑着自行车到乌兰图克公社新胜大队一小队检查工作。担任生产队长的老倔头正组织社员栽树，县委书记握着他的手询问情况："你们栽的树不少，怎么不见成林呢？"老倔头说："栽树记工分，看树没工分，有人栽没人管，所以栽得多活得少。"县委书记感叹："一分造，九分管，只栽不管白忙乎。"扭过头来温和地对老倔头说，"护林给你记工分，能把树看好吗？"老倔头学着电影里的镜头，向书记敬了一个军礼，声音响亮地说："保证完成任务！"

　　之后的日子里，老倔头做了一年365天没有一天脱岗的专职护林员。看到哪棵树苗被风刮倒了，他赶忙扶起来，周围给扎上葵花杆。看到哪片林受旱了，他赶忙开沟引水过去，一些高墚上水流到不了的地方，就用扁担担两只水桶提水浇。当年的秃尾巴村，渐渐绿了起来。一次县委召开三干会（县、公社、大队三级干部），老倔头作为特邀代表参加会议。老倔头开会回来，逢人便说："开会时见了陈锡联，是坐飞机来的。说明县委书记心里面有咱呢，不然咱一个生产队长怎能参加那么大的会？见到那么大的干部？"队里的人问："飞机长什么样子？"老倔头说："像只大鸟，落地时风很大，扇得人睁不开眼睛。"队里的人说："人家好命，能赶上这样的差事。"老伴儿对众人说："不要再嘲弄他了，幸亏只是和县委书记握过手，要是和陈锡联握过手，他就兴

226

奋得上天了。"

二十世纪八十年代初土地承包到户，老倔头依然像往常一样天麻麻亮就外出护林。老伴儿说："大集体解散了，生产队长也不干了，护林谁给你记工分呢？"老倔头说："红口白牙给人家应承下的，不记工分就不干了，还能叫男人吗？"老伴儿说："怪不得人家叫你老倔头！"

新胜一带的地势高，水头低了很难灌溉。陈老大在毛渠里打坝想抬高水位，不料水流湍急，丢几十锹土下去都被冲走了。看渠背上有一排新栽的杨树，就拔了几苗填渠口。不巧被路过的老倔头看到了，老倔头怒火冲天地说："你怎么能这样，你知道栽一苗树多么不容易？"说罢，把树苗从渠沟里捞出来，一株株地往树坑里栽。陈老大说："关你甚事？"老倔头说："我是护林员，怎么不关我事？"陈老大质问："谁任命你的？"老倔头说："县委书记任命的，当时你不在场吗？"陈老大冷笑一声："手指的官也能当真？"老倔头说："我不管手指脚趾，给人家应承下就得看，今天不把树苗栽回去，你甭想回家！"你拉我扯，陈老大不小心掉进渠沟里，浑身上下湿透了，扯着嗓子叫骂："你这个不近人情的老倔头！我和你还是干兄弟呢！"

三年自然灾害期间，陈老大的父亲正是生产队长，老倔头那时还是十几岁的娃娃。陈老大的父亲看他饿得连路也走不动，就让他管磨坊，每天给他两钱胡麻油让润滑石碾的轴子。其实胡麻油一滴也没给碾子喂，全被他拌着玉米糁子吃掉了。晚上收工时还偷偷往衣兜里抓两把碎米粒儿，陈老大的父亲都当没看见，家里大人让他把人家认了干爹。想起这段往事，老倔头把陈老大从渠沟里拉上来，从自家地里割了一捆玉米秆填进去，对陈老大说："用这个挡水吧。"

夏收和秋收时，老倔头中午从来不回家，让老伴儿歇晌后把饭给他带过来。一边在场面上扬场，一边看有没有牲畜啃食树苗。老倔头常说一句话："毁树容易栽树难，农忙季节正是牲畜撒野的时候，这个时候大意了，一年的功夫就白费了。"可是老倔头看住了别人的牲畜，却没管好自家的毛驴。打场时他用一根铁锥把拴驴的缰绳钉在草滩上，让

227

驴转圈吃草，不料绕到一丛红柳上越绕越紧，最后竟把驴缠死了。大夏天，驴肉放久了要坏，老倔头把驴肉给亲朋好友们分了。

痴心看树，结果把自家的驴也看死了，老伴儿劝说老倔头不要把一句玩笑话当真了，早先是临河县，后来改市，现在成区了，书记换了十几茬，估计当年说这话的人也早把这回事忘了。老倔头说："军中无戏言，这是我当着众人的面承诺的，书记不在组织在，你不要阻拦我。"

遇到这么个认死理的人，老伴儿也拿他没办法。村东本是一个大碱坑，新中国刚成立时建了一个劳改农场，后来劳改农场撤销，设立新华林场。林场知道老倔头看树有股子痴劲儿，就聘请他做了兼职护林员，一年发两千元工钱。终于有了名分，老倔头看树更有劲了。老伴儿开玩笑说："孙猴子给了个弼马温，不知道官大小。"前几年，因为老倔头年龄大，林场另聘了护林员，但是他护林依然如故。

村后本是白花花的盐碱滩，除一层碱蒿子外别的什么也不长。前些年老倔头从农渠上挖一条细毛渠进去淌水压碱，在毛渠两侧栽种大杆杨和大杆柳，在水流经过的地方扦插红柳、栽种芦草。春夏之际，绿油油的芦草和柳条迎风起伏，人行其间，宛如荡舟波上。秋冬时节，芦荻飘絮，野兔奔突，雉鸟群飞，驻足于前，可以感受到人与自然和谐相处的世界是多么美好。

有一句话说："你所站立的地方，正是你的中国。你怎么样，中国便怎么样。你是什么，中国便是什么。"一万句豪言壮语，也不如一次动手实践。我们的世界，正是因为有了老倔头这样信仰坚定、信守承诺的人，才慢慢发生改变。

写于2014年6月22日

（获国家林业局第二届美丽中国大赛文学作品二等奖，

入选《美丽中国佳作100篇（第二届）》）

50. 呼和温都尔的"迎澳"感动

　　四处皆是一眼望不到边的连绵沙丘，一条东西走向的排干沟里稀稀拉拉地分布着一些红柳丛，丘间低地上散落着十几排农舍，大多数是土坷垃盖的房子，偶尔混杂着几间起脊砖房，西头的那间屋子被沙埋了一半，南头和北头的几间屋子用土坯砌上了门窗。一片荒凉，生机全无，这是呼和温都尔镇（蒙语地名，意为青山）驻点村给我的第一印象。

　　陪我进村入户调查的副镇长老石说："这里位于阴山南麓冲积扇和乌兰布和沙漠的结合部，有风成沙暴，无风沙平移，生态环境恶劣，种植业条件非常差，当地农牧民收入微薄，好多人外出谋生了。"走访了几家农户，都是些留守老人。老石指着村里的断垣残壁对我说，"一方水土不能养一方人，真是令人心痛呀！"正聊时，一位又黑又瘦的老汉扛着锄头走过来，得知我是巴盟林业局派来的扶贫干部，一定要我们去他家里吃饭。老石对他说，"只要你诚心招待，以后天天去你家。"他说："赊三不如现二，现在就去。"

　　老汉名叫"六十一"，当地蒙古人习惯用小孩出生时祖父的年龄取名，他是祖父六十一岁那年出生的。六十一的房子也是用土坷垃盖的，四周用白刺和红柳扎成院墙。女人看客人进门，连忙端来几杯热腾腾的茶水，然后扎个围裙做饭去了。老石说："六十一可是见过大世面的人，咱们扶贫要多听听他的意见。"老汉脸上稍稍有些泛红，连连摆手说："都是过去的丢人事，不值一提。"

　　我看屋子里的陈设，也是柴火灶和大土炕，和汉族农民没有什么大的不同。老汉说："我们是土蒙古，老祖先是放牧的，近几年草原退化严重，原来是风吹草低见牛羊，后来是见老鼠，再后来是见沙梁，放不成牧改种地，现在连地也快种不成了。"女人端上一大盆肉丝酸菜焖面，肉丝红油红油的，面条粉白粉白的，酸菜闪烁着黄色的光亮。我是早上从盟里坐班车来的，到镇里后搭老石的摩托车直接进村，一路颠簸，肚子早饿了，一连吃了三大碗。老汉拧开一瓶河套老窖，我和老石推辞，老汉说："进蒙古人的家怎能不喝酒呢？"

酒盅端上了，话匣子打开了。原来六十一年轻时曾到广东闯荡，老石对我说："乌拉特草原上用的第一批电子表就是他从广东贩回来的。"说到广东，老汉的兴奋劲来了。他咂了一口酒说："那里美呀，我曾站在海边看澳门的夜景，灯火辉煌，像个神仙世界！"女人插了一嘴："既在海边站，就有望海心，你为啥不进去耍耍呢？没准儿还能赢些钱。"老汉用鄙夷的口吻说："头发长见识短，澳门归外国管呢，不是谁想去就能去的！"女人说："这个人真是怪，给孙子起的名字也和别人不一样，老大叫迎港，老二叫迎澳。"老汉扭头对女人说："你说叫啥名？还有什么能大过这两件事？"老汉又咂了一口酒，长叹一声，"我是吃亏在汉话学得不好，所以没能在那里立住脚，我让两个孙子都上了汉校，将来让他们到大地方闯荡。"说罢，拿出孙子的作文本给我看，说小家伙的汉语学得比他强多了。是写给澳门小朋友的一封信，信里写道："回来吧，澳门小朋友，让我们一起努力学习，将来长大后，共同把祖国建设得更加美好。"我对老汉说："澳门很快回归了，将来办个通行证就能去了。"老汉说："早盼这一天了。"然后问我，"你去过南方吗？"我不好意思地说："没去过。"老汉说："南方最大的特点是树多草多，咱这地方不知啥时能变得和南方一样。"当晚住在村里，我望着阴山上空的点点星光，心里默默盘算着如何才能实现六十一心中的绿色梦想。

摸底工作结束，我和老石从村里回到镇里，正赶上夏季物资交流会。附近的农牧民都来买东西，荒凉的小镇蓦地繁华起来。一张小桌前挤满了人，一位画匠正用名字作画，或画成青翠欲滴的两三竿竹子，或画成振翅欲飞的几只小鸟，按字收费，一字一元。过来一位青年妇女，说给孩子画一幅画。画匠问："叫什么名字？"妇女说："王迎澳。"画匠问："哪个澳？"妇女说："今年澳门回归，当然是澳门的澳。"声音清脆响亮，那被风沙吹皱的脸庞上充满自豪。手足情深，念念在兹，大爱无言，莫过于此。尽管这里距离那座美丽的海滨小城千里万里，但是当地人对它充满挂念。在他们眼里，澳门就是归家的孩子。那一刻，我深深地感受到爱国之情真的没有地域和民族的界限，也不会因为经济和文化水平不同而有高下之分，不论你在阴山脚下还是在南海之滨，不论你腰缠万贯还是家徒四壁。这种热爱，这种认同，这种守望，正是中华民族大家园繁荣昌盛的不竭动力和养分所在。

后来我调离林业局，从内蒙古调到距离澳门百里之遥的江门工作，但对1999年到这里扶贫的事念念不忘。当时我和老石议定的扶贫攻坚计划得到上级支持，林业部门在这里大规模实施退耕还林和飞播造林，在沙漠里推广枸杞栽培和梭梭根部接种肉苁蓉技术，帮助农牧民脱贫致富。从同事那里得知，经过十几年的治理，现在呼和温都尔成为名副其实的青山了，大大小小的山头和沙丘都披上了绿装，当年风沙肆虐的不毛之地成了满目苍翠的塞上绿洲。而且交通条件也大为改善，固察线、陕青线、青协线交汇于此，获青公路直达中蒙边境巴格毛都口岸，临策铁路横贯全镇，附近还建起了天吉泰机场。

内蒙古开办港澳团体通行证已多年，居民凭户口和身份证可以到公安局直接办理。我忽然萌生了一个想法，邀请六十一老汉到广东逛逛，陪他到回归15年的澳门走走，看看他当年站在海边遥望的地方究竟是什么样子。故地重游，老友相聚，那一刻我们一定会欣喜若狂。

写于2014年6月19日

（入选《人民日报》与澳门《九鼎月刊》主办的"与澳门特区共成长"征文）

51. 腌菜石

　　老妈原本要带腌菜的，不料弟弟横加阻拦，说那东西水了吧唧的，搞不好要超重。老妈想想也是，反正也不是什么稀罕玩意儿，有水有盐就能腌，不带就不带吧。以前没坐过飞机，据说超重罚款能抵一张飞机票，老妈愣是被咋呼住了。

　　老爸老妈带了两蛇皮袋东西，进家门从里面掏出一大堆塑料袋，大的、小的、红的、黄的、白的、黑的，都装得鼓鼓囊囊的。一只羊斩碎了，肋骨捆在一起，前腿和后退捆在一起。半扇猪切块了，猪里脊、五花肉分割得齐齐整整。还有孩子爱吃的麻花、油果子，我爱吃的羊杂碎。翻来拣去，不见酸白菜和烂腌菜。媳妇说，早流口水了，怎么我爱吃的您没带呀？

　　别说媳妇馋，这两样东西我也喜欢。酸白菜是做猪肉烩酸菜的主料，若没有它，纵使猪肉品相再高也是白搭。烂腌菜名粗味不粗，有河套硬一盘之称。秋收季节，农家院落里都摆有几口大缸。新菜收获了，陈菜见底了，把大缸从里到外洗刷干净后，提几桶清冽冽的井水倒进去，买几包晶莹透亮的粒盐撒进去。现收的萝卜和白菜，刚刚从地里拔出来，还带着水灵气儿。萝卜削皮，白菜撇去老梆子，咕咚咕咚往缸里扔。缸口虽大，毕竟容积有限，不一会儿就被塞满了。一年365天，农家的日子长着呢，就这么点儿存货，怎么能度过冬春的菜荒时节？别怕，自有办法。这时在院墙上晒了一个秋夏的腌菜石就派上了用场，用手掌把石头表面的干菜拂拭掉，再用一瓢凉水冲冲，湿漉漉地压到菜瓮里。别看那白菜萝卜刚才还咋咋呼呼的，见了腌菜石立刻就蔫巴了，一两天的工夫缸里就空出一半，先前那些满不在乎的愣头青全部被压在了缸底。于是农人抱起石头，再往缸里添菜，如此翻来覆去十几次，直到缸里被填充得满满当当，再也找不到半点儿空隙才会停下来。心细的人，会把腌菜缸搞得五花八门、琳琅满目。秋收了，各式各样的蔬菜多了去。看到葱就揪几把葱，看到蒜就拔几头蒜，看到黄瓜就摘几根黄瓜，看到芹菜就割几捆芹菜，正如鲁迅先生说"时间是海绵里的水，只要愿意挤总还是有的"，反正腌菜石厉害着呢，隔几天就往下压几寸，不愁没地方。

　　看我们失望的样子，老妈说一个腌菜有什么难的，我给你们现腌。老妈不识字，先让老爸领着她在小区附近转悠。由里到外，由近及远，慢慢熟悉地理位置。忽有一天，老妈像孩子般兴奋，说咱家往西走不远有一个农贸市场。她说得没错，我们是怕她走丢了，所以骗她说周围没有卖菜的，想吃什么我们买回来。老妈让我带她去市场，我说没空；让媳妇带她去，媳妇也说没空。不是我俩懒，是这里的气候不同北方，这么热的天，估计不等腌过来，菜就臭了。老妈对老爸说，咱俩去吧！老爸说，咱的话人家听不懂，人家的话咱听不懂，怎么买？老妈生气了，说你不去我自己去！老人正气呼呼地开门呢，孩子从书房跑出来说，我和奶奶去！

　　不一会儿，奶奶孙子满载而归。孩子手里提着一只塑料桶，桶里搁着几袋盐。老妈手里提着几兜菜，有胡萝卜、白萝卜、红萝卜。老妈说，有这些东西差不离了。我问孩子，奶奶是怎么买东西的？孩子说，奶奶想买哪样了就用手指，称重后掏出整钱来让人家找零。我知道，老妈一辈子不服输，她是不想因为这件事在媳妇跟前没了面子。婆婆主理，媳妇帮忙，放一层菜，撒一层盐，不一会儿工夫就把整只桶填满了。老妈说，这样还不行，还缺样东西。媳妇问，缺啥呢？老妈说，缺块腌菜石。在一旁看新鲜的孩子说，这可难办了，市场里没有卖石头的。

若是村里，石头三五成堆，到处可见，俯仰可拾。此地却是不同，附近也有山岭，奈何皆为低矮土山，泥多而石少。我和媳妇要上班，孩子要上学，老妈知道，捡石头这事儿不能指望我们了。一桶咸菜而已，能多腌就多腌，不能多腌就少腌，咱又不是为了备耕备荒，不用一瓮一瓮往瓷实压。老妈说，你不懂，腌菜一定要用石头的。

　　隔了一晚，水桶里冒泡了，萝卜头、菜叶子全部浮在水上，老妈眉头紧锁，愁容不展，自言自语说，找不到石头，这菜要坏了。清晨起床，老妈让老爸继续带她到附近转悠。家里也没事，去外面转转对身体有好处。估计老爸老妈对周边环境熟悉些了，也就没多问。中午吃饭时分，两位老人一前一后进了门。两个人铁青着脸，闹着别扭。老妈埋怨老爸眼神不好，逛一上午找不到一块石头。老爸抱怨说，尽瞎跑，耽误了做饭。媳妇瞧着乐了，说不就是个咸菜吗，超市里有的是，今晚我带你们去。

　　饭桌上，两位老人还是气哼哼的，谁也不理谁。媳妇要劝解，我说算了，几十年了一直都这样。家里装了高清点播机，给老爸老妈选好他们爱看的电视节目，我俩就上班去了。下班回来的路上，媳妇说东华路上新开了一家乐购超市，里面有许多北方菜食，咱们去看看。打开家门，发现电视机关上了，屋子里没人。打手机，关机了，估计是没电了。冬季天黑得早，才六点多太阳就落山了。媳妇说，人生地不熟，话又不通，快出去找找吧！

　　估计在小区附近，上竹排街口看，没有。上江华路口看，也没有。上水南市场看，还没有。几个可能去的地方都没有，跑来跑去，我急出一身汗。想打电话，发现手机落家里了，于是跑回来取。刚进小区，发现老爸老妈兴冲冲地走进院子里，一人手里捏着一把菜，一人怀里抱着一颗石头。我问他们去哪儿了，他俩说下午出门发现河上有座桥，河对面有座山，他们过了桥到山上找石头去了，顺带还挖了几株野菜。看山跑断腿，那山看在眼前，走一个来回，足有十几里路。

　　有石头和没石头，腌起菜来果真不一样。混浊的盐汤立刻澄澈了，鼓鼓囊囊的青菜萝卜瞬即苗条了，桶口泛起的那层白沫也不见了。有了石头，老人说话也有了底气，说空心菜就靠实心石，菜不压就心虚了，心虚就坏了。过了三五天，老妈端一盘咸菜上桌，让媳妇尝，看是不是和老家的一个味。媳妇夹起一条萝卜，用舌头舔舔，再用牙尖细细咬，闭上眼睛慢慢回味一会儿，乐呵呵地对我们说，就是老妈平时腌的那个味儿！

整个冬天，一家人沉浸在幸福中。今天酸烩菜，明天酸菜肉丝焖面，天天河套硬一盘。快乐的时光总是短暂，转眼开春了，老爸老妈说不能在南方流连了，要回家种地了。刚开始变着法儿带两位老人外出参观，往后要来戏票也没用了，一定要买了火车票才和我们出门。老爸说，闲坐三个月了，若在村里，葵花收一季了。劳动惯的人，不劳动就闲得慌。万般无奈，只好收拾东西，准备回程。

前几日整理阳台，发现老妈买的那只深红色塑料桶还在墙角搁着，桶里塞满报纸。从桶里往外取报纸，发现报纸非常沉重。用两只脚把水桶夹住，用两只手使劲儿拽。"哗啦"一下拽了出来，发现报纸被一层层地折叠起来，里三层外三层的，好像包裹着什么。我一层层剥开来，发现最里面包着一只塑料袋，塑料袋里装着一个硬邦邦的东西，通体发黄，椭圆形，木瓜大小，滑溜溜的，好像是块黄蜡石。媳妇听到了响动，问我干什么。我说旧书报太多了，整理一下送到废品收购站。媳妇说，别乱动！那是老妈捡来的腌菜石，原样包裹好，要传辈呢！

写于2015年6月14日

跋

"西沙窝"的"生"和"活"
——刘利元"西沙窝"系列散文编后

　　不论从地域上看世界，还是从文化上看世界，这世界本是或者说首先是割裂的，所以大家才气急败坏地老想着一统。不论从人性上看人，还是从人格上看人，这世界的人也大多是分裂的或者多重性的，所以大家才表里不一地表达什么表里如一。就好像一个人的身份其实并不全是那个人，一个人的职位自然也不是那个人，那个人的文字，也许是那个人，也许只是那个人的一部分，当然也可能完全不是那个人。我不知道，负有官阶的刘利元有多少"刘利元"的成分，但我肯定"西沙窝"的刘利元就是实实在在的刘利元；反之，刘利元的"西沙窝"也是他深心里魂牵梦绕、文字里牵肠挂肚的"西沙窝"。

　　每每看到敦厚壮实的刘利元，在中国南方的夏天里，额头冒汗、脚步沉稳地一步一步地走在文化城里，知道他是某某领导，但这并不代表我清楚他、熟悉他，因为他的身份和职位，于我是陌生和有隔膜的。但我熟悉"刘利元"三个字后面的文字，其笔下关乎"西沙窝"的过往现在，关乎"西沙窝"的乡野风情、亲戚朋友、邻里乡亲以及他们的艰难困窘的痛苦人生和天伦之乐的幸福时光，无不丝丝缕缕地渗透出乡村或苦难或幸福生活里的温暖、温情和温馨，即便是笔下的苦难困窘，仿佛也带着体温、带着血丝一般地柔润现代人、都市人浮躁寂寥的心田。面对如此文字，涵泳其间，让我也欣然遐想遥远的"西沙窝"，油然而生向往之情。

刘利元是个勤奋的笔耕者，隔三岔五，他就有文章通过QQ忽闪到我面前。说实话，对于大多数的"忽闪"，我也一两眼"忽闪"而过。因为，在我看来，他的"富矿"在"西沙窝"，而不在他千儿八百字的都市和当下。

第一次接触到他的"西沙窝"，我就被"震"了一下：想想吧，长期阅读做作矫情的、虚伪粉饰的所谓写家的文字，突然接触到这种粗砾自然的、真实切肤的文字，不由得使人的耳清目明，豁然敞亮。于是《白沙》2012年的第四期发了他的《西沙窝——爷爷和他弟兄们的故事》，其文长达13000多字。文字是粗了些，但这并不妨碍其款款深情地缅怀和淋漓尽致地传达。于是《白沙》2013年的第3期又发了他9000字的《爷爷的土屋》：土坷垃屋子的大爹、二爹、父亲、四爹、大姑、二姑、三姑的故事，读来让人百感交集。去年，利元就给我发了《回乡散记》一组，今年还发了一组《绿化三痴》，可惜版面所限，时至今日才能有机会安排他的《回乡散记》，这一篇又是近万字。

读他的这一组组的文章，越来越发现他的进步是渐进的，也是踏实的，从文字上说，之前的粗、简、陋是渐渐地匿迹了，而且匿迹得似乎驾轻就熟。于具体的遣词造句中不乏运筹帷幄般的从容不迫，文字里也不乏偶尔的或涌现或流淌出来的机智和幽默。这些"进步"于我只是小小惊喜，我喜欢利元的文字全在"生活"二字。我是说除了"生活"，还有"生"和"活"。

生活也好，深入生活也罢，这些被用滥的词汇词组，无不让我们耳生茧、心生厌。但利元的"西沙窝"之"生活"，"西沙窝"之"生"和"活"却是血肉相连、发肤相授、家族式一代代一辈辈的"生活"，一代代一辈辈的"生"和"活"。只有这血脉深入的生活，才能有贴心贴肺的体验，有切肤之体验和经历，才有这珍珠般耀眼之细节；有充沛之细节，才有真情实感的注入并充分激荡，才有文字的温润、生色，才有感情荡气回肠的丰盈。我曾经毫无顾忌地、甚至有些夸大其词地向人表达过我对利元文字的喜欢。这种喜欢发自肺腑，仿若我也生长在"西沙窝"和他做过发小一般。不能回避，同为漂泊在外的北方人，我在利元的文字中，的确找到许多同感、许多共鸣以及一些久违的情景、情结和情感。

说利元的文章或者说喜欢他的文章，其实不用说故事，不用说情节，也不必说结构，不必说人物，单单说一个"细节"就足够了。因为，细节里就有故事，就有情节，就有活灵活现的人物。比如爷爷训斥爸爸 "我是十七上从民勤来的"，以及父辈训斥"我和我的兄弟姐妹"也是"你爷爷是十七上从民勤来的"；比如病危中的爷爷期盼老家来人："每天都让人搬到院子里""整天端详着从南来的一个个路人"；比如"刘黑豆"；还比如"四爷坟头的胶泥"以及"父亲当会计时爷爷给他缝了两个兜子"，等等，多不胜举。这些个真实、鲜活、生动、形象、凝练的细节，仿佛晶亮的星星点缀于墨蓝的天宇，明亮、深邃、丰厚、辽阔；又仿佛一个个小小的"木刺"，深深地"楔"入身体，不露声色，了无痕迹，却深入脏腑，切肤、刺激、疼痛、清醒。

因为喜欢，所以忍不住写下这些感性的字粒。因为怕自己的感性泛滥，错了利元，误了读者，所以又请了市文艺评论家的副主席、五邑大学文学院的李荣合副教授对利元的文章做理性的分析。感性于我，仅在于读之欣然，编之陶然，推之介之之油然；于李教授，自然在于专业的文艺批评了。

在此，我只是希望利元不要浪费笔墨精力，不要浪费但也不要"乱铲乱挖""西沙窝"这座富矿。希望利元能将这座富矿深深地认真地珍惜地掘下去，掘出清泉也好，掘出金银财宝也好，就是掘出些坚硬的石头也罢……总之，"西沙窝"是属于你的，是你的"西沙窝"，但同时——一定不能忘记——也是读者的"西沙窝"！

郭卫东

（作者系江门市文联秘书长，江门市作协副主席兼秘书长，《白沙》杂志主编，笔名野湖川）

平淡中的真情真意

——我观刘利元的散文

看多了装腔作势的文化大散文、矫揉造作的小情小调的小资散文，读了刘利元的三组散文《西沙窝——爷爷和他的兄弟们的故事》《爷爷的土屋》《回乡散记》，确实让人耳目一新。其实，所说的新也并非刘利元的散文写得多么出色，只是他的散文写出了散文的本色：去粉饰，少做作，有真意，勿卖弄。一句话就是自然真实。

人们说散文贵真。这说起来容易，但做起来实属不易。俗话说画鬼容易画人难。鬼是虚的，反正没人看见，怎么画都是鬼；人就不同了，活生生站着，大家睁着眼睛看着呢，你画得不像，行吗？更何况散文里的人多半是作者自己，超越自己何其难也？正因为如此，很多散文作者一下笔就免不了矫情做作卖弄起来。

可以说自然真实是刘利元散文最大的特点。他只是把他自己听到的看到的祖辈的父辈的等亲人的故事，心有所感，情有所触，从容平和地抒写出来，很像与人唠家常，娓娓道来，既没有矫揉造作故作高深之状，也没有虚情假意无病呻吟之态。有的只是实实在在的有感而发、有情而抒的真诚之言，自然之声。

"记忆中爷爷住的是一间土坷垃盖的房子，地基很高但是屋子很矮，踩在窗台上就能把手伸到屋檐下的麻雀洞里掏麻雀。没有养尘（天花板），一抬头就能看到房梁和被熏得黑黑的柳树枝编的笆子。屋里点一盏煤油灯发着一点点微弱的光芒，我们几个孩子趴在灯下写作业，爷爷在灯芯上点旱烟锅，吸一口磕一次烟灰，再装一次烟叶，靠到灯前点一次烟。每到过年的时候，父亲总是念叨着要去爷爷的土屋看看。母亲听后总是不耐烦地说，老人去世20年了，土屋变成土堆了，去看甚了？"

这就是《爷爷的土屋》的开头。它既不故作大言、拿腔拿调，也无卖弄玄虚、堆砌浮华，有的只是明白晓畅、朴实无华的叙写。它就像一个朴实的黑白老照片，让人回味唏嘘。

俗话说文如其人。老实说我不认识刘利元先生，但读了他的三组散文之后，我敢说刘先生一定是一个诚笃敦厚的老实人，唯有老实人方能写出这样自然真实的文字；也唯有老实人方能老老实实地写自己非常熟悉的东西，诸如家乡、亲人。

作为岭南新移民，我非常理解他为什么一下笔就离不开故乡的人和事。故乡有我们的根。一个人不管走到哪里，经过多少岁月，冥冥中，故乡如晨钟暮鼓，穿越永恒辽阔的时空，永远在召唤我们。这种特殊乡情只有远离故乡的人才会有深刻的体验，只有有这种深刻体验的人才能有真实而深厚的表达。一次普通的回乡吃瓜，一个普通的发面馍馍，如果他不来广东，或许就不会怀有如此深厚的情怀，当然也就不会对河套的瓜与民勤的馍所承载的人文精神体悟得如此之深。

散文有两种路数，一个是写意，一个是写实。写意的散文，重在写情怀。这样的散文通常没有具体的生活展示，所要描述的对象无不超越了具体琐碎的情感与现实，作者要传达的是自己的感觉与发现，往往闪烁着感性、智性与诗性之光，显得凝重、深邃、空灵。这样的散文见才气。而写实的散文，重在记人叙事，往往是通过具体的生活的真实展示，来间接地表达内在的情感。写实的散文显得内敛、平实。这样的散文人人都可以写，容易上手，但写好了，写出那种"绚烂之极"的"平淡"境界很难。正如作家张洁说的"比起矫情、煽情，'平实'实在需要更多方面的努力，从心理或技术上来说都不大容易，需要多方面的准备"。这样境界的

241

散文，虽然缺乏空灵诗意之美，但更耐咀嚼更有味道。

刘利元的散文无疑走的是写人、叙事、写实的路数。他的散文看似平淡，甚至乍一看，感觉薄情寡义，但实则情深意切。有时他在平实的叙写之后，会情不自禁，但即使是抒情也是实实在在的"西沙窝人"的情，不虚不娇。比如《西沙窝——爷爷和他的兄弟们的故事》的结尾：

"爷爷他们这一代西沙窝人呀，质朴得就像后套平原到处可见的红柳丛，一根根枝条光溜溜的，没有一点枝节，没有半点弯弯道道。爷爷他们这一代西沙窝人呀，卑微得就像后套碱滩上到处可见的碱蒿子，生没有人在意，死也没有人在意，枯黄了，烧着了，只剩一把和碱土一样的白灰面。爷爷他们这一代西沙窝人呀，生命又顽强得像乌兰布和沙漠里固沙止漠、牢牢地定死一个个沙丘的白刺堆，一颗种子落地，不用浇灌，不用施肥，不用耕种，不用任何打理，几年就长成一大摊，一摊摊白刺链接起来就构成一道坚不可摧的防风屏障！"

有时他把深情深埋在平实的叙写中，正所谓"大音希声，大象无形"。比如《爷爷的土屋》，这土屋是故乡的代码，也是他父辈生养的摇篮，"是父亲他们这一代人的心灵栖息地"也是"他们这一代人的精神高地和道德标杆"；这里还有作者自己难忘的童年记忆，他对这土屋的情感一定是浓烈的，可是在完成了父辈们叙写之后，作者只是不动声色地说了这么一句："写到这里，我忽然想到，应该找个时间，带孩子到西沙窝南面爷爷的土屋看看。"这平和冲淡的一笔，其实包含太多太多的深情。

如果仅仅是写情，写乡情、写亲情，那么刘利元的散文起码在意蕴上就大打折扣了。我觉得作者的真正用意不仅仅是真情的抒写，更在于真意的表达。可谓"此中有真意，欲辩已忘言"。

刘利元的三组散文，多是写人的。但他不是完整地记述人的生活过程与性格的发展过程，而是通过诸多生活细节，富有个性的行为，或者说一个个小故事来展示、聚光人的复杂的性格与精神个性。写爷爷，是通过千里走河套等八个小故事，主要聚光爷爷勤俭耐劳、正直、诚信重情重义的精神个性。不过在"爷爷和他的兄弟们的故事"中，二爷爷写得最为生动，写他吃黑豆、藏粮食、埋银圆、砌砖茶的节俭小气，也写他开荒种地的勤劳，更写他对待有困难的亲友出奇地大方。作者写他们，不仅仅因为他们都是他的亲人，更因为他们是民勤人河套人的代表，或者说勤俭耐劳、正直诚信、重情重义等传统美德的承载者。而作者写他们也不是单纯地为了展示这些美德，而是在展示的同时也表达一种深深的忧虑：那就是如今生活在"金窝窝，银窝窝"的西沙窝的子孙还能不能将这些美德传承下去？他们是否还能像祖辈那样，不管人在哪里，魂在哪里，而"心还挂念着那个他们出生和出发的地方"呢？

我常常感叹那种西方文明下培植起来的理性、诚实、视劳动为天职的资本主义精神在西方得以绵延不绝地延续。我也一直在思考他们这种一直延续的深层原因。最近，一个朋友从欧洲旅游回来，他说他感触最深的不是人家的环境多么好，而是老房子古迹保存得那么完好。不像我们，动不动就拆。朋友感触得很对，他们保存的不仅仅是几间老房子，而是这些老房子所彰显的某种人文精神。于是我也豁然开朗：他们始终对传统怀有敬畏之心，因为他们知道"一旦过去不再把它的光芒照向未来，人们的心灵就在晦暗中游荡"。对传统的继承源于人们对传统的敬畏之心，这就是西方人文传统一直延续的深层原因。无论是过去还是现在，我们国人所缺失的不就是这种对传统的敬畏之心吗？

散文中，有一个细节让我感触颇深。作者说他调到广东工作后，意外地知道当年去过西沙窝的民勤老家堂兄的女儿和自己在一座城市。这个侄女是第一次到他家里，也是第一次见面，说到爷爷临死都盼望能见到老家来人的事，他控制不住情绪，哭了，可是这个孩子好像没有一点感觉。对于"吾心安处是故乡"如浮萍般无根的新一代来说，没有感觉是再正常不过了。我想作者要"带孩子到西沙窝南面爷爷的土屋看看"，或许就是要帮助他们找回那种失落的感觉吧！

李荣合

（作者系五邑大学文学院副教授）

243

感恩、感动

——读刘利元"西沙窝"系列散文

一口气读完刘利元的"西沙窝"系列散文，让我非常感动。这是一部甘肃省民勤县先辈从民勤县到河套地区的移民史，也是先辈们不畏艰难、战天斗地的奋斗史，字里行间也体现了利元对先辈们艰辛创业的感恩，更让我对不屈不挠、追求美好生活的先辈的平凡人生感动。

移民——苦苦追求幸福生活

民勤县三面环沙，被腾格里和巴丹吉林两大沙漠包围，土地沙化严重，自然条件恶劣，先辈们为了追求幸福生活"背着干粮从民勤老家出发，翻越贺兰山，穿越腾格里沙漠，穿越乌兰布和沙漠，跨越黄河，一路徒步向北，一个人步行了2000多里路来到西沙窝"，寻找一处安身立命之地。"爷爷"就是那个时候移民中的一个代表。"爷爷"翻过了巴丹吉林沙漠，穿越了乌兰布和沙漠，来到了乌兰布和沙漠东缘的西沙窝，在这里安营扎寨。现在的乌兰布和沙漠东缘一线的磴口县和杭锦后旗许多乡镇就是这些先辈们最早的落脚点，现在仍然是民勤人的聚居地。这里有的村庄里的大人小孩讲的仍然是纯正的民勤方言，吃的是纯正的民勤特色饭菜，仍然保持着民勤的风俗习惯。

2001年我有幸去民勤县考察生态建设，县政府的一位同志有许多亲人就在河套地区。这位同志介绍，民勤人离不开沙，在最早的大移民中，有许多人只是从腾格里沙漠南缘移居到了乌兰布和沙漠的东缘。近百年前，"爷爷"十七岁的时候，带领着他的弟兄走到这里，选择了西沙窝这处不毛之地，在这里开始了他们战风沙、斗严寒的新生活。

奋斗——建设美丽家园

"三天不刮风，不叫三圣公。"三圣公位于乌兰布和沙漠的东南角，是河套灌区与乌兰布和沙漠交接的最南端，因为紧靠黄河，自然条件相对好于西沙窝，在过去风沙长年不断，不刮风沙倒是成了稀罕事。民勤移民从三圣公一直向北经四坝、查干、太阳庙、召庙、大树湾沿乌兰布和沙漠东缘一线分布，在这里谱写了一曲曲世世代代治沙止漠的不屈战歌。

在先期移民到来时，这里人烟稀少，自然条件十分恶劣。但是，对于先辈们来说这里还是好于民勤，因此他们驻扎下来，开垦土地、植树造林、治理沙漠、建设新的家园。人背肩扛，从老家民勤运来治沙的优良灌木树种梭梭，在这里反复试验获得成功，之后，绿色在乌兰布和沙漠东缘一点一点扩展开来。再后来，他们的下一代参与到治沙止漠的行动中，一棵棵高大的杨树、柳树、沙枣等乔木成长起来，挡住了乌兰布和沙漠的东侵，保护了黄河、包兰铁路和河套灌区的安全。西沙窝的先辈不仅通过辛勤劳动建成了美好家园，而且也为美丽富饶的河套灌区的发展做出了巨大的贡献。可以说"黄河百害，唯富一套"的河套灌区能够成为内蒙古自治区的重要粮油糖生产基地，与世世代代民勤人的艰苦奋斗分不开。

感恩——传承先辈艰苦创业的美德

昔日的西沙窝，一个风沙肆虐的大沙窝，在民勤移民的汗水浇灌下，现在已经成为瓜果飘香的乐园。"刘黑豆"和"骑墙鬼"的小气凸显的是当时生活物资的匮乏，就是在如此缺吃少穿的艰苦环境中，他们仍然在梦想着美好的未来。"爷爷"并没有给后代留下多少钱财，就是省吃俭用的小气、吝啬的"二爷爷"留下的钱财也并没有给了自己的亲人，然而，他们的言传身教，留给后代的是丰厚的精神财富。凶恶的"老姜"，虽然让西沙窝的人受了不少苦，但是，换来的却是村里人不再饿肚子。"四爹""志今叔"等"领航者"是西沙窝第二代民勤移民的杰出代表，他们也经历过艰苦的岁月，但是，他们已经在第一代民勤移民的基础上创造了新的辉煌。"西沙窝"系列散文的字里行间，包含了以利元为代表的第三代民勤移民对先辈的感恩，正是第三代河套民勤人传承了先辈们的"自强不息、顽强拼搏、永不服输、昂扬向上"的精气神，才使他们走上了更广阔的天地。不论走到哪里，不论在哪个工作岗位，他们都不忘西沙窝，不忘曾经流血流汗的先辈，不忘仍然生活在西沙窝的人们。

感动——三代人踏实干事的精神

利元是西沙窝民勤移民的第三代，能够用文字翔实记录生活在西沙窝民勤移民的奋斗史非常不容易，西沙窝的三代人让我感动不已。第一代人的不怕苦、不畏艰难、敢想敢干、苦干实干的精神让我感动。在当时的艰苦条件下，他们能坚持下来，与天斗，与地斗，用智慧和汗水筑起了一道绿色长城，挡住了乌兰布和这头"红色公牛"的侵袭，建设美好家园，是多么不容易。他们的吃苦耐劳、甘于奉献的精神让我感动。在第二代民勤人的成长过程中，经历了"文化大革命"的洗礼，但是，他们没有在逆境中消沉，而是通过努力学习，从西沙窝走出来，投入到现代化建设新的大潮中。他们的勤奋努力、克服困难、勇攀高峰的精神让我感动。第三代民勤人继承和发扬前两代人的精神，传承着"勤朴、坚韧、尚学、求真"的民勤精神，更上一层楼。西沙窝是第三代民勤人的成长之地，不论身居何处，西沙窝都有他们不能忘却的记忆。这种不忘本的思想让我感动。三代人的精神，与我们此前开展的"三严三实"和正在开展的"两学一做"专题教育不谋而合，这正是我最为感动之所在。

陈峰

（作者系内蒙古巴彦淖尔市林业局副局长）